수능까지 이어지는

초등 고학년

문학 독해

6학년

어떻게 학습할까요?

〈수능까지 이어지는 초등 고학년 문학 독해〉는 초등학교 고학년이 반드시 알아야 할 문학 독해를 체계적으로 훈련하기 위한 25개의 필수 지문과 실전 문제, 그리고 지문 익힘 어휘 문제로 구성되어 있습니다. 하루 15분 내로 다양한 갈래의 지문과 실전 문제를 푸는 사이에 부쩍 성장한 독해력을 확인할 수 있습니다.

작품 지문 읽기

실전 독해 문제

★다양한 갈래의 지문 읽기

• 초등학생이 꼭 읽어 두어야 할 작품이나 공감할 만한 시, 소설, 수필, 희곡 등의 핵심 장면을 지문으로 사용했습니다.

• 우리나라 및 세계 문학 작품의 주요 장면을 읽으면서 핵심 내용과 함께 갈래별 특징, 표현상의 특징을 파악하는 훈련을 합니다.

★수능형 독해 문제를 포함한 7문항 실전 문제

• 핵심어 및 전개, 서술 방식 파악 → 세부 정보 확인 → 고난이도 사고력 측정으로 이어지는 7문항을 사고의 흐름에 맞추어 구조적으로 배열해 해당 지문을 입체적으로 이해할 수 있습니다.

• 매 일자에 실제 수능 유형을 분석한 수능 연계 문항을 1문항씩 배치해 고난도 문항 유형의 문제 해결력을 키울 수 있습니다.

낱말 풀이	별 개수 및 글자 수	큐아르(QR) 코드
낱말 및 관용 표현의 사전적 의미 확인	글의 길이와 난이도 확인	지문 및 문제 풀이 시간 측정

〈수능까지 이어지는 초등 고학년 문학 독해〉로 매일 4쪽씩 15분간
꾸준히 수능 독해 문제를 연습해요!

어휘력 다지기

자세한 오답 해설

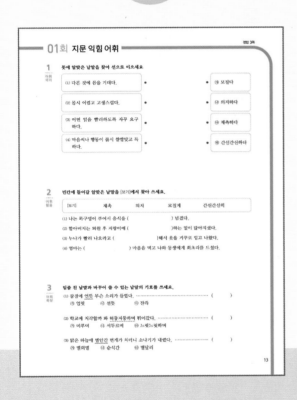

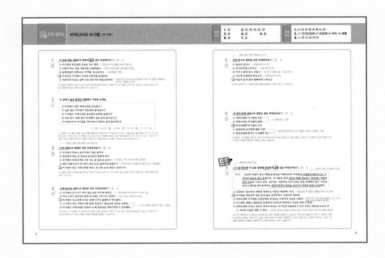

★3단계로 지문에 나온 어휘 정리

- 지문에 나온 낱말 중 핵심 낱말이나 꼭 알아 두어야 할 필수 어휘를 문제로 정리합니다.

- 지문 속 중요 어휘는 의미 확인→어휘 활용→어휘 확장의 3단계로 체계적으로 학습해 둡니다.

★틀린 문제는 반드시 정오답 풀이로 확인하기

- 문제를 풀고 나서 정답을 확인한 다음에는 내가 이해한 내용이 맞는지 또는 내가 잘못 이해한 부분이 무엇인지 반드시 풀이를 통해 확인해야 합니다.

- 틀린 문제는 따로 표시해 두고, 내가 고르지 않은 답까지 오답 풀이를 통해 완벽하게 학습해 둡니다.

어휘 의미	어휘 활용	어휘 확장
낱말의 사전적 의미 확인	실제 예문으로 낱말 적용	낱말 간의 의미 관계, 속담, 관용 표현, 한자 성어 연습 등

어떻게 활용할까요?

<수능까지 이어지는 초등 고학년 독해>는 문학과 비문학을 나누어 각 제재에 대한 독해를 집중적으로 훈련하는 초등 국어 독해서입니다. 이 책은 본책과 정답 책, 모의고사로 구성되어 매일 정해진 분량을 스스로 공부할 수 있을 뿐 아니라, 자신의 학습 수준과 상황을 되돌아볼 수 있는 자기 주도 학습서입니다.

교재
구성

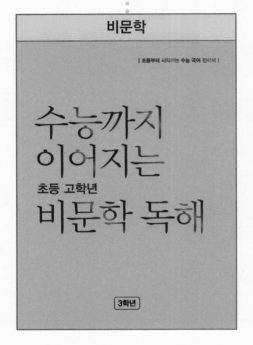

학년	대상	주요 영역
3학년	3학년~4학년	인문, 사회, 과학, 기술, 예술·체육
4학년	4학년~5학년	
5학년	5학년~6학년	
6학년	6학년~예비 중	

★주요 주제

- **3학년** 스마트폰과 고릴라(사회/사회 문화), 비눗방울의 과학적 비밀(과학/물리), 하얀 거짓말(인문/윤리)
- **4학년** 역사를 알려 주는 우리말 유래(인문/언어), 웨어러블 로봇(기술/첨단 기술), 공해가 되어 버린 빛(사회/사회 문화)
- **5학년** 혐오 표현(사회/사회 문화), 보온병의 물이 식지 않는 까닭(과학/물리), 조선판 하멜 표류기, 『표해시말』(인문/한국사)
- **6학년** 한·중·일의 젓가락(사회/사회 문화), 다수를 위한 소수의 희생(인문/철학), 유전자 편집 시대(기술/첨단 기술)

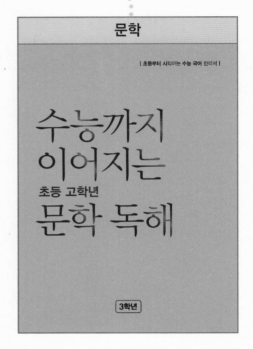

학년	대상	주요 영역
3학년	3학년~4학년	창작·전래·외국 동화, 신화·전설, 동시, 희곡
4학년	4학년~5학년	
5학년	5~6학년	현대·고전·외국 소설, 신화·전설, 현대시, 현대·고전 수필
6학년	6학년~예비 중	

★주요 작품

- **3학년** 바위나리와 아기별(마해송), 할머니 집에 가면(박두순), 대별왕과 소별왕, 크리스마스 캐럴(찰스 디킨스)
- **4학년** 산새알 물새알(박목월), 곰이와 오푼돌이 아저씨(권정생), 큰 바위 얼굴(나다니엘 호손), 저승 사자가 된 강림 도령
- **5학년** 꿈을 찍는 사진관(강소천), 자전거 도둑(박완서), 늙은 쥐의 꾀(고상안), 유성(오세영), 마녀의 빵(오 헨리)
- **6학년** 소음 공해(오정희), 양반전(박지원), 배추의 마음(나희덕), 사막을 같이 가는 벗(양귀자), 동물 농장(조지 오웰)

 〈수능까지 이어지는 초등 고학년 독해〉로 꾸준히 공부하면
탄탄한 독해 실력을 키울 수 있어요. 모의고사로
달라진 내 실력을 확인해 보세요!

교재 활용법

"3단계 독해 집중 훈련 코스"

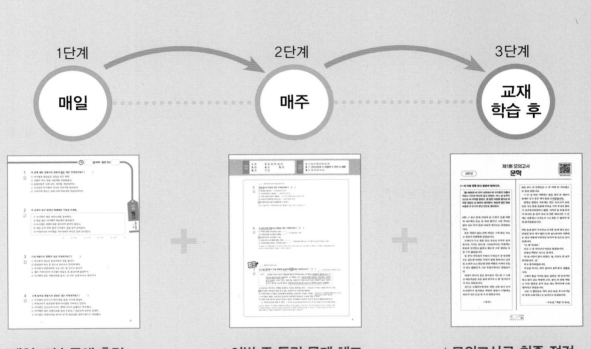

1단계 → 2단계 → 3단계

매일 **매주** **교재 학습 후**

★ **매일 15분 독해 훈련**

하루에 15분씩 문학 작품을 하나씩 읽고 실전 문제를 풀며 독해 훈련을 합니다.

★ **이번 주 틀린 문제 체크**

매주 한 번씩 정답 책에 표시해 둔 이번 주에 틀린 문제만 한 번씩 다시 풀면서 복습합니다.

★ **모의고사로 최종 점검**

교재 학습을 모두 마친 후에는 모의고사로 자신의 실력을 최종 점검합니다.

☑ 매일 15분씩 하나의 지문을 해결하면 25일만에 한 권을 완성할 수 있습니다.

☑ 매주 정답 책으로 틀린 문제를 복습해 자신이 취약한 문제 유형을 파악합니다.

☑ 5주 학습을 모두 마친 후에는 모의고사 문제로 자신의 최종 실력을 확인합니다.

CONTENTS

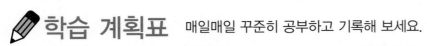

학습 계획표 매일매일 꾸준히 공부하고 기록해 보세요.

	주제	쪽수	공부한 날	공부 시간	맞은 개수 독해	어휘
01	소음 공해	10~13쪽	월 일	분	/ 7	/ 3
02	내 마음을 아는지 모르는지	14~17쪽	월 일	분	/ 7	/ 3
03	새로운 길	18~21쪽	월 일	분	/ 7	/ 3
04	학마을 사람들	22~25쪽	월 일	분	/ 7	/ 3
05	별	26~29쪽	월 일	분	/ 7	/ 3
06	고무신	32~35쪽	월 일	분	/ 7	/ 3
07	양반전	36~39쪽	월 일	분	/ 7	/ 3
08	별처럼 꽃처럼	40~43쪽	월 일	분	/ 7	/ 3
09	아버지와 아들	44~47쪽	월 일	분	/ 7	/ 3
10	톰 아저씨의 오두막	48~51쪽	월 일	분	/ 7	/ 3
11	동백꽃	54~57쪽	월 일	분	/ 7	/ 3
12	소를 줍다	58~61쪽	월 일	분	/ 7	/ 3
13	어머니	62~65쪽	월 일	분	/ 7	/ 3
14	철수는 철수다	66~69쪽	월 일	분	/ 7	/ 3
15	어린 왕자	70~73쪽	월 일	분	/ 7	/ 3
16	모래톱 이야기	76~79쪽	월 일	분	/ 7	/ 3
17	허생전	80~83쪽	월 일	분	/ 7	/ 3
18	배추의 마음	84~87쪽	월 일	분	/ 7	/ 3
19	어느 날 자전거가 내 삶 속으로 들어왔다	88~91쪽	월 일	분	/ 7	/ 3
20	걸리버 여행기	92~95쪽	월 일	분	/ 7	/ 3
21	배반의 여름	98~101쪽	월 일	분	/ 7	/ 3
22	사막을 같이 가는 벗	102~105쪽	월 일	분	/ 7	/ 3
23	돌담에 속삭이는 햇발	106~109쪽	월 일	분	/ 7	/ 3
24	20년 후	110~113쪽	월 일	분	/ 7	/ 3
25	동물 농장	114~117쪽	월 일	분	/ 7	/ 3

1주

한자 多 (많을 다) 자

[앞 이야기] '나'는 남편, 고등학생인 아들 둘과 공동 주택에 사는 가정주부로, 위층 주인이 바뀌면서부터 '나'와 가족들은 층간 소음으로 고통을 겪기 시작했다. '나'는 일주일을 참다가 경비원을 통해 위층에 조용히 해 달라고 부탁했다.

인터폰의 수화기를 들자 경비원의 응답이 들렸다. 내 목소리를 알아채자마자 길게 말꼬리를 늘이며 지레* 짚었다. 귀찮고 성가셔하는 표정이 눈앞에 역력히* 떠올랐다.

"위층이 또 시끄럽습니까? 조용히 해 달라고 말씀드릴까요?"

잠시 후 인터폰이 울렸다. / "충분히 주의하고 있으니 염려 마시랍니다."

경비원의 전갈*이었다. 염려 마시라고? 다분히 도전적인 저의*가 느껴지는 전언*이었다. 게다가 드륵드륵 소리는 여전하지 않은가. 이젠 한판 싸워 보자는 얘긴가. 나는 인터폰을 들어 다짜고짜* 909호를 바꿔 달라고 말했다. 신호음이 서너 차례 울린 후에야 신경질적인 젊은 여자의 응답이 돌아왔다.

"아래층인데요. 댁이 그런 식으로 말할 건 없잖아요? 나도 참을 만큼 참았다고요. 공동 주택에는 지켜야 할 규칙들이 있잖아요? 난 그 소리 때문에 병이 날 지경이에요."

"여보세요, 난 날아다니는 나비나 파리가 아니에요. 내 집에서 맘대로 움직이지도 못하나요? 해도 너무하시네요. 이틀거리로 전화를 해 대시니 저도 피가 마르는 것 같아요. 저더러 어쩌라는 거예요?"

"하여튼 아래층 사람 고통도 생각하시고 주의해 주세요."

나는 거칠게 수화기를 내려놓았다. ㉠뻔뻔스럽긴. 이젠 순 배짱*이잖아. 소리내어 욕설을 퍼부어도 화가 가라앉지 않았다.

언제까지 경비원을 사이에 두고 '하랍신다', '하신다더라' 하며 신경전을 펼 수도 없는 일이었다. 화가 날수록 침착하고 부드럽게 처신해야* 한다는 것은 나이가 가르친 지혜였다. 지난 겨울 선물로 받은, 아직 쓰지 않은 실내용 슬리퍼에 생각이 미친 것은 스스로도 신통했다*. 선물도 무기가 되는 법, 발소리를 죽이는 폭신한 슬리퍼를 선물함으로써 소리를 죽이라는 메시지와 함께 소리 때문에 고통받는 내 심정을 간접적으로 나타낼 수 있으리라. 사려* 깊고 양식* 있는 이웃으로서 공동 생활의 규범* 에 대해 조곤조곤 타이르리라.

위층으로 올라가 벨을 눌렀다. 안쪽에서 누구세요, 묻는 소리가 들리고도 십 분 가까이 지나 문이 열렸다. '이웃사촌이라는데 아직 인사도 없이…….' 등등 준비했던 인사말과 함께 포장한 슬리퍼를 내밀려던 나는 첫마디를 뗄 겨를도 없이 우두망찰했다*. 좁은 현관을 꽉 채우며 휠체어에 앉은 젊은 여자가 달갑잖은* 표정으로 나를 올려다보았다.

낱말
풀이

＊**지레** 어떤 일이 일어나기 전이나 어떤 때가 되기 전에 미리. ＊**역력히** 감정이나 모습, 기억 등이 또렷하고 분명하게. ＊**전갈** 남을 시켜서 알리는 말. ＊**저의** 겉으로 드러나지 않은, 속에 품고 있는 생각. ＊**전언** 말을 전함. ＊**다짜고짜** 일의 앞뒤 사정을 알아보거나 이야기하지 않고 바로. ＊**배짱** 어떤 일에 겁 없이 나서는 태도. ＊**처신해야** 세상을 살아나가는 데 필요한 몸가짐이나 행동을 취해야. ＊**신통했다** 놀랄 만큼 아주 신기했다. ＊**사려** 어떤 일에 대하여 깊고 조심스럽게 생각함. ＊**양식** 도덕이나 상식에 어긋나지 않는 바른 생각이나 판단. ＊**규범** 마땅히 따라야 할 본보기나 기준. ＊**우두망찰했다** 정신이 얼떨떨하여 어찌할 바를 몰랐다. ＊**달갑잖은** 마음에 들지 않아 싫고 만족스럽지 않은. ＊**허전한** 주변에 아무것도 없어서 텅 빈 느낌이 있는. ＊**황급히** 몹시 어수선하고 매우 급하게.

"안 그래도 바퀴를 갈아 볼 작정이었어요. 소리가 좀 덜 나는 것으로요. 어쨌든 죄송해요. 도와주는 아줌마가 지금 안 계셔서 차 대접할 형편도 안 되네요."

여자의 텅 빈, 허전한* 하반신을 덮은 화사한 빛깔의 담요와 휠체어에서 황급히* 시선을 떼며 나는 할 말을 잃은 채 부끄러움으로 얼굴만 붉히며 슬리퍼 든 손을 등 뒤로 감추었다.

– 오정희, 「소음 공해」

1 세부 내용
이 글의 내용으로 알맞지 <u>않은</u> 것은 무엇인가요? (   )
① '나'는 처음에 경비원을 통해 문제 상황을 해결하려고 했다.
② '나'와 위층 집 사이에 갈등을 일으킨 원인은 위층의 소음이었다.
③ '나'는 층간 소음 문제로 감정이 격렬하게 폭발해 위층을 직접 찾아갔다.
④ 위층 여자의 말에서 '나'의 잦은 항의에 예민해져 있다는 것을 알 수 있다.
⑤ 마지막 부분에서 젊은 여자가 한 말을 통해 문제를 해결할 수 있는 가능성을 엿볼 수 있다.

2 세부 내용
다음에서 설명하는 소재로 알맞은 것은 무엇인가요? (   )

- 교양 있게 행동하려는 '나'의 노력이 담겨 있음.
- 선물을 핑계로 소음을 줄이라고 경고하는 의도를 간접적으로 표현함.

① 담요   ② 경비원   ③ 인터폰   ④ 휠체어   ⑤ 슬리퍼

3 감상 하기
이 글에 대한 감상을 알맞게 말한 친구는 누구인가요? (   )
① 정민: 우리 주변에서 실제로 일어날 수 없는 일을 주제로 한 이야기야.
② 수아: 공동 주택에서 살 때에는 위아래층 이웃을 잘 만나야 한다는 것을 깨달았어.
③ 채은: '나'는 다른 사람의 도움 없이 스스로 문제를 해결하는 태도를 길러야 할 것 같아.
④ 한율: 인터폰으로 경비원에게 항의한 '나'는 합리적인 의사 결정 과정이 중요하다고 생각해.
⑤ 도윤: 글쓴이는 하반신과 담요를 대비시켜 인물의 안타까운 상황을 극적으로 보여 주고 있어.

4 어휘 어법
㉠에 드러난 '나'의 마음에 가장 어울리는 한자 성어는 무엇인가요? (   )
① 침소봉대(針小棒大): 작은 일을 크게 부풀려서 말함.
② 파안대소(破顔大笑): 매우 즐거운 표정으로 활짝 웃음.
③ 적반하장(賊反荷杖): 잘못한 사람이 잘못이 없는 사람을 나무람.
④ 학수고대(鶴首苦待): 학의 목처럼 목을 길게 빼고 간절하게 기다림.
⑤ 동병상련(同病相憐): 같은 처지에 있는 사람들끼리 서로 가엾게 여김.

5 구조 알기

다음을 참고해 이 글에 대해 알맞게 설명한 것은 무엇인가요? (   )

선생님: 소설에서 '시점'은 말하는 이가 위치한 곳이 어디냐를 기준으로 삼고 있어요. 말하는 이가 작품 안에 있으면 주인공이나 등장인물이 일어난 일을 들려주고요. 말하는 이가 작품 밖에 있다면 제3자가 일어난 일이나 등장인물의 행동을 설명하지요. 또, 말하는 이가 작품 밖에 있으면서 신의 입장에서 인물의 행동이나 마음까지 관찰해서 전할 수도 있답니다.

① 이 글에서 말하는 이는 작품 바깥에 있다.
② 이야기 속 주인공인 '나'가 작품 안에서 이야기를 이끌어 가고 있다.
③ '내'가 위층 여자의 모습을 관찰하고 있으므로 말하는 이는 작품 바깥에 있다.
④ 말하는 이가 작품 바깥에서 '나'와 '젊은 여자'의 마음을 속속들이 알려 주고 있다.
⑤ 등장인물인 젊은 여자가 작품 안에서 층간 소음으로 인한 사건을 구체적으로 보여 준다.

6 적용 창의

이 글 속 '나'와 비슷한 경험을 한 친구는 누구인가요? (   )

① 선호: 남의 집 유리창을 깨고 경비 아저씨께 혼나는 아이들을 봤어.
② 지아: 새로 이사한 집의 위아래층 이웃들에게 이사 떡을 돌린 적이 있어.
③ 윤서: 무심코 주머니 속의 휴지를 버렸다가 지나가는 아저씨와 눈이 마주쳤어.
④ 채은: 지하철역에서 열차를 타려고 하는 아줌마의 휠체어를 밀어 드린 일이 있어.
⑤ 도하: 교통사고로 오랫동안 입원해 있다가 퇴원했는데, 그때 휠체어를 타고 집에 왔어.

7 주제 찾기

이 글에서 글쓴이가 말하려고 하는 것은 무엇인가요? (   )

① 공동 생활 규칙의 준수
② 이웃과 분쟁을 피하는 방법
③ 인생에서 중요한 것을 구분하는 지혜
④ 이웃에 무관심한 현대인들의 삶에 대한 비판
⑤ 공동 주택에서 층간 소음 문제의 해결책과 필요성

01회 지문 익힘 어휘

1
어휘
의미

낱말과 그 뜻이 알맞게 짝 지어진 것은 무엇인가요? (   )

① 달갑잖다: 놀랄 만큼 아주 신기했다.
② 역력히: 몹시 어수선하고 매우 급하게.
③ 신통하다: 마음에 들지 않아 싫고 만족스럽지 않다.
④ 지레: 감정이나 모습, 기억 등이 또렷하고 분명하게.
⑤ 처신하다: 세상을 살아나가는 데 필요한 몸가짐이나 행동을 취하다.

2
어휘
활용

빈칸에 들어갈 알맞은 낱말을 찾아 선으로 이으세요.

(1) 수학 경시대회에서 어려운 문제가 나와서 ☐☐☐ 포기해 버렸다. •

(2) 승우는 어른들 사이에서 눈치껏 ☐☐ 해 주변의 칭찬을 들었다. •

(3) 못생긴 모과는 혈관을 튼튼하게 해 한약재로 쓰이는 ☐☐한 과일이다. •

(4) 엄마가 도서관에 함께 가자고 하자, 동생은 ☐☐☐ 목소리로 대답했다. •

(5) 정약용이 유배지에서 쓴 편지에는 자식을 사랑하는 마음이 ☐☐히 드러난다. •

• ㉮ 신통
• ㉯ 지레
• ㉰ 처신
• ㉱ 역력
• ㉲ 달갑잖은

3
어휘
확장

밑줄 친 낱말과 바꾸어 쓸 수 있는 낱말의 기호를 쓰세요.

(1) 내가 물건을 잃어버린 곳을 물었지만 도윤이는 아무 응답이 없었다. ……………… (   )
   ㉮ 질문   ㉯ 대답   ㉰ 비밀

(2) 형이 못 온다고 하자 할머니의 얼굴에 서운한 기색이 역력히 보였다. ……………… (   )
   ㉮ 뚜렷이   ㉯ 말끔히   ㉰ 희미하게

(3) 어머니는 내가 갑자기 설거지를 돕겠다고 나서자 저의를 의심하셨다. ………… (   )
   ㉮ 거짓말   ㉯ 속마음   ㉰ 겉모습

점심시간이 되자 나는 더 초조해진다*.

우진이 엄마에게 손수건을 선물하는 게 뭐 부끄러운 일이라고. 하지만 다른 아이들이 알면 나를 놀려 댈 게 뻔하다.

아이들 모르게 전해 줄 기회가 없을까. 내 자리에서 두 칸이나 떨어진 곳에 앉아 있는 우진이의 뒤통수를 쳐다보고 있자니 마음이 점점 조마조마해진다.

5교시는 체육 시간이다.

반 아이들이 축구며 농구를 하느라 부산한데* 마침 우진이가 운동장 가장자리에 혼자 앉아 있는 게 보인다. 나는 마치 아무 일도 없다는 듯이 우진이 옆으로 다가간다. 내 손에는 장미꽃 한 송이가 쥐어져 있다. ㉠혹시나 해서 다른 아이들의 눈치를 본다*. 다행히 운동을 하느라 바빠 정신이 없는 것 같다.

"우진아, 이거…….."

우진이는 이게 뭐냐는 듯이 내가 내민 손을 바라본다. 우진이의 시선에 어쩐지 다리 힘이 풀리는 것 같다. ㉡꼭 햇볕에 녹아 버리는 아이스크림이 된 기분이다.

(가)

"이거……. 너의 엄마에게 드리는 선물이야." / "네가? 이게 뭔데?"

"너의 엄마가 건강해지셨으면 하는 마음으로 내가 십자수*를 놓은 손수건이야."

㉢손수건을 받아들며 우진이는 멋쩍은* 표정을 짓는다.

"고, 고마워. 너한테 이런 선물을 받게 될 줄 정말 몰랐어."

"저기…… 저번에 속상한 네 마음도 모르고 소리를 질러서 미안해. 내가 참았어야 하는데…….."

"아니, 오히려 화단에 있었던 너를 내가 오해한* 것 같아서 계속 마음에 걸렸어."

이 한마디에 마음이 따뜻해진 나는 괜히 우진이에게 되묻는다.

"너, 나를 말괄량이라고 생각하지?"

우진이가 날 바라본다. 그러고는 우진이답게 천천히, 어눌하게* 말한다.

"아니, 그렇게 생각하진 않는데…….."

㉣우진이가 내가 건네준 손수건을 만지작거리며 쩔쩔맨다*. 그런 우진이가 영락없는* 헛똑똑이*, 맹추로 보인다. 제 마음도 제대로 표현할 줄 모르는 헛똑똑이에 맹추, 그러니까 꼭 나 같은.

"그거 갖고 가겠다는 거야? 아님 안 받겠다는 거야?"

나는 일부러 명랑한 척 말한다. 우진이가 아는 말괄량이에 꼭 어울리는 목소리로. 그러자 우진이도 갑자기 표정을 바꾼다.

"당연히 말괄량이, 아니 현정님이 주신 건데 고맙게 받아 엄마한테 전해 드려야지."

낱말
풀이

＊초조해진다 답답하거나 안타깝거나 걱정이 되어 마음이 조마조마해진다. ＊부산한데 급하게 서두르거나 시끄럽게 떠들어서 어수선한데. ＊눈치를 본다 남의 마음과 태도를 살핀다. ＊십자수 실을 '십(十)' 자 모양으로 엇갈리게 놓는 수. ＊멋쩍은 어색하고 쑥스러운. ＊오해한 어떤 것을 잘못 알거나 잘못 해석한. ＊어눌하게 말을 잘하지 못하고 떠듬떠듬하는 면이 있게. ＊쩔쩔맨다 어려운 일을 당해 어찌할 바를 모르고 헤맨다. ＊영락없는 조금도 틀리지 않고 꼭 들어맞는. ＊헛똑똑이 겉으로는 아는 것이 많아 보이나, 정작 알아야 하는 것은 모르는 사람을 놀리는 말. ＊비명 크게 놀라거나 매우 괴로울 때 내는 소리.

"뭐? 말괄량이? 어디 한 번 더 말해 봐." / 나는 우진이 등짝을 힘껏 때린다.

그런데 이상하다. 우진이가 비명*을 지르지 않는다. 대신 웃는 얼굴로 나를 바라본다.

"현정아, 너는 씩씩해서 보기 좋아. 늘 밝게 웃으면서 지내는 모습을 볼 때마다 예쁘다고 생각했어." / 우진이가 벌떡 일어나 운동장으로 걸어간다. 난 자리에서 일어나지도 못했지만, ⓜ마음은 부풀어 올라 풍선이 되어 버린 것 같다.

– 이명랑, 『내 마음을 아는지 모르는지』

• • •

1

이 글에서 일어난 일이 <u>아닌</u> 것은 무엇인가요? (　　　)

① 현정이는 체육 시간에 우진이와 오해를 풀고 화해했다.

② 우진이는 현정이에게 말괄량이라고 말해 등짝을 맞았다.

③ 현정이는 우진이에게 우진이 엄마의 건강을 비는 선물을 했다.

④ 현정이는 점심시간부터 우진이에게 선물을 전해 줄 기회를 노렸다.

⑤ 현정이는 반 아이들이 정신없는 틈을 타 우진이에게 장미꽃을 주었다.

2

이 글에 대한 설명으로 알맞은 것은 무엇인가요? (　　　)

① 글쓴이가 등장인물과 사건을 관찰해 이야기한다.

② 작품 속 주인공이 직접 자신의 이야기를 들려준다.

③ 작품 밖에 있는 말하는 이가 사건을 객관적으로 들려주고 있다.

④ 작품 밖에 있는 말하는 이가 등장인물의 마음을 알려 주고 있다.

⑤ 작품 밖에 있는 말하는 이가 작품에 개입해 옳고 그름을 따지고 있다.

3

다음에서 설명하는 소재는 무엇인지 이 글에서 찾아 쓰세요.

> • 현정이에게는 우진이 엄마에 대한 걱정과 우진이에 대한 호감을 표현하는 물건임.
> • 우진이에게는 현정이의 마음을 알게 되어 현정이에게 자신의 마음을 표현하는 계기가 됨.

(　　　　　　　)

4

㉠~㉤에 담긴 등장인물의 마음으로 알맞지 <u>않은</u> 것은 무엇인가요? (　　　)

① ㉠: 조마조마한 마음　　　　　　② ㉡: 부끄러운 마음

③ ㉢: 고마운 마음　　　　　　　　④ ㉣: 당황한 마음

⑤ ㉤: 기쁜 마음

5

비판
하기

이 글에 나타난 '현정이'와 '우진이'의 대화를 알맞게 평가한 것은 무엇인가요? (   )

① 서로의 처지를 이해하고 배려하며 말하고 있다.
② 상대가 어떤 생각을 하는지 마음을 떠보고 있다.
③ 상대의 말에 대해 거의 반응을 보이지 않고 있다.
④ 상대가 말하는 내용을 제대로 이해하지 못하고 있다.
⑤ 상대에게 자신의 속마음을 털어놓도록 유도하고 있다.

6

적용
창의

이 글을 영화로 제작하려고 합니다. ㈎ 부분에서 감독이 지시할 내용으로 알맞지 <u>않은</u> 것은 무엇인가요? (   )

① 현정이와 우진이는 마주 보고 부드럽게 웃으면서 대화하세요.
② 현정이는 조심스러운 몸짓을 하며, 우진이는 자신 있고 당당한 태도로 연기하세요.
③ 현정이가 수놓은 십자수 손수건을 손에 들고 연기할 수 있게 소품으로 준비하세요.
④ 현정이와 우진이가 대화할 때 따뜻하고 부드러운 느낌의 배경 음악을 넣어 주세요.
⑤ 현정이가 우진에게 손수건을 주는 첫 장면에서는 손과 손수건이 잘 보이게 촬영해 주세요.

7

감상
하기

[보기]를 참고해 이 글을 알맞게 감상하지 <u>못한</u> 친구는 누구인가요? (   )

> [보기]   이 작품에서는 현정이와 우진이가 번갈아 자신의 이야기를 들려주며 이야기가 펼쳐
> 진다. 글쓴이는 청소년들의 삶을 조명하며 사춘기 시절에 가장 큰 고민인 이성 친구
> 와 친구 간의 우정, 장래 희망과 관련한 이야기들을 풀어낸다. 이야기 속에 아이들의
> 심리나 말투를 있는 그대로 보여 주어 책을 읽는 이들에게 생생한 현실감과 함께 자
> 연스러운 공감을 이끌어 낸다.

① 예원: 우진이와 현정이가 서로의 마음을 확인한 것이 주된 내용이야.
② 정안: 사춘기를 겪는 현정이와 우진이의 마음이 곳곳에 잘 표현돼 있어.
③ 건우: 일어날 수 없는 비현실적인 일을 소재로 환상적인 느낌을 주고 있어.
④ 성훈: 사춘기 소년과 소녀의 이성에 대한 관심을 바탕으로 사건이 진행되고 있어.
⑤ 민서: '저번에', '현정님이' 같은 실제 청소년들의 말투를 써서 공감을 불러일으키고 있어.

02회 지문 익힘 어휘

1
어휘
의미

첫소리를 참고해 뜻에 알맞은 낱말을 쓰세요.

(1) | ㅁ | ㅉ | 다: 어색하고 쑥스럽다.

(2) | ㅇ | ㄹ | ㅇ | 다: 조금도 틀리지 않고 꼭 들어맞다.

(3) | ㅉ | ㅉ | ㅁ | 다: 어려운 일을 당해 어찌할 바를 모르고 헤매다.

(4) | ㅂ | ㅅ | 하다: 급하게 서두르거나 시끄럽게 떠들어서 어수선하다.

(5) | ㅊ | ㅈ | 하다: 답답하거나 안타깝거나 걱정이 되어 마음이 조마조마하다.

2
어휘
활용

빈칸에 들어갈 알맞은 낱말을 [보기]에서 찾아 쓰세요.

[보기]	멋쩍	초조	부산	쩔쩔매	영락없

(1) 머리를 양갈래로 땋은 누나는 (   )는 인디언 소녀였다.

(2) 엄마는 대학 입학 시험을 보러 간 형을 (   )하게 기다리셨다.

(3) 지갑을 잃어버린 나는 집에 갈 차비가 없어서 (   )고 있었다.

(4) 어제 싸웠던 정안이에게 말을 걸려니 너무 (   )은 생각이 들었다.

(5) 우리 가족은 새로 이사한 집에 이삿짐을 정리하려고 (   )하게 움직였다.

3
어휘
확장

[보기]에서 밑줄 친 관용 표현의 뜻으로 알맞은 것은 무엇인가요? (   )

[보기]	나는 우진이에게 손수건을 주려고 다른 아이들의 <u>눈치를 보았다.</u>

① 두드러지게 드러나다.

② 남의 마음과 태도를 살피다.

③ 정신을 차리고 주의를 기울이다.

④ 남의 마음을 남다르게 빨리 알아채다.

⑤ 잠시 수단을 써서 보는 사람이 속아 넘어가게 하다.

새로운 길

윤동주

㉠내*를 건너서* 숲으로
고개*를 넘어서* 마을로

어제도 가고 오늘도 갈
나의 길 새로운 길

민들레가 피고 까치가 날고
아가씨가 지나고 바람이 일고*

나의 길은 언제나 새로운 길
오늘도…… 내일도……

내를 건너서 숲으로
고개를 넘어서 마을로

낱말
풀이

*내 강보다 작고 시내보다 큰 물줄기. *건너서 가로놓인 것을 넘어 맞은편으로 이동해서. *고개 사람이나 탈것이 넘어 다니는 산이나 언덕. *넘어서 어떤 곳을 건너거나 지나서. *일고 어떤 현상이나 사건이 생기고.

18

1 이 시에 대한 설명으로 알맞지 <u>않은</u> 것은 무엇인가요? (   )

세부
내용

① 1연과 2연은 내용상 의미가 비슷해 한 쌍을 이루고 있다.

② 상징적인 소재로 말하는 이가 가진 삶의 자세를 드러냈다.

③ 일정한 위치에 반복되는 소리를 넣어 노래하는 느낌을 준다.

④ 말줄임표를 써서 쉬지 않고 나아가려는 의지를 표현하고 있다.

⑤ 1연과 5연에서 똑같은 내용이 반복되어 시가 안정적으로 느껴진다.

2 이 시에서 '말하는 이'에 대한 설명으로 알맞은 것은 무엇인가요? (   )

세부
내용

① 지난 일에 대해 후회하며 반성하고 있다.

② 아무도 가지 않은 새 길을 찾기 위해 몰두하고 있다.

③ 조용하지만 자신의 길을 가려는 굳센 의지를 드러내고 있다.

④ 상대방에게 말을 건네며 자신의 감정을 밖으로 표현하고 있다.

⑤ 감정이 치밀어 오른 목소리로 시의 분위기를 이끌어 가고 있다.

3 1연부터 4연까지 '말하는 이'의 생각이 어떻게 바뀌었는지 차례대로 기호를 쓰세요.

구조
알기

㉮ 길에서 만나는 존재들에게 희망을 느낌.

㉯ 어려움을 이겨 내고 평화로운 곳으로 나아감.

㉰ 언제나 새로운 마음으로 자신의 길을 걸어감.

㉱ 앞으로도 자신에게 주어진 새로운 길을 가겠다고 다짐함.

(   ) → (   ) → (   ) → (   )

4 ㉠과 함축적인 의미가 <u>같은</u> 시어는 무엇인가요? (   )

추론
하기

① 숲   ② 길   ③ 고개

④ 바람   ⑤ 민들레

5

추론
하기

이 시의 분위기로 가장 알맞은 것은 무엇인가요? (   )

① 여유롭고 행복한 느낌을 준다.
② 아름답고 환상적인 느낌을 준다.
③ 희망적이지만 굳센 의지가 드러난다.
④ 엄숙하고 장엄한 분위기가 느껴진다.
⑤ 암울하고 우울한 분위기가 드러난다.

6

주제
찾기

이 시의 주제로 알맞은 것은 무엇인가요? (   )

① 조국의 독립을 바라는 마음
② 어머니 같은 자연의 너그러움
③ 자연을 파괴하는 현대 물질 문명의 비판
④ 반복되는 일상생활의 단조로움과 고마움
⑤ 언제나 새로운 마음으로 인생을 살아가려는 의지

7

감상
하기

[보기]를 참고해 이 시를 알맞게 감상하지 <u>못한</u> 친구는 누구인가요? (   )

[보기]   문학 작품을 감상할 때 작품이 쓰여진 시기를 고려하여 작품을 읽으면 작품에서 글
쓴이가 말하고자 하는 바를 더욱 확실히 파악할 수 있다.
    이 시는 우리나라가 일본에게 시달려 고통을 겪던 일제 강점기에 쓰여졌다. 당시 일
본은 전쟁을 일으키고 전쟁에 필요한 물건과 사람을 우리나라에서 빼앗아 갔다. 이
시기는 우리 민족에 대한 일제의 수탈이 점점 혹독해지던 때였다.
    이러한 시대적 배경을 이해하고 작품을 감상하면 말하는 이가 당시의 암울한 상황
에도 불구하고 앞으로 다가올 미래를 위해 계속해서 나아가겠다는 의지를 드러냈다
는 것을 알 수 있다.

① 도윤: 말하는 이가 현실에 대한 희망을 놓지 않는 모습을 보니 뭉클해졌어.
② 한율: '마을'은 말하는 이가 가고자 하는 곳이니, 글쓴이가 소망하는 세계를 뜻하겠구나.
③ 정민: '마을'로 가는 길이 순탄치만은 않다는 내용에서 당시의 어려움을 표현하고 있구나.
④ 수아: 말하는 이는 희망을 갖고 앞으로 계속 나가면 바라는 세상이 올 것이라고 믿고 있어.
⑤ 채은: 말하는 이가 내일도 가겠다고 말한 것에서 시련을 힘겨워하는 마음이 느껴져서 안타까워.

03회 지문 익힘 어휘

1 어휘 의미

[보기]에서 낱말과 그 뜻이 알맞게 짝 지어지지 <u>않은</u> 것을 찾아 기호를 쓰세요.

> [보기] ㉮ 일다: 어떤 곳을 건너거나 지나다.
> ㉯ 내: 강보다 작고 시내보다 큰 물줄기.
> ㉰ 고개: 사람이나 탈것이 넘어 다니는 산이나 언덕.
> ㉱ 건너다: 가로놓인 것을 넘어 맞은편으로 이동하다.

(   )

2 어휘 활용

빈칸에 들어갈 낱말을 찾아 선으로 이으세요.

(1) 작은 [   ]가 모여 바다가 된다. •

(2) 우리는 강을 [   ] 목적지에 도착했다. •

(3) 도둑이 담을 [   ] 집 안으로 들어왔다. •

(4) 짐을 실은 마차에 흙먼지가 [   ] 기침이 나왔다. •

(5) 아버지는 가파른 [   ]에 올라 조용히 먼 곳을 바라보셨다. •

• ㉮ 내
• ㉯ 일어
• ㉰ 고개
• ㉱ 건너
• ㉲ 넘어

3 어휘 확장

밑줄 친 낱말의 뜻으로 알맞은 것을 [보기]에서 찾아 기호를 쓰세요.

> [보기] • 내: ㉮ 일정한 범위의 안.
> ㉯ 코로 맡을 수 있는 기운.
> ㉰ 시내보다는 크고 강보다는 작은 물줄기.

(1) 부엌에서 무엇인가 탄 <u>내</u>가 난다. (   )

(2) 사공은 <u>내</u>를 건너려고 배를 띄웠다. (   )

(3) 이 달 <u>내</u>에 실험 보고서를 완성하자. (   )

(4) 곰팡이 때문인지 퀴퀴한 <u>내</u>가 나는 것 같아. (   )

[앞 이야기] 강원도 깊은 두메의 학마을 사람들은 학을 신처럼 여겼다. 학이 찾아온 해에는 길운이, 학이 찾아오지 않는 해에는 액운이 들었기 때문이다. 학은 나라를 빼앗긴 해부터 삼십육 년 동안 찾아오지 않았다. 이장네 손자 덕이가 이웃에 사는 봉네에게 장가를 들기로 한 전날 밤, 봉네를 짝사랑했던 바우도 마을에서 사라졌다. 그리고 우리나라가 해방된 해에 기적처럼 다시 학이 찾아오고 군대에 끌려갔던 이장네 손자 덕이와 박 훈장의 손자 바우도 돌아왔다.

    누런 군복을 입고 어깨에 총을 멘 사나이 셋이 학마을로 들어왔다. 그러고는 이장*을 찾는 것이 아니라 박동무를 찾았다. 마을 사람들은 박동무라는 사람은 이 마을에 없노라고 했다. 그들은 다시 박 바우라고 했다. 그때에야 바우를 찾는 줄을 알았다. 그리고 또 바우가 그들과 한패라는 것도 알았다. 그들은 마을 사람들을 학나무 밑에 모았다. 그리고 긴 연설을 한바탕 늘어놓고 나서 바우를 앞에 내다 세웠다. 이제부터는 박 동무가 이 부락*의 인민 위원장이라고 했다. (중략)
    바우는 더욱 자주 면*엘 다녀 나왔다. 그러고는 하루에 두 번씩 마을 사람들을 학나무 밑에 모았다. 소위* 회의를 한다는 것이었다. ㉠그러나 마을 사람들은 잘 모이지를 않았다. 바우는 반동*이 무언지 '반동, 반동' 하고 목에 핏대를 세웠다*. 그래도 마을 사람들은 잘 안 모였다. 그것도 그럴 것이, 마을 사람들 사이에는, 학이 전에 없이 새끼를 물어 떨어뜨리자 밀려 들어온 그들은, 어쨌든 이 학마을을 잘되게 해 줄 사람들이 아닌 것만은 분명하다는 말이 퍼지고 있었기 때문이었다. 이런 사유*를 안 바우는 그길로 면으로 달려갔다. 그러고는 저녁때가 거의 되어 그는 어깨에 총을 해 메고 돌아왔다. 그는 곧 또 마을 사람들을 불러 모았다. 몇 사람이 총을 멘 바우를 구경한다고 모였다. 그 자리에서 바우는 또 떠들어대었다. 이마의 흉터가 더욱 험상스레* 움직였다. 사업을 방해하는* 자는 누구든지 다 반동이라며 큰 소리를 질렀다. 그리고 반동은 사정없이* 숙청해야* 한다고 했다. 그런 의미에서 이 마을에서는 우선 저 학부터 처치해야* 한다고 하며 학나무 꼭대기를 가리켰다. 그는 천천히 돌아섰다. 학나무 그루에 세워 놓았던 총을 집어 들었다. 철커덕 총을 재었다. 총부리를 들어 올렸다.
    "바우!" / 옆에 섰던 덕이가 바우의 팔을 붙들었다. 바우는 흠*이 있는 오른쪽 눈썹을 쓱 치켜올리며 덕이의 얼굴을 쏘아보았다.
    "놔!" / 바우는 덕이의 손을 뿌리쳤다. ㉡덕이는 꽉 빈 주먹을 쥐었다.

(가)   학은 두 마리 다 바로 머리 위 가지에 앉아 있었다. 바우는 총을 겨누었다. 마을 사람들은 숨을 딱 멈추었다. 얼굴들이 새파래졌다. 무서운 일이었다. 그러나 누구 하나 감히* 바우의 총 앞으로 나서는 사람은 없었다.

낱말 풀이

＊**이장** 행정 구역인 '이(리)'를 대표해 일을 맡아보는 사람. ＊**부락** 시골에서 여러 집이 모여 이룬 마을. ＊**면** 시나 군에 속하고 몇 개의 리로 구성되는 지방의 행정 구역. ＊**소위** 사람들이 흔히 말하는 바대로. ＊**반동** 진보나 발전적인 일에 반대하는 일. 여기서는 북한군의 지시에 따르지 않는 일. ＊**핏대를 세웠다** 목의 핏줄이 두드러지게 나오도록 몹시 화를 냈다. ＊**사유** 일의 까닭. ＊**험상스레** 모양이나 상태가 매우 거칠고 험하게. ＊**방해하는** 일이 제대로 되지 못하도록 간섭하고 막는. ＊**사정없이** 남의 사정을 헤아려 주지 않고 매몰차게. ＊**숙청해야** 권력을 유지하기 위해 반대하는 세력을 몰아내야. ＊**처치해야** 처리하여 없애거나 죽여야. ＊**흠** 깨지거나 갈라지거나 상한 자국. ＊**감히** 두렵거나 어렵지만 그래도. ＊**사면** 앞과 뒤, 왼쪽과 오른쪽의 모든 방향. ＊**아찔하였다** 갑자기 정신이 흐려지고 조금 어지러웠다.

타다당.

 총소리가 쨍 사면*의 산을 흔들었다. 학은 훌쩍 달아났다. 그러면 그렇지 하는 마을 사람들은 얼른 바우의 얼굴부터 살폈다. 그런데 어찌 된 일일까. 분명히 두 마리 다 훌쩍 위로 떠오르는 것을 보았는데, 펑 하는 소리와 함께 날개를 축 늘어뜨린 한 마리가 땅바닥에 떨어졌다. 마을 사람들은 정신이 아찔하였다*. 아무도 말이 없었다.

– 이범선, 「학마을 사람들」

1 이 글에 대한 설명으로 알맞은 것은 무엇인가요? (   )

세부
내용

① 이 글의 공간적 배경은 학마을이다.
② 이 글의 주인공은 바우로, 비극적 운명에 맞서는 인물이다.
③ 말하는 이는 작품 안에서 마을에 일어난 일을 관찰하고 있다.
④ 글쓴이는 인물의 마음을 그림을 그리듯 자세하게 표현해 내고 있다.
⑤ 시골의 느낌을 주는 소재를 사용해 고향에 대한 그리움을 불러일으킨다.

2 이 글에서 가장 <u>먼저</u> 일어난 일은 무엇인가요? (   )

구조
알기

① 덕이는 학을 쏘려는 바우를 말렸다.
② 바우가 부락의 인민 위원장이 되었다.
③ 바우가 쏜 총에 한 마리의 학이 죽었다.
④ 누런 군복을 입고 총을 멘 사람들이 마을에 들어왔다.
⑤ 바우가 마을 사람들을 학나무 아래에 모아놓고 연설을 했다.

3 ㉠의 까닭으로 알맞은 것은 무엇인가요? (   )

세부
내용

① 농사철이라 집집마다 농사짓는 데 바빠서
② 바우가 인민 위원장이 된 것이 못마땅해서
③ 총을 멘 바우의 거친 말과 행동이 두려워서
④ 누런 군복을 입은 사람들과 한패라는 생각이 들어서
⑤ 학마을을 잘되게 해 줄 사람들이 아니라는 것이 분명해서

4 이 글에 나타난 '바우'의 성격으로 알맞은 것은 무엇인가요? (   )

추론
하기

① 점잖고 의젓하다.   ② 모질고 잔인하다.
③ 치사하고 뻔뻔하다.   ④ 느긋하고 낙천적이다.
⑤ 야무지고 억척스럽다.

5
추론
하기

㉡에 나타난 '덕이'의 마음을 알맞게 짐작한 것은 무엇인가요? (   )

① 총을 든 바우가 무서웠을 거야.
② 바우가 총을 든 것이 부러웠을 거야.
③ 바우가 하려는 행동이 옳다고 생각했을 거야.
④ 바우가 마을 사람들을 위한다고 생각했을 거야.
⑤ 바우의 위험한 행동을 말릴 수 없어서 분했을 거야.

6
적용
창의

이 글을 영화로 만들려고 합니다. ㉮ 부분에서 감독이 지시할 내용으로 알맞지 <u>않은</u> 것은 무엇인가요? (   )

① 바우 역의 배우는 덕이의 손을 뿌리칠 때 못마땅한 듯이 행동해 주세요.
② 마을 사람 역의 배우들은 총을 든 바우 앞에서 단호한 표정을 지어 주세요.
③ 학이 총을 맞고 떨어질 때에는 마을 사람들의 공포에 휩싸인 표정을 확대해 주세요.
④ 덕이 역의 배우가 바우를 부를 때에는 낮고 힘이 있지만 간절한 말투로 말해 주세요.
⑤ 바우가 학을 향해 총을 겨눌 때에는 긴장감이 느껴지도록 낮고 빠른 음악을 넣어 주세요.

7
감상
하기

[보기]를 참고해 이 글을 알맞게 감상한 친구는 누구인가요? (   )

> [보기] 이 작품은 일제 강점기에 접어들기 전부터 1950년에 일어났던 6·25 전쟁 직후까지
> 를 배경으로 하고 있다. 글쓴이는 학을 떠받들며 살아온 학마을 사람들의 모습을 통
> 해 우리 민족의 아픈 역사를 이야기하고 전쟁의 상처를 극복할 수 있다는 희망을 보
> 여 주고 있다.
>   특히 이 작품에서 학마을 사람들의 운명은 학의 모습과 관련이 많다. 학이 날아오면
> 마을에 평화가 오고, 학이 오지 않자 일본에 나라를 빼앗긴다. 학이 다시 찾아오자 광
> 복이 되었고, 학의 새끼가 죽자 6·25 전쟁이 터졌다.

① 채은: 이 글에서 학은 학마을과 바깥 세계를 이어 주는 존재야.
② 정민: 학마을 사람들은 학에 대한 다툼으로 고통을 겪는 사람들을 나타내고 있어.
③ 수아: 글쓴이는 마지막 장면에서 생태계 보호를 위해 노력해야 한다고 강조하고 있어.
④ 영우: 글쓴이는 바우가 학에게 총을 쏜 일로 우리나라가 나라를 빼앗긴 일을 표현했어.
⑤ 희연: 두 마리의 학 중 한 마리만 살아 떠난 것은 우리나라의 분단을 상징하는 것이구나.

04회 지문 익힘 어휘

1
어휘
의미

뜻에 알맞은 낱말을 찾아 선으로 이으세요.

(1) 두렵거나 어렵지만 그래도. •

(2) 갑자기 정신이 흐려지고 조금 어지럽다. •

(3) 남의 사정을 헤아려 주지 않고 매몰차다. •

(4) 일이 제대로 되지 못하도록 간섭하고 막다. •

• ㉮ 감히

• ㉯ 방해하다

• ㉰ 사정없다

• ㉱ 아찔하다

2
어휘
활용

빈칸에 들어갈 알맞은 낱말을 [보기]에서 찾아 쓰세요.

[보기]	소위	방해	감히	사정	아찔

(1) 아버지는 ( ) 할아버지의 말씀에는 맞서지 못하셨다.

(2) 동생은 내가 시끄럽게 굴어서 공부를 ( )한다고 엄마께 일렀다.

(3) 번지 점프대에 올라 아래를 내려다보니 강물이 ( )하게 보였다.

(4) 우리 동네는 ( ) 혐오 시설이라고 부르는 쓰레기 소각장을 설치했다.

(5) 형은 나에게 부딪쳐 얼굴을 다칠 뻔하자 ( )없이 내 엉덩이를 걷어찼다.

3
어휘
확장

[보기]에서 밑줄 친 관용 표현의 뜻으로 알맞은 것은 무엇인가요? ( )

[보기]	엄마는 동생이 차에 치일 뻔하자 운전자에게 <u>핏대를 세우며</u> 말씀하셨다.

① 피가 끓을 정도로 젊고 혈기가 왕성하다.

② 목의 핏줄이 두드러지게 나오도록 몹시 화를 내다.

③ 핏줄이 두드러질 정도로 몹시 괴롭거나 애가 타다.

④ 피가 뜨거울 정도로 의지나 의욕 등이 매우 강하다.

⑤ 지식이나 영양분 등이 완전히 소화되어 자기 것이 되다.

[앞 이야기] 뤼브롱산에서 양을 치는 나는 보름마다 주인 농장에서 식량을 싣고 오는 사람들에게 마을 소식을 듣고 있다. 나는 그중에서도 아름다운 주인집 아가씨 스테파네트의 소식이 가장 궁금했다. 어느 날, 뜻밖에도 집안 사람들이 모두 일이 있어 아가씨가 직접 식량을 싣고 산에 왔다. 나에게 작별을 고하고 돌아가던 아가씨는 물이 불어난 강물에 빠져 다시 산으로 돌아와 나와 함께 밤을 지새게 된다.

"너희 양치기들은 모두 마법사라고 하던데, 그게 정말이야?"

"천만에요, 아가씨. 하지만 우리 양치기들은 남들보다는 더 별들과 가까이 지내고 있으니까, 아래 평지*에 사는 사람들보다는 별나라 일을 더 잘 알 수도 있어요."

아가씨는 여전히 하늘을 쳐다보고 있었습니다. 손으로 턱을 괸 채 염소 가죽을 두르고 있는 아가씨의 모습은 참말 ㉠천국의 귀여운 목자* 같았습니다.

"어머나, 저렇게 많다니! 정말 기막히게 아름답구나. 이렇게 많은 별을 보는 것은 태어나서 처음이야. 저 별들의 이름을 아니?"

"그럼요, 아가씨. 우리들 머리 위를 똑바로 보세요. 저것은 '성 자크의 길(은하수)'이라고 해요. 이 길은 프랑스에서 스페인까지 이어진답니다. 샤를마뉴 대왕*이 사라센*과 전쟁을 할 때, 갈리시아*의 성 자크가 용감한 왕에게 길을 알려 주기 위해 표시한 거예요. 저 멀리 떨어진 곳에는 '영혼들의 수레(큰곰자리)'가 있는데, 수레의 굴대* 네 개가 반짝이고 있지요. 그 앞에 보이는 세 개의 별은 '세 마리 짐승'이고요, 그중 세 번째 별과 마주보고 있는 작은 꼬마 별이 '마부'랍니다. 그 별 주위로 빗방울이 떨어지는 것처럼 쏟아지는 별들이 보이죠? 그건 하나님께서 하늘나라에 받아들이고 싶지 않은 영혼들을 모아 놓은 거예요. 조금 아래쪽에 있는 별은 '갈퀴*' 혹은 '삼왕성(오리온자리)'이라는 별이에요. 우리 목동들에게는 시계 역할을 하는 별이지요. 저는 그 별을 쳐다보기만 해도 지금 시각이 자정*이 지났다는 걸 안답니다. (중략)"

"뭐라고! 양치기야, 그럼 별들도 결혼을 하는 거야?" / "그럼요, 아가씨."

(가)
나는 이제 그 결혼이라는 게 어떤 것인지를 이야기해 주려고 했습니다. 그때, 내 어깨에 무언가 상큼하면서도 가녀린* 것이 살며시 눌리는 감촉이 느껴졌습니다. 아가씨가 졸음에 겨운 나머지 무거워진 머리를 가만히 기대 온 것이었습니다. 아가씨는 리본과 레이스, 곱슬곱슬한 머리카락을 앙증스럽게* 비비대며 나에게 기대었습니다. 훤하게* 먼동*이 터 올라 별들이 시나브로* 빛을 잃을 때까지 나는 꼼짝 않고* 아가씨의 잠든 얼굴을 지켜보며 꼬박 밤을 새웠습니다. 가슴이 두근두근 설레는 것

낱말
풀이

＊**평지** 바닥이 평평하고 넓은 땅. ＊**목자** 양을 치는 사람. ＊**샤를마뉴 대왕** 서유럽을 대부분 정복해 통일한 프랑크 왕국의 황제. ＊**사라센** 아라비아 사람들. ＊**갈리시아** 스페인 서북부의 지방. ＊**굴대** 수레바퀴의 한가운데에 있는 구멍에 끼우는 쇠나 나무. ＊**갈퀴** 철사나 대나무 조각을 엮어서 만든, 낙엽이나 곡물 등을 긁어모으는 데 사용하는 부챗살 모양의 기구. ＊**자정** 밤 열두 시. ＊**가녀린** 몸이 여리고 가는. ＊**앙증스럽게** 작으면서도 깜찍하고 귀엽게. ＊**훤하게** 조금 흐릿하면서도 밝게. ＊**먼동** 아침 해가 뜰 무렵의 동쪽 하늘. ＊**시나브로** 모르는 사이에 조금씩 조금씩. ＊**꼼짝 않고** 조금도 활동하지 않고. ＊**비호** 한쪽 편에 서서 감싸고 보호함. ＊**순결함** 더러운 것이 섞이지 않아 깨끗함. ＊**총총하게** 촘촘하게 떠 있는 별들이 맑고 또렷하게. ＊**온순하고** 성질이나 마음씨가 부드럽고 순하고. ＊**운행하고** 우주에 있는 물체가 궤도를 따라 움직이고. ＊**고이** 편안하고 평화롭게.

은 어찌할 수 없었지만, 내 마음은 오직 아름다운 것만을 생각하며, 맑은 밤하늘의 비호*를 받아 어디까지나 성스럽고 순결함*을 잃지 않았습니다.

우리 주위에는 총총하게* 빛나는 별들이 마치 헤아릴 수 없이 거대한 양 떼처럼 온순하고* 고요하게 운행하고* 있었습니다. 나는 이따금 이런 생각을 했습니다. ⓛ저 하늘의 수많은 별들 중에 가장 가냘프고 가장 빛나는 별 하나가 그만 길을 잃고 내 어깨에 내려앉아 고이* 잠들어 있노라고 말입니다.

– 알퐁스 도데, 「별」

1

세부
내용

이 글에 대한 설명으로 알맞지 <u>않은</u> 것은 무엇인가요? (   )

① '나'는 아가씨를 남몰래 사랑하고 있다.
② 주인공인 '내'가 아가씨와 있었던 일을 들려준다.
③ 아가씨와 '나'는 하늘을 바라보며 이야기하고 있다.
④ 시간적 배경은 별이 떠 있는 한밤중부터 새벽까지이다.
⑤ 아가씨에게 별을 설명하는 '나'의 직업은 천문학자이다.

2

구조
알기

이 글을 쓴 방법으로 알맞은 것은 무엇인가요? (   )

① 대화를 중심으로 사건이 빠르게 진행된다.
② 시간의 흐름을 중심으로 사건을 요약하여 보여 준다.
③ 인물의 마음이나 행동을 그림을 그리듯이 자세하게 설명한다.
④ 구체적인 장소를 넣어 이야기가 실제 일어난 일처럼 느껴지게 한다.
⑤ 말하는 이를 바꾸어 가면서 장면을 다양한 시각으로 상상하도록 한다.

3

어휘
어법

㉠과 ⓛ이 빗대어 표현한 대상은 무엇인가요? (   )

① 나   ② 별   ③ 목동
④ 아가씨   ⑤ 샤를마뉴 대왕

4

추론
하기

이 글에 나타난 '나'의 성격으로 알맞지 <u>않은</u> 것은 무엇인가요? (   )

① 배려심이 많다.   ② 수줍음이 많다.
③ 착하고 순박하다.   ④ 아는 척을 잘한다.
⑤ 순수한 사랑을 추구한다.

5

추론
하기

㈎ 부분을 [보기]처럼 고쳐 쓸 때의 효과로 알맞지 <u>않은</u> 것은 무엇인가요? (   )

[보기]   목동이 결혼에 대해 이야기하려고 할 때, 그는 자신의 어깨에 무언가 상큼하면서도 가녀린 것이 살며시 눌리는 감촉을 느꼈다. 아가씨는 졸음에 겨운 나머지 무거워진 머리를 가만히 목동에게 기대어 왔다. 아가씨는 리본과 레이스, 곱슬곱슬한 머리카락을 앙증스럽게 비비대며 그에게 기대었다. 그는 훤하게 먼동이 터 올라 별들이 시나브로 빛을 잃을 때까지 꼼짝 않고 아가씨의 잠든 얼굴을 지켜보며 꼬박 밤을 새웠다. 목동은 가슴이 두근두근 설레어서 어쩔 줄 몰랐다. 누구나 사랑을 느낄 때는 심장이 요동치기 마련이다. 하지만 그는 마음속으로 오직 아름다운 것만을 생각했다. 맑은 밤하늘의 비호를 받아 어디까지나 성스럽고 순결함을 잃지 않았다.

① 글쓴이가 주관적 생각을 작품에 넣을 수 있다.
② 말하는 이의 위치가 작품 외부에서 내부로 바뀌었다.
③ ㈎와 마찬가지로 말하는 이와 읽는 이의 거리가 가깝다.
④ 말하는 이가 인물의 생김새뿐 아니라 마음과 상황까지 모두 알고 있다.
⑤ 말하는 이가 모든 것을 밝혀 주어 읽는 이가 상상할 부분이 줄어들 수 있다.

6

감상
하기

이 글에 대한 감상을 알맞게 말하지 <u>못한</u> 친구는 누구인가요? (   )

① 채은: 자신을 믿는 아가씨를 밤새 지켜 준 목동의 모습이 참 대견해 보였어.
② 수아: 목동을 마법사라고 말한 아가씨의 말에서 목동에 대한 신뢰감이 느껴졌어.
③ 한율: 별자리에 대한 이야기를 들으며 상상 속에서 인물들이 살아 움직이는 느낌을 받았어.
④ 정민: 밤하늘에 떠 있는 별들을 아름답게 표현한 장면이 마치 한 폭의 그림을 보는 것 같아.
⑤ 도윤: 시간에 따라 보이는 위치가 달라지는 별자리가 목동에게는 안내자의 역할을 하고 있군.

7

주제
찾기

이 글의 주제로 알맞은 것은 무엇인가요? (   )

① 다른 이를 돕고 배려하는 자세
② 밤하늘의 아름다움과 경이로움
③ 목동의 순수하고 아름다운 사랑
④ 현실을 극복하기 위한 희망과 의지
⑤ 인간을 품는 자연의 넉넉함과 아름다움

05회 지문 익힘 어휘

1 뜻에 알맞은 낱말을 낱말 카드로 만들어 쓰세요.

어휘
의미

| 앙 | 로 | 이 | 비 | 증 | 순 | 나 | 시 | 온 |

(1) 편안하고 평화롭게. → 고 ▢

(2) 한쪽 편에 서서 감싸고 보호함. → ▢ 호

(3) 작으면서도 깜찍하고 귀엽다. → ▢ ▢ 스럽다

(4) 성질이나 마음씨가 부드럽고 순하다. → ▢ ▢ 하다

(5) 모르는 사이에 조금씩 조금씩. → ▢ ▢ 브 ▢

2 빈칸에 들어갈 알맞은 낱말을 찾아 선으로 이으세요.

어휘
활용

(1) 가을이 되자 ▢ 낙엽이 떨어지기 시작했다. •

(2) 엄마는 배가 아프다고 칭얼대는 동생을 침대에 ▢ 눕히셨다. •

(3) 우리 집 강아지는 성격이 ▢ 해서 놀러 온 친구들도 잘 따른다. •

(4) 김 사장은 고위 관리들의 ▢ 아래 오랫동안 사장 자리를 지켰다. •

(5) 어린이용으로 만들어진 병원 놀잇감은 청진기와 주사기까지 ▢ 스러웠다. •

• ㉮ 고이

• ㉯ 앙증

• ㉰ 온순

• ㉱ 비호

• ㉲ 시나브로

3 밑줄 친 관용 표현의 쓰임으로 알맞지 <u>않은</u> 것은 무엇인가요? (　　)

어휘
확장

① 지아는 발밑을 지나는 개미가 다칠까 봐 <u>꼼짝 않고</u> 있었다.
② 동생까지 엄마 일을 돕고 있는데 너는 어떻게 <u>꼼짝 않고</u> 있니?
③ 아버지는 남을 돕는 일이라면 앞에 나서서 <u>꼼짝 않는</u> 사람이다.
④ 억수같이 내리는 비 때문에 우리 가족은 호텔 안에 <u>꼼짝 않고</u> 있었다.
⑤ 나는 아침에 일어나서 밥을 먹기 전까지는 내 방에서 <u>꼼짝 않는</u> 버릇이 있다.

多

많을 다

'다(多)' 자는 '많다', '낫다', '겹치다'라는 뜻을 가진 글자예요. 이 글자는 고기가 많이 쌓여 있는 모습을 그린 것에서 '많다'라는 뜻을 갖게 되었어요.

● 다음 획순에 따라 한자를 따라 쓰세요.

多	ノ ク タ 多 多 多
多 多 多	

다행 多幸
(많을 다, 다행 행)

뜻밖에 운이 좋음.
예 기차를 놓칠까 봐 걱정했는데 무사히 타게 되어 다행이다.
반대말 불행(不幸): 행복하지 않음.

다수 多數
(많을 다, 셈 수)

많은 수.
예 민주주의 사회에서는 다수의 의견을 따를 때가 많다.
반대말 소수(少數): 적은 수.

과다 過多
(지날 과, 많을 다)

수나 양이 지나치게 많거나 어떤 일을 많이 함.
예 아무리 좋은 약이라도 과다 복용해서는 안 된다.
반대말 과소(過少): 양이나 수가 지나치게 적음.

Q 밑줄 친 글자의 뜻은 무엇인가요? (   )

다행	다수	과다

① 굽다   ② 적다   ③ 많다   ④ 바르다   ⑤ 정하다

2주

한자 利 (이할 리) 자

엿장수가 엿판을 길목에 내리자 남이는 ㉠가시처럼 꼭 찌르는 소리로

"보소!"

엿장수는 놀란 듯 힐끗 한 번 돌아보고는 담을 싼 아이들을 헤치고 남이에게로 오는데 남이는 입을 샐쭉하면서* 대뜸 / "내 신 내놓소!"

했다. 엿장수는 걸음을 멈추고 한참 동안 남이를 바라보다 말고 은근한 말투로

"신은 웬 신요?"

하고는 상대편에 의심을 받을 만큼 히죽이 웃어 보이자, 남이는 눈을 까칠해* 가지고

"잡아떼면 누가 속을 줄 아는가 베!"

그러나 엿장수는 ㉡수양버들 봄바람 맞듯 연식* 히죽거리며

"뭘요, ㉢그믐밤에 홍두깨*도 분수가 있지?"

남이는 발끈하고 / "신 말이오!"

"신을요?" / "어제 우리 집 아이들을 꾀어 간 옥색 고무신 말요!"

엿장수는 머리를 박박 긁으며 / "꾀기는 누가……."

하고는 한 걸음 앞으로 다가서서 길 아래 위를 살핀 다음 낮은 소리로

"그 신이 당신 신이던교?" / "누구 신이든 내놔요, 빨리!"

엿장수는 또 머리를 긁으면서* / "당신 신인 줄 알았으면야, 이놈이 미친놈이 아닌 댐에야……."

하고 지나치게 고분거리는데* 남이는 한결같이 앙살*을 부린다.

"내놔요. 빨리!" / 엿장수는 손짓으로 어루듯* 달래듯

"가만있소, 도가에 가 보고 신이 그냥 있으면야 갖다 주고 말고. 만일 신이 없으면 새 신이라도 사다 줄게요. 염려 마소!"

하고는 남이의 발을 눈잼* 하는데, 이때 난데없이 굵다란 벌 한 마리가 날아와 남이의 얼굴 주위를 잉잉 날아온다. 남이는 상을 찌푸리고 한 손을 내저어 벌을 쫓고, 목을 돌리고 하는데, 벌은 갑자기 남이 저고리 앞섶에 붙어 가슴패기*로 기어오르고 있다.

이것을 조마조마 보고 있던 엿장수는 / "가 가만……."

하고는 한걸음에 뛰어들어 / "요놈의 벌이……." / 하고 손바닥으로 벌을 딱 덮어 눌렀다.

옆에서 보기에도 민망스런* 순간이었다.

남이는 당황하면서도 귀 언저리를 붉히고 한 걸음 뒤로 물러서자 함께, 엿장수 손아귀에는 벌이 쥐어졌다. 쥐킨* 벌은 고스란히 있을 리가 없다. 한 번 잉 소리를 내고는 고만 손바닥을 쏘아 버렸다.

낱말
풀이

＊샐쭉하면서 소리를 내지 않고 웃듯이 입이나 눈이 한쪽으로 살짝 움직이면서. ＊까칠해 성질이 부드럽지 못하고 매우 까다로워. ＊연식 잇따라 자꾸. ＊그믐밤에 홍두깨 별안간 엉뚱한 말이나 행동을 함. ＊머리를 긁으면서 수줍거나 무안해서 어쩔 줄 모를 때 그 어색함을 무마하려고 머리를 긁적이면서. ＊고분거리는데 공손하고 부드럽게 행동하는데. ＊앙살 엄살을 부리며 버티고 겨루는 짓. ＊어루듯 편안하게 하거나 기쁘게 하려고 몸을 흔들어 주듯. '어르다'의 사투리. ＊눈잼 눈으로 보아 대강 짐작하는 것. ＊가슴패기 가슴의 넓고 평평한 부분. ＊민망스런 낯을 들고 대하기에 부끄러운 데가 있는. ＊쥐킨 움직일 수 없게 손에 잡힌. '쥐이다'의 사투리. ＊앙감질 한 발은 들고 한 발로만 뛰는 짓. ＊무색해서 부끄럽거나 민망해 마음이 편하지 않아서.

동시에 엿장수는 / "앗!" / 하고 쥐었던 손을 펴 불며 털며 앙감질*을 하는 꼴이 남이는 어떻게나 우스웠던지 그만 손등으로 입을 가리고 킥킥 하고 웃어 버렸다. 엿장수는 반은 울상 반은 웃는 상 남이를 바라보는데, 남이의 송곳니가 무척 예뻐 보였다. 남이는 엿장수와 눈이 마주치자 무색해서* 눈을 땅바닥으로 떨어뜨렸다.

- 오영수, 「고무신」

● ● ●

1
세부
내용

이 글의 내용으로 알맞지 <u>않은</u> 것은 무엇인가요? (　　　)

① 남이가 엿장수에게 고무신을 돌려 달라고 말했다.

② 엿장수는 이미 고무신이 남이의 것인 줄 알고 있었다.

③ 남이는 벌에 쏘인 엿장수의 모습이 재미있어서 웃어 버렸다.

④ 남이는 엿장수가 아이들을 꾀어 고무신을 팔게 했다고 생각했다.

⑤ 엿장수는 남이의 저고리에 붙은 벌을 잡아 주려다 손바닥을 쏘였다.

2
구조
알기

이 글에서 '말하는 이'에 대한 설명으로 알맞은 것은 무엇인가요? (　　　)

① 말하는 이가 자신이 관찰한 사건을 이야기해 준다.

② 주인공인 등장인물이 직접 자신의 이야기를 들려준다.

③ 말하는 이가 작품 밖에서 사건을 객관적으로 들려준다.

④ 말하는 이가 등장인물의 마음을 독자에게 알려 주고 있다.

⑤ 말하는 이가 작품 속에서 벌어진 일에 대해 의견을 말하고 있다.

3
세부
내용

'엿장수'와 '남이' 사이에 묘한 감정이 생기게 된 계기는 무엇인가요? (　　　)

① 엿장수가 순순히 고무신을 돌려주겠다고 한 일

② 엿장수가 남이의 송곳니가 예쁘다고 생각한 일

③ 엿장수가 남이에게 새 고무신을 사 주겠다고 한 일

④ 엿장수가 남이의 저고리에 붙은 벌을 쫓으려다 쏘인 일

⑤ 엿장수가 남이의 고무신을 가져가지 않았다고 잡아뗀 일

4
추론
하기

㉠과 ㉡의 표현이 주는 효과로 알맞은 것을 <u>두 가지</u> 고르세요. (　　,　　)

① 상황이나 마음을 참신하게 나타낸다.

② 환상적이고 신비로운 느낌을 더해 준다.

③ 내용을 구체적이고 생동감 있게 전달한다.

④ 다음에 일어날 일을 미리 짐작하게 해 준다.

⑤ 익숙한 내용에 빗대어 친근한 느낌을 전달한다.

5

ⓒ의 뜻으로 알맞은 것은 무엇인가요? (   )

① 별안간 엉뚱한 말이나 행동을 함.

② 갈수록 더욱 어려운 지경에 처함.

③ 실행하기 어려운 것을 공연히 의논함.

④ 무서운 사람 앞에서 설설 기면서 꼼짝 못 함.

⑤ 열심히 하고 있는데도 더 빨리하라고 독촉함.

6

[보기]는 이 글의 결말 부분입니다. [보기]를 참고할 때, 밑줄 친 '고무신'의 의미로 알맞지 <u>않은</u> 것은 무엇인가요? (   )

> [보기]　　철수 아내는 보통이 한 개를 들고 따라 나오면서 남이에게 귓속말로 뭣을 일러 주고 …… 이래서, 남이는 떠나간다. 다만 한 가지 철수 내외에게 수수께끼는 마을 중턱에서 남이를 보내고 서서 그의 뒷모양을 바라보는데, 남이가 어이한 옥색 <u>고무신</u>을 신고 가는 것이다. 더구나 한 번도 신지 않은 새 것을……
> 　　철수 내외는 서로 얼굴만 쳐다볼 뿐 도로 물어본달 수도 없고 해서 그만두었다.
> 　　보리밭 사이 조그만 언덕길로 옥색 고무신을 신은 남이는 갔다. 자지내 골짜기로 꽃놀음을 가는 줄만 알았던 남이가 난데없는 영감 하나를 따라가고 있는 광경을 엿장수는 울음고개 위에서 멀거니 바라보고 있는 것을 남이 자신이야 알 리도 없었다.

① 좋아하는 사람이 사 준 물건

② 좋아하는 사람에게 선물한 물건

③ 두 사람의 이별을 상징하는 물건

④ 두 사람 사이의 사연이 담긴 물건

⑤ 마을을 떠나는 아쉬움을 나타내는 물건

7

이 글에 대한 감상으로 알맞지 <u>않은</u> 것은 무엇인가요? (   )

① 엿장수와 남이가 처음으로 만나게 된 고무신과 관련한 사건이 드러나 있어.

② 마지막 부분에서 엿장수와 남이가 서로에게 호감을 가졌다는 것을 알 수 있어.

③ 글쓴이는 이야기 속에서 사투리를 사용해 향토적이고 정다운 느낌을 주고 있어.

④ 글쓴이는 고무신을 소재로 당시 사람들의 가난하고 힘든 생활을 표현하고 있어.

⑤ 엿장수가 사라진 것이 얼마 되지 않았으므로, 시간적 배경은 가까운 옛날일 거야.

06회 지문 익힘 어휘

1
어휘
의미

낱말과 그 뜻이 알맞게 짝 지어지지 않은 것은 무엇인가요? (   )

① 앙감질: 엄살을 부리며 버티고 겨루는 짓.

② 까칠하다: 성질이 부드럽지 못하고 매우 까다롭다.

③ 무색하다: 부끄럽거나 민망해 마음이 편하지 않다.

④ 민망스럽다: 낯을 들고 대하기에 부끄러운 데가 있다.

⑤ 샐쭉하다: 소리를 내지 않고 웃듯이 입이나 눈이 한쪽으로 살짝 움직이다.

2
어휘
활용

빈칸에 들어갈 알맞은 낱말을 찾아 선으로 이으세요.

(1) 언니는 [   ]하게 웃는 모습이 참 예뻤다. •

(2) 동생은 수영장에서 귀에 물이 들어갔는지 [   ]을 했다. •

(3) 여러 번 시험에서 떨어진 형은 성격이 [   ]하게 바뀌었다. •

(4) 몸이 아프다고 했던 수아는 걱정한 것이 [   ]하게 건강해 보였다. •

(5) 어젯밤에 잠을 설쳐서 수업 시간에 너무 졸았더니 선생님께 [   ]스러웠다. •

• ㉠ 무색

• ㉡ 까칠

• ㉢ 샐쭉

• ㉣ 민망

• ㉤ 앙감질

3
어휘
확장

[보기]의 빈칸에 공통으로 들어갈 낱말은 무엇인가요? (   )

[보기]
• 좋아하는 수아 앞에 있으니 괜히 [   ]을/를 긁게 되네.
• 우리 반 합창곡으로는 무엇이 좋을지 [   ]을/를 모아 보자.
• 이미 [   ]이/가 굵은 아이들이 어른들의 말을 들을 리 없다.
• 윤슬이는 시험이 끝나서 [   ]을/를 식히려고 아빠와 캠핑을 왔다.

① 손   ② 귀   ③ 머리

④ 다리   ⑤ 등허리

고전 소설 글 수준: ★★★★★ 어휘 수준: ★★★★☆ 글자 수: 1264

공부한 날 ☐ 월 ☐ 일

15분 안에 푸세요.

[앞 이야기] 한 가난한 양반이 관청에서 빌려 먹은 환곡*이 1천 섬이나 되었다. 이를 조사한 관찰사가 잡아 가두라고 명령하자 양반이 곤란한 상황에 처했다. 이 소문을 들은 마을의 부자는 대신 환곡을 갚고 양반 신분을 사기로 했다. 어느 날, 군수는 길을 가다 양반을 만났는데 양반이 이제 자신은 평민이고 부자가 양반이라고 말했다. 이에 군수는 마을 사람들을 불러 양반 증서를 써 주기로 한다.

군수는 온 고을의 양반들과 농사꾼, 장인*, 장사꾼들을 모두 한자리에 불렀다. 군수는 양쪽에 부자와 양반을 세우고, 미리 만들어 둔 양반 증서를 읽어 내려갔다.

"여기 이 양반이 환곡 천 섬을 갚기 위해 부자에게 양반의 권리를 팔았다. 양반은 새벽 다섯 시쯤 일어나 등불을 켜고, 바르게 앉아 어려운 글을 매끄럽게 읽어야 한다. 배고픔을 참고 추위를 견디며, 가난하다는 말을 해서는 안 된다. 종을 부를 때는 '아무개야' 하고 길게 부르고, 신 뒤축*을 끌면서 느리게 걸어야 한다. 날씨가 아무리 더워도 버선을 벗어서는 안 되며, 밥을 먹을 때도 상투를 매야 한다. 식사할 때 국물부터 먼저 마시거나 후루룩 소리를 내서는 안 된다. 밥상에서 젓가락으로 쿡쿡 소리를 내거나 탁주*를 마시고 수염을 훔치면 안 된다. 아무리 화가 나도 여자나 종을 때려서는 안 된다. 춥다고 화롯가에서 손을 쬐지 말고, 말할 때 침을 튀겨서도 안 된다. 돈놀이를 해서도 안 된다. 이 백 가지 행동 중 하나라도 어길 때는 양반이 이 증서를 가지고 관청에 오면 예전 신분으로 돌아갈 수 있다."

군수가 증서 끝에 이름을 다 쓰고 도장까지 쾅쾅 찍었다. 가만히 양반 증서의 내용을 듣던 부자는 한참 동안 ㉠어안이 벙벙하여* 서 있었다.

"양반이라는 게 겨우 이뿐이오? 양반은 신선 같다고 들었는데 이뿐이라면 내가 아무 이익 없이 억울하게 곡식만 빼앗긴 셈이잖소. 아무쪼록 좀 더 이롭게* 고쳐 주시오."

그래서 증서를 새로 만들었다.

"하늘이 낸 네 가지 백성 중 가장 귀한 것은 선비로, 이를 양반이라고 하는데, 이보다 더 좋은 것은 없다. 양반은 농사를 짓지도, 장사하지도 않는다. 옛글이나 역사를 대략만 알면 과거를 치르고, 여기서 크게 되면 문과*요, 작게는 진사*가 된다. 문과의 홍패*는 두 자*도 채 못 되지만, 이것으로 온갖 물건을 얻을 수 있으니 돈 자루나 다름없다. 서른 살에 진사가 되어도 얼마든지 이름이 날 수 있다. 권세* 있는 남인*에게 잘 보이면 수령* 노릇도 할 수 있다. 일산* 바람에 귓바퀴가 시원해지고, 종놈들의 '예이.' 소리에 배부를 것이다. 곤궁한* 선비로 시골에 살면, 이웃집 소를 가져다가 내 밭을 먼

*환곡 조선 시대 백성들을 위해 관청에서 빌려 주던 곡식. *장인 손으로 물건을 만드는 일을 직업으로 하는 사람. *뒤축 신발이나 양말 등에서 발뒤꿈치가 닿는 부분. *탁주 맛이 약간 텁텁하며 쌀로 만든 한국 고유의 하얀색 술. *어안이 벙벙하여 뜻밖에 놀랍거나 기막힌 일을 당해 어리둥절하여. *이롭게 도움이나 이익이 되게. *문과 조선 시대 문관을 뽑던 과거 시험. *진사 조선 시대 과거의 예비 시험인 소과에 합격한 사람. *홍패 과거 급제한 사람에게 주던 합격 증서. *자 길이의 단위. 한 자는 약 30.3cm임. *권세 아주 큰 권력. *남인 박지원이 살았던 시대에 권력을 잡고 있던 조선 시대 당파의 하나. *수령 각 지역을 맡아 다스리던 관리. *일산 햇볕을 가리기 위해 세우는 큰 양산. *곤궁한 돈이나 먹을 것이 없어 매우 가난한. *잿물 주로 빨래할 때 썼던, 짚이나 나무를 태운 재를 우려낸 물. *원망 마음에 들지 않아서 탓하거나 미워함. *혀를 내두르며 몹시 놀라거나 어이없어서 말을 못하며. *맹랑하구먼 이치에 맞지 않구먼. *입 밖에 내지 어떤 생각이나 사실을 말로 드러내지.

저 갈고, 동네 농부에게 내 밭을 먼저 김매게 할 수 있다. 감히 누가 나를 욕하겠는가. 욕하는 놈의 코에 잿물*을 따르고 상투를 잡고 수염을 뽑더라도 원망*조차 못할 것이다."

여기까지 듣던 부자가 혀를 내두르며* 말하였다.

"그만 두시오. 맹랑하구먼*. 나를 도적놈으로 만들 셈이오?"

하고는 머리를 흔들면서 달아났다. 그 뒤부터는 죽을 때까지 '양반'이라는 말을 입 밖에 내지* 않았다.

– 박지원, 「양반전」

1 이 글에 대한 설명으로 알맞지 <u>않은</u> 것은 무엇인가요? (   )

세부
내용

① 중심 사건은 양반의 신분을 사고판 일이다.
② 첫 번째 증서에는 양반이 지켜야 할 의무가 들어 있다.
③ 부자는 글쓴이가 비판하려는 계층을 대표하는 인물이다.
④ 당시 사회 상황에 대한 글쓴이의 비판 의식이 드러나 있다.
⑤ 두 번째 증서에는 양반이 누릴 수 있는 권리가 나타나 있다.

2 이 글을 쓴 방법으로 알맞은 것은 무엇인가요? (   )

구조
알기

① 양반과 부자의 주장에 대해 옳고 그름을 논리적으로 밝히고 있다.
② 양반이 신분을 팔게 한 원인이 되는 사건을 요약해서 설명하고 있다.
③ 양반과 네 가지 신분이 어떻게 다른지 차이점을 들어 설명하고 있다.
④ 군수가 양반 증서를 고쳐 쓰는 과정을 시간의 흐름에 따라 보여 준다.
⑤ 양반과 부자, 군수와 마을 사람들의 모습을 그림을 그리듯이 보여 준다.

3 '부자'가 증서를 다시 써 달라고 한 까닭은 무엇인가요? (   )

세부
내용

① 양반으로서 지켜야 할 일이 많다고 생각해서
② 양반이 되면 신선처럼 될 것이라고 생각해서
③ 양반이 되면 많은 이익을 얻을 수 있을 것 같아서
④ 군수가 양반의 편에 서서 문서를 썼다고 생각해서
⑤ 양반이 누리는 것들이 공정하지 못하다고 생각해서

4 ㉠과 바꾸어 쓸 수 있는 낱말로 알맞은 것은 무엇인가요? (   )

어휘
어법

① 어리둥절하여   ② 고리타분하여   ③ 싱숭생숭하여
④ 복작복작하여   ⑤ 글썽글썽하여

37

5 이 글에 나타난 당시의 사회 모습으로 알맞지 <u>않은</u> 것은 무엇인가요? (　　　)

추론
하기

① 부자가 되면 돈으로 양반 신분을 살 수 있었다.
② 양반은 가장 높은 신분으로 많은 특권을 누렸다.
③ 군수는 관청의 행정뿐 아니라 법적인 문제도 해결했다.
④ 남인은 과거를 통해 관리를 임명하는 권한을 가지고 있었다.
⑤ 굶주린 백성들을 위해 관청에서 곡식을 빌려 주는 제도가 있었다.

6 글쓴이가 [보기]의 방법으로 비판한 양반의 모습이 <u>아닌</u> 것은 무엇인가요? (　　　)

추론
하기

> [보기]　풍자란, 대상을 우스꽝스럽게 비꼬면서 놀리거나 비판하는 웃음이다. 주로 대상의
> 도리에 어긋나거나 이치에 맞지 않는 모습, 부도덕한 모습을 비판할 때 쓰는 표현 방
> 법이다.

① 백성에게 횡포를 부리는 모습　　　　② 하는 일 없이 놀고 먹는 모습
③ 재물에 대한 욕심이 없는 모습　　　　④ 체면과 겉치레만 신경 쓰는 모습
⑤ 돈을 주고 벼슬을 사고파는 모습

7 [보기]를 참고할 때, 이 글을 알맞게 감상하지 <u>못한</u> 것은 무엇인가요? (　　　)

감상
하기

> [보기]　지윤: 「양반전」을 쓴 박지원은 어떤 사람이었나요?
> 선생님: 박지원은 조선 시대의 실학자로, 백성들을 잘살게 만들기 위해 우리보다 앞선
> 청나라의 문물과 서양의 과학 기술을 받아들이자고 주장했어요. 경제를 살려 백성
> 들의 살림이 넉넉해야 도덕성도 갖게 된다는 주장을 폈지요.
> 지윤: 그럼 이 작품에도 그런 글쓴이의 생각이 들어 있겠네요?
> 선생님: 맞아요. 박지원은 이 작품을 쓴 까닭에 대해 "선비는 가난하더라도 선비의 본
> 분을 잊어서는 안 된다. 오늘날 선비들은 마땅히 지켜야 할 도리와 절개를 갖추는
> 데 힘쓰지 않고 있다. 도리어 부질없이 가문만을 재물로 여겨 조상이 쌓아 놓은 덕
> 을 사고팔게 되니 이야말로 장사꾼과 무엇이 다르랴. 이에 「양반전」을 짓는다."라고
> 말했답니다.

① 부자가 말한 '도적놈'은 본분을 잊고 권력을 휘두르는 양반들을 비판한 표현이야.
② 군수가 만든 첫 번째 증서에서는 양반에 대한 긍정적인 모습이 주로 드러나 있어.
③ 글쓴이는 돈으로 신분을 사고팔 수 있었던 당시의 사회 모습을 작품으로 표현했어.
④ 글쓴이는 농사도, 장사도 하지 않는 양반은 경제적으로 쓸모가 없다고 생각하고 있어.
⑤ 글쓴이는 신분을 파는 양반은 조상이 쌓아 놓은 덕을 사고파는 것과 같다며 비판하고 있어.

07회 지문 익힘 어휘

1

어휘
의미

빈칸에 들어갈 알맞은 낱말을 [보기]에서 찾아 쓰세요.

[보기]	원망	권세	이롭다	곤궁하다	맹랑하다

(1) ( ): 아주 큰 권력.

(2) ( ): 이치에 맞지 않다.

(3) ( ): 도움이나 이익이 되다.

(4) ( ): 마음에 들지 않아서 탓하거나 미워함.

(5) ( ): 돈이나 먹을 것이 없어 매우 가난하다.

2

어휘
활용

밑줄 친 낱말의 쓰임이 알맞지 <u>않은</u> 것은 무엇인가요? ( )

① 토마토에는 우리 몸의 건강에 <u>이로운</u> 성분이 많다.

② 조선 시대에 안동 김씨 가문은 오랫동안 큰 <u>권세</u>를 누렸다.

③ 어머니는 <u>맹랑한</u> 살림에도 우리 남매의 옷에 신경을 많이 쓰셨다.

④ 한율이는 자신이 게임에서 진 까닭에 대해 <u>맹랑한</u> 주장을 늘어놓았다.

⑤ 우리 반의 합창 순서가 맨 앞이 되자 아이들의 <u>원망</u>은 제비뽑기를 한 반장을 향했다.

3

어휘
확장

빈칸에 들어갈 알맞은 관용 표현을 찾아 선으로 이으세요.

(1) 지금부터 내가 너에게 말하는 일은 절대 [ ] 안 돼.	㉮ 혀를 차다
(2) 초등학생이 마라톤을 완주하는 모습을 본 사람들은 [ ].	㉯ 입 밖에 내다
(3) 할머니는 놀이터에서 흙을 던지며 싸우는 아이들을 보시고 [ ].	㉰ 혀를 내두르다
(4) 휴대 전화를 망가뜨린 사정을 말하려고 했으나 [ ] 뿐 말이 안 나왔다.	㉱ 입 안에서 뱅뱅 돌다

별처럼 꽃처럼

오세영

교실은 온통* 별밭이다.
초롱초롱* 반짝이는 너희들의 눈
별 하나의 꿈,
별 하나의 희망,
별 하나의 이상*.

㉠교실은 흐드러진* 장미밭이다.
까르르 웃는 너희들의 웃음
장미 한 송이의 사랑,
장미 한 송이의 열정*,
장미 한 송이의 순결.

교실은 향긋한* 사과밭이다.
수줍게* 피어나는 너희들의 볼
사과 한 알의 보람,
사과 한 알의 결실*,
사과 한 알의 믿음.

교실은 찬란한* 보석밭이다.
너희들의 빛나는 이마
이름을 부르면 하나씩 깨어나는
사파이어,
에메랄드,
다이아몬드.

아 너희들은 영원히 빛나는
별밭이다.
꽃밭이다.

온통 전부 다. *초롱초롱* 눈이 생기가 있고 맑은 모양. *이상* 이루기는 어렵지만 꿈꾸거나 생각해 볼 수 있는 가장 완전하고 훌륭한 상태. *흐드러진* 꽃이 가득 피어 있어 아주 탐스러운. *열정* 어떤 일에 뜨거운 애정을 가지고 열심히 하는 마음. *향긋한* 은근히 향기로운. *수줍게* 남 앞에 나서는 것을 부끄러워하거나 어려워하는 마음이 있게. *결실* 곡식이나 과일나무가 열매를 맺거나 맺은 열매가 익음. *찬란한* 빛깔이나 모양 등이 매우 화려하거나 아름다운.

1

세부
내용

이 시에 대한 설명으로 알맞지 <u>않은</u> 것은 무엇인가요? (   )

① 비슷한 뜻을 가진 낱말을 여러 개 늘어놓고 있다.

② 문장을 명사로 끝맺어 역동적인 분위기를 표현한다.

③ 1연, 2연, 3연은 비슷한 의미를 지녀 한 쌍을 이룬다.

④ 비슷한 구조를 가진 문장을 반복해 운율을 만들어 낸다.

⑤ 감각적인 표현을 사용해 대상을 생동감 있게 나타내고 있다.

2

세부
내용

'말하는 이'에 대한 설명으로 알맞지 <u>않은</u> 것은 무엇인가요? (   )

① 교실 안에 있는 학생들을 바라보는 '선생님'이다.

② 표현하려는 대상을 예찬하는 태도를 보이고 있다.

③ 자신의 감정을 조절하면서 대상을 담담하게 바라보고 있다.

④ 감탄하는 낱말을 써서 학생들에 대한 감정을 표현하고 있다.

⑤ 대상에게 친근하게 말을 건네는 듯한 다정한 말투를 사용하고 있다.

3

어휘
어법

이 시에서 비유한 대상을 알맞게 정리한 것은 무엇인가요? (   )

	표현 대상	빗대어 표현한 대상	비슷한 점
①	교실	별밭	웃음
②	교실	장미밭	열정
③	너희들의 볼	사과	향긋함
④	너희들의 눈	장미	찬란함
⑤	너희들의 이마	사파이어	흐드러짐

4

추론
하기

㉠의 함축적 의미로 가장 알맞은 것은 무엇인가요? (   )

① 교실에 장미가 많이 피었다.

② 학생들이 장미처럼 흐드러지게 많다.

③ 아름다운 장미 향기로 가득 차 있는 교실이다.

④ 장미가 핀 모습처럼 아이들의 웃음소리가 교실을 환하게 한다.

⑤ 교실 속에서 장미 한 송이를 피우기 위해 학생 모두가 노력하고 있다.

41

5

추론
하기

[보기]를 참고할 때 ㉮에 들어갈 낱말은 무엇인가요? (　　　　)

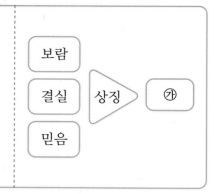

[보기]　　'상징'은 표현하려고 하는 추상적인 관념이나 사상을 구체적인 사물을 통해 암시하여 나타내는 방법이다. 낱말이 지닌 본래의 의미에 새로운 의미를 제시해 주므로, 표현하고자 하는 의미를 더욱 섬세하고 풍부하게 표현할 수 있다.

　　이 시의 1연에서는 '별'에 꿈, 희망, 이상이라는 함축적인 의미를 담아 전달하고 있다.

① 별　　　　　　② 장미　　　　　　③ 교실
④ 보석　　　　　　⑤ 사과

6

주제
찾기

이 시의 주제로 가장 알맞은 것은 무엇인가요? (　　　　)

① 교실 안 학생들의 모습 예찬
② 꿈을 이루기 위한 학생들의 노력
③ 긍정적으로 살아가려는 마음의 중요성
④ 보석처럼 빛나는 사과밭의 향긋한 내음
⑤ 꿈을 향해 나아가는 학생들의 강인한 의지

7

감상
하기

이 시에 대한 감상을 알맞게 말하지 못한 친구는 누구인가요? (　　　　)

① 도윤: 학생들이 사용하는 교실을 여러 가지 밭에 비유해서 표현했어.
② 채은: 빛나는 학생들의 이마를 상상하니 귀하고 아름답다는 생각이 들었어.
③ 한율: 학생들의 눈과 웃음, 볼 등으로 말하는 이의 시선이 옮겨지고 있구나.
④ 정민: 나도 교실 안에 사과나무를 심어서 아름다운 향이 나게 하고 싶어졌어.
⑤ 수아: 시를 읽으면 교실 안에서 반짝이는 눈으로 선생님을 바라보는 학생들이 떠오르네.

08회 지문 익힘 어휘

1 뜻에 알맞은 낱말을 찾아 선으로 이으세요.

어휘
의미

(1) 전부 다. •

(2) 은근히 향기롭다. •

(3) 빛깔이나 모양 등이 매우 화려하거나 아름답다. •

(4) 어떤 일에 뜨거운 애정을 가지고 열심히 하는 마음. •

(5) 남 앞에 나서는 것을 부끄러워하거나 어려워하는 마음이 있다. •

• ㉮ 열정

• ㉯ 온통

• ㉰ 수줍다

• ㉱ 향긋하다

• ㉲ 찬란하다

2 빈칸에 들어갈 알맞은 낱말을 [보기]에서 찾아 쓰세요.

어휘
활용

[보기]	열정	찬란	온통	수줍	향긋

(1) 소나기가 내리려는지 하늘은 ( ) 먹구름이다.

(2) 엄마가 개어 놓은 빨래에서 ( )한 비누 냄새가 났다.

(3) 누나는 좋아하는 형이 나타나자 ( )게 얼굴을 붉혔다.

(4) 정안이는 ( )을 쏟아 관객들 앞에서 첼로를 연주했다.

(5) 할머니께서 물려주신 자개함은 ( )한 빛깔이 아름다웠다.

3 [보기]처럼 두 낱말이 합쳐져 만들어진 낱말로 알맞지 **않은** 것은 무엇인가요? ( )

어휘
확장

[보기]	• 피다 + 나다 → 피어나다	• 깨다 + 나다 → 깨어나다

① 오다 + 가다 → 오가다　　　　　② 돌다 + 오다 → 돌오다

③ 굳다 + 세다 → 굳세다　　　　　④ 사다 + 팔다 → 사고팔다

⑤ 오르다 + 내리다 → 오르내리다

15분 안에 푸세요.

[앞 이야기] 승준이는 재혼한 어머니를 따라 새아버지와 살게 된다. 그러다가 어머니가 돌아가신 후 새아버지마저 사고로 몸져눕고 6·25 전쟁까지 터지자 고등학교 2학년인 승준이는 새아버지와 동생 순녀를 먹여 살리려고 뚝섬에 있는 채소밭에서 일하게 된다.

그렇게 지내는 얼마 동안은, 승준이에게 있어서는 오히려 다행했던 것이다. 그 뒤, 동네에서는 승준이가 제 일만 하고 동회*에 나오지 않는다고 말썽이 일어났다.

"어떻게 합니까? 아버지는 두 달째 누워 계시고, 누이동생은 어리고, 제가 일을 하지 않으면 식구가 굶을 지경인걸요."

"동무같이 ㉠딱한 형편에 있는 사람이 남반부에 동무 한 사람뿐이갔소? 제각기 딱한 사정으로 말한다면 뉘래 있어 남반부를 해방시키갔소?"

동회 안에 있는 민청*에서는 따발총을 안은 괴뢰군*이 이렇게 사투리 말씨로 몰아세웠다.

승준이는 괴뢰군 사병*과 말을 다투어도 소용이 없으므로 입을 다물 수밖에 없었다.

여기서는 자칫하면 '의용군*'으로 끌려 나가게 된다는 것을 승준이도 잘 알고 있었다. 동네에서 승준이네 형편을 비교적 알고 있는 동회장(인민 위원장)이,

"승준이는 아버지가 노동자 출신*이니 승준이도 그만큼 성분*이 좋으니까 우리가 믿는 거야, 알겠어? 이 길로 당장 한강 철교 복구장에 나가. 그러면 집에서도 굶도록 하지는 않을 테니까. 알겠어?"

이렇게 말하는 것은 승준이를 은근히* 감싸 주는 속셈이었다.

(가) 승준이도 이것을 거역할* 수는 없었다. 그리하여 한 이틀 뚝섬엘 나가면 이틀은 동원*에 끌려 나가게 마련이었다. 이렇게 되면, 언제 또 의용군으로 끌려 나갈는지 그것도 모를 일이다. 그것은 시간 문제에 지나지 않았다. / 그의 아버지도 자리에 누운 채 걱정스러운 듯이,

"얘, 아주 뚝섬엘 나가 있구 들어오지 말렴. 한 열흘에 한 번씩 끓여 먹을 것만 조금씩 붙여 보내고……." / 했다. (중략)

(나) 그렇다고 해서 승준이는 밤낮 숨어만 있는 것은 아니었다. 먼 곳에서 조금이라도 수상한* 그림자가 비치기 전에는 밭에서 늘 일을 하고 있었다. 그러다 보니, 승준이는 거의 두 사람 몫의 일을 하게 되었다. 주인 내외도 여간* 만족해하지 않았다. 하루 세 번씩 날라다 주는 밥이나 반찬도 승준이에게는 흡족할* 정도였다.

그러나, 한 가지 걱정은 오랫동안 아버지와 순녀를 보지 못하는 일이었다. 양식*과 반찬거리만은 주인집 아주머니가 이레*에 한 번씩 가져다주지만, 병중에 있는 아버지가 자기에겐 연락도 못한 채,

---

낱말
풀이

*동회 동네의 일을 협의하는 모임. *민청 '북조선민주청년동맹'의 줄임말. 1946년에 조직된 공산주의 단체. *괴뢰군 북한 인민군을 소련의 꼭두각시로 비난하여 이르던 말. *사병 군대에서, 장교가 아닌 보통 군인. *의용군 국가나 사회가 갑자기 위험에 빠졌을 때, 이를 구하기 위해 민간인으로 조직된 군대. *출신 지역, 학교, 직업 등에 의해 정해지는 사회적 신분. *성분 개인의 사상적 배경이나 사회적 계층. *은근히 행동 등이 드러나지 않고 은밀하게. *거역할 윗사람의 뜻이나 명령 등을 따르지 않고 거스름. *동원 전쟁에 대비해 병력이나 전쟁용 물품을 모으고 전쟁 때의 체제로 바꾸는 일. *수상한 보통과 달리 이상하고 의심스러운. *여간 보통의 정도로. *흡족할 조금도 모자람이 없을 정도로 넉넉하여 만족할. *양식 살기 위해 필요한 사람의 먹을거리. *이레 일곱 날. *그믐 음력으로 한 달의 마지막 날. *상륙했다는 배에서 육지로 올라왔다는.

만약의 경우라도 당하면 어떻게 하나 하는 것이 가장 안타까웠다. 그리고, 전쟁도 또 언제 끝날는지 모르는 것을, 어느 때까지나 이렇게 호박 덩굴 속에만 누워 배길 수도 없는 노릇이라고 생각되었다.

그러는 동안 8월도 그믐*이 지나고 9월 중순께가 되었다. 유엔군이 인천에 상륙했다는* 소문이 전해져 왔다. 밤마다 인천 쪽 하늘은 진한 놀 같은 불빛으로 물들어졌다. 차차 대포 소리가 들리기 시작하였다.

— 김동리, 「아버지와 아들」

• • •

1

세부
내용

이 글의 내용으로 알맞은 것은 무엇인가요? (   )

① 승준이는 전쟁이 터지자 의용군에 자원했다.

② 동회장이 승준이를 몰아세우며 괴뢰군에 동원했다.

③ 승준이는 헤어져 지내는 아버지와 동생 순녀를 걱정했다.

④ 승준이는 괴뢰군에게 아버지와 동생의 핑계를 대지 않았다.

⑤ 승준이는 뚝섬에서 숨어 지내는 동안 아무 일도 하지 않았다.

2

세부
내용

'승준이'가 집에 가지 않고 숨어 지내는 까닭은 무엇인가요? (   )

① 유엔군이 올 때까지 기다리려고

② 아픈 아버지를 치료시켜 일하게 하려고

③ 의용군으로 언제 끌려갈지 모르기 때문에

④ 아버지와 헤어져서 새로운 가정에서 지내려고

⑤ 자신의 딱한 형편을 괴뢰군이 알아주지 않아서

3

추론
하기

이 글에 나타난 '승준이'의 성격으로 알맞은 것은 무엇인가요? (   )

① 일하기 싫어한다.   ② 정치에 관심이 많다.

③ 공부하는 것을 좋아한다.   ④ 가족에 대한 애정이 깊다.

⑤ 웃어른에 대한 예의가 없다.

4

어휘
어법

밑줄 친 낱말이 ㉠과 다른 뜻으로 쓰인 것은 무엇인가요? (   )

① 누나는 날마다 일에 지친 모습이 딱했다.

② 사정이 딱한 것은 알지만 어쩔 수 없었다.

③ 우리 주변에는 딱한 사정을 가진 사람들이 있다.

④ 아무리 급해도 당신이 나서기 딱하면 그만두세요.

⑤ 어린아이가 추위에 떨며 구걸하는 모습이 딱해 보였다.

5
㉮ 부분에서 짐작할 수 있는 승준의 마음은 어떠한가요? (   )

① 수줍고 멋쩍다.   ② 기쁘고 행복하다.

③ 속상하고 억울하다.   ④ 여유롭고 편안하다.

⑤ 불안하고 걱정스럽다.

6
글쓴이가 ㉯ 부분을 쓴 방법으로 알맞은 것은 무엇인가요? (   )

① 인물이 마음속으로 느끼는 갈등을 보여 주고 있다.

② 인물들의 대화를 중심으로 이야기가 펼쳐지고 있다.

③ 공간적 배경에 대해 그림을 그리듯이 보여 주고 있다.

④ 인물이 자신의 과거를 떠올리는 방식으로 이야기가 진행된다.

⑤ 인물의 행동에 대한 까닭을 하나씩 밝혀내면서 이야기가 진행된다.

7
[보기]를 참고해 이 글을 감상한 것으로 알맞지 <u>않은</u> 것은 무엇인가요? (   )

[보기] 이 작품에는 6·25 전쟁 무렵 서울에 살던 사람들의 생활이 잘 드러나 있다. 1950년 6월 25일, 북한군의 불법 남침으로 시작된 6·25 전쟁은 처음에는 소련의 지원을 받은 북한이 삽시간에 낙동강 이남을 제외한 남한의 영토를 점령했다. 그러자 유엔은 유엔군을 파견해 인천 상륙 작전으로 곧바로 서울을 되찾고 그 기세를 몰아 북진했다. 남한과 북한이 엎치락뒤치락하던 중 중공군이 개입하면서 전쟁은 교착 상태에 머물다가 1953년 7월 27일에 휴전 협정이 이루어졌다. 이 과정에서 서울 사람들은 짧은 시간 동안 이념이 다른 사람들끼리 충돌하고 희생당하는 일이 많았다. 특히 청년들은 자신의 의지와 상관없이 의용군에 끌려가서 같은 민족끼리 총을 들이대야 하는 상황에 처하기도 했다.

① 이 글은 북한군이 서울을 점령했을 때를 배경으로 하고 있구나.

② 글쓴이는 꾸며 낸 이야기 속에 실제 사건을 집어넣어 사실적인 느낌을 주고 있어.

③ 당시 서울 청년들처럼 승준이도 의용군에 끌려가지 않으려고 뚝섬에 숨어 있었군.

④ 이 글의 마지막 부분은 9월 중순에 있었던 유엔군의 인천 상륙 작전을 뜻하는 거네.

⑤ 승준이는 변화가 심했던 시대에 적응하지 못한 인물로 인간의 한계를 보여 주고 있군.

09회 지문 익힘 어휘

1
어휘
의미

뜻에 알맞은 낱말을 낱말 카드로 만들어 쓰세요.

| 상 | 족 | 근 | 륙 | 거 | 흡 | 수 | 은 | 상 | 역 |

(1) 배에서 육지로 올라오다. → ☐☐하다

(2) 보통과 달리 이상하고 의심스럽다. → ☐☐하다

(3) 행동 등이 드러나지 않고 은밀하다. → ☐☐하다

(4) 조금도 모자람이 없을 정도로 넉넉하여 만족하다. → ☐☐하다

(5) 윗사람의 뜻이나 명령 등을 따르지 않고 거스르다. → ☐☐하다

2
어휘
활용

빈칸에 들어갈 알맞은 낱말의 기호를 쓰세요.

(1) 오늘 밤 우리나라에 태풍이 ☐한다고 했다. …………………………… (　　　)
㉮ 상륙　　　㉯ 수상　　　㉰ 거역

(2) 동생은 놀이터에서 ☐한 사람을 보았다고 했다. …………………… (　　　)
㉮ 은근　　　㉯ 수상　　　㉰ 상륙

(3) 형은 부모님의 뜻을 ☐하고 화가가 되기로 했다. ………………… (　　　)
㉮ 거역　　　㉯ 동원　　　㉰ 수상

(4) 언니는 부모님이 ☐해하실 정도로 좋은 성적을 받았다. ……………… (　　　)
㉮ 은근　　　㉯ 거역　　　㉰ 흡족

3
어휘
확장

[보기]에서 밑줄 친 관용 표현의 뜻으로 알맞은 것은 무엇인가요? (　　　)

> [보기]　　　　승준은 군인과 다툴 수 없어서 입을 다물었다.

① 말을 꺼냈다.　　　　　　② 먹지 않았다.
③ 말을 많이 하지 않았다.　　④ 북받치는 감정을 힘껏 참았다.
⑤ 말하지 않거나 하던 말을 그쳤다.

[앞 이야기] 켄터키주의 지주 셸비는 사업 실패로 흑인 노예인 톰과 엘리저 가족을 팔아야 했다. 엘리저 가족은 탈출하지만 착한 톰은 남겨질 가족을 위해 스스로 팔려가던 중 우연한 기회에 착한 주인 세인트클레어를 만난다. 하지만 주인이 죽자 다시 잔혹한 주인 레글리에게 팔려 목화밭에서 심한 학대*를 받다가 여자 노예 캐시와 에멀린의 탈출 계획을 듣게 된다.

도망친 흑인 노예 캐시와 에멀린이 추적*에도 잡히지 않자 레글리는 약이 오르고* 화가 머리끝까지 치솟았다. 화를 주체하지* 못한 레글리는 엉뚱하게 톰 아저씨를 헛간으로 끌고 오라고 했다.

톰 아저씨는 눈앞이 캄캄했다. 사실 캐시의 탈출 계획을 미리 알고 함께 의논했던 것이다.

"달아난 검둥이 계집들에 대해서 이야기하지 않으면 네 목숨은 죽은 목숨이다!"

"저는 말씀드릴 것이 없습니다, 주인님!"

"아는 것이 없다는 거냐? 말할 수 없다는 거냐?"

"말씀드릴 수 없습니다, 주인님!"

톰 아저씨가 단호하게* 말하자 레글리는 톰의 팔을 낚아채고 코앞에 얼굴을 들이대며 말했다.

"잘 들어라, 톰! 난 너의 굴복하지* 않는 그 눈빛이 싫어. 널 살려 두지 않을 것이다!"

모든 것을 각오한* 톰 아저씨는 고개를 꼿꼿이* 세운 채 말했다.

(가)
"주인님, 영혼의 죄를 짓지 마십시오. 그건 저보다 주인님께 더 큰 해를 끼칠 것입니다. 제 고통은 죽으면 끝나지만 주인님의 고통은 끝이 없을 것입니다."

레글리가 폭발하듯 주먹을 휘두르자 톰 아저씨는 힘없이 나동그라졌다*. 레글리는 그 뒤에도 채찍으로 톰 아저씨를 수없이 내리쳤다. 톰 아저씨의 신음* 소리가 약해지자 레글리는 노예들에게 채찍을 넘겨주고 헛간을 나갔다. 처참한 모습에 톰 아저씨를 괴롭혔던 노예들은 잘못을 뉘우치며 톰의 상처를 닦아 주었다. 톰 아저씨는 이들을 용서한다는 말을 남기고 정신을 잃었다.

그로부터 이틀 뒤, 레글리의 집에 젊은 손님이 찾아왔다. 훌륭한 청년으로 자란 셸비의 아들, 조지 셸비였다. 우여곡절* 끝에 톰 아저씨가 레글리의 농장에 있다는 것을 알고 뒤늦게 달려온 것이다.

조지가 헛간에서 만난 톰 아저씨는 성한* 곳이 하나도 없었다.

"톰 아저씨, 조지가 왔어요. 정신 차리세요. 아저씨를 구하려고 꼬마 조지가 왔단 말이에요."

톰 아저씨는 힘겹게 눈을 떠서 조지의 손을 더듬었다. 조지가 울면서 집에 가자고 하자 톰이 말했다.

"도, 도련님, 감사합니다. 스스로 떠난 저를 찾으셨다면 그것으로 보답*을 받은 것입니다. 저는 하나님께 가는 길을 더 원하고 있어요. 저는 가엾은 노예였지만 하나님의 나라에 가까이 왔으니 승리를 얻은 거예요."

그리고 톰 아저씨는 한 가지 소원을 말했다.

낱말 풀이

＊학대 정신적으로나 육체적으로 몹시 괴롭히고 못살게 굶. ＊추적 도망하는 사람을 따라가며 쫓음. ＊약이 오르고 비위가 상하여 언짢거나 은근히 화가 나고. ＊주체하지 부담스럽거나 귀찮은 것을 잘 처리하지. ＊단호하게 결심이나 태도, 입장 등이 흔들림이 없이 엄격하고 분명하게. ＊굴복하지 힘이 없어 자신의 뜻을 굽히고 남의 뜻이나 명령에 따르지. ＊각오한 앞으로 겪을 힘든 일에 대한 마음의 준비를 한. ＊꼿꼿이 사람의 자세나 사물이 굽지 않고 곧게. ＊나동그라졌다 사람이 뒤로 넘어가 굴렀다. ＊신음 앓는 소리를 냄. ＊우여곡절 뒤얽혀 복잡해진 사정. ＊성한 몸에 병이나 탈이 없는. ＊보답 남에게 받은 은혜나 고마움을 갚음. ＊마님 신분이나 지위가 높은 집안의 부인을 높여서 이르는 말. ＊일격 한 번 침.

"제가 죽었다는 것을 제 아내에게 말하지 마세요. 하나님을 미워하지 않도록 도와주세요. 제 아이들에게도 정직하게 하나님의 뜻을 따라서 살라고 해 주시고 마님*과 식구들에게 저의 사랑을 전해 주세요."

마지막 말을 마친 톰 아저씨는 평화로운 얼굴로 숨을 거두었다. 조지가 흐르는 눈물을 닦고 뒤돌아서자 레글리가 히죽거리며 서 있었다. 조지는 분노를 참지 못하고 레글리에게 일격*을 날렸다. 그리고 [㉠   ]

— 해리엇 비처 스토, 「톰 아저씨의 오두막」

1
세부
내용

이 글에 대한 설명으로 알맞은 것은 무엇인가요? (   )

① 주인공의 살고자 하는 의지를 엿볼 수 있다.
② 인물의 심리를 그림을 그리듯이 설명하고 있다.
③ 노예 제도가 있었던 시대를 배경으로 하고 있다.
④ 전쟁의 비참한 현실을 사실적으로 드러내고 있다.
⑤ 모든 일은 정의로 극복할 수 있다는 주제를 담고 있다.

2
세부
내용

이 글의 내용으로 알맞지 <u>않은</u> 것은 무엇인가요? (   )

① 톰 아저씨는 악독한 주인 레글리에게 학대를 받았다.
② 레글리는 노예들을 괴롭히고 같은 노예들끼리도 서로 괴롭히게 했다.
③ 조지 셸비는 달아난 노예인 톰 아저씨를 잡으려고 레글리 농장에 왔다.
④ 톰 아저씨는 죄를 짓지 말라고 레글리를 타이르고 자신을 괴롭히던 사람들을 용서했다.
⑤ 톰 아저씨는 아내와 아이들이 하나님을 원망하지 않게 하려고 죽음을 알리지 못하게 했다.

3
어휘
어법

㈎ 부분에 나타난 '톰 아저씨'가 가진 삶의 태도를 나타내는 한자 성어는 무엇인가요? (   )

① 침소봉대(針小棒大): 작은 일을 크게 부풀려서 말함.
② 교언영색(巧言令色): 아첨하는 말과 알랑거리는 태도.
③ 살신성인(殺身成仁): 자기 자신을 희생하여 어진 행동을 함.
④ 양두구육(羊頭狗肉): 겉보기만 그럴듯하게 보이고 속은 변변하지 않음.
⑤ 자격지심(自激之心): 자신에 대해 스스로 만족하지 못하고 부끄럽게 생각하는 마음.

49

4

추론
하기

'톰 아저씨'의 성격으로 알맞은 것은 무엇인가요? (   )

① 화가 많고 난폭하다.
② 머리가 좋고 재빠르다.
③ 교활하고 이기적이다.
④ 의리가 있고 신앙심이 깊다.
⑤ 우유부단하며 판단력이 흐리다.

5

추론
하기

㉠에 들어갈 내용으로 알맞은 것은 무엇인가요? (   )

① 레글리를 교도소에 보냈다.
② 톰 아저씨를 집으로 데려갔다.
③ 레글리에게 톰 아저씨의 밀린 임금을 받았다.
④ 톰 아저씨를 양지 바른 언덕에 고이 묻어 주었다.
⑤ 톰 아저씨가 죽었다는 것을 톰 아저씨의 아이들에게 알렸다.

6

주제
찾기

[보기]를 참고할 때, 이 글의 주제로 알맞은 것은 무엇인가요? (   )

> [보기] 『톰 아저씨의 오두막』은 글쓴이가 1850년 미국 의회에서 통과된 '도망 노예법(노예
> 의 도망을 도와준 사람을 처벌하는 법)'에 충격을 받아 노예 제도의 문제점과 흑인에 대
> 한 백인들의 비인간적인 학대를 알리려고 쓴 저항 소설이다. 글쓴이가 한 흑인 목사
> 를 모델로 창조해 낸 '톰 아저씨'라는 새로운 인물은 읽는 이들을 감동시켜 노예 제도
> 를 두고 싸웠던 미국 남북 전쟁의 불씨가 되었다.

① 노예 제도를 찬성함.
② 도망 노예법에 반대함.
③ 노예 제도의 잔인함을 고발함.
④ 지식을 가진 흑인들을 존중함.
⑤ 종교를 가진 흑인들을 존중함.

7

비판
하기

'톰 아저씨'의 행동에 대해 알맞게 평가한 것은 무엇인가요? (   )

① 도망친 노예들이 간 곳을 알려 주고 매를 맞지 말았어야 했어.
② 자신을 괴롭힌 사람까지 용서한 톰 아저씨의 모습이 정말 숭고해 보여.
③ 자신을 팔아 버린 옛 주인을 원망하지 않는다고 말한 것은 위선적이야.
④ 자신의 죽음을 아내와 아이들에게 알리지 말라고 한 것은 너무 이기적인 생각이야.
⑤ 레글리처럼 나쁜 사람의 영혼까지 불쌍히 여기다니 톰 아저씨는 오지랖이 넓은 사람이야.

10회 지문 익힘 어휘

1
어휘
의미

낱말과 그 뜻이 알맞게 짝 지어지지 <u>않은</u> 것은 무엇인가요? (   )

① 보답: 남에게 받은 은혜나 고마움을 갚음.
② 주체하다: 부담스럽거나 귀찮은 것을 잘 처리하다.
③ 성하다: 앞으로 겪을 힘든 일에 대한 마음의 준비를 하다.
④ 굴복하다: 힘이 없어 자신의 뜻을 굽히고 남의 뜻이나 명령에 따르다.
⑤ 단호하다: 결심이나 태도, 입장 등이 흔들림이 없이 엄격하고 분명하다.

2
어휘
활용

빈칸에 들어갈 알맞은 낱말을 찾아 선으로 이으세요.

(1) 남을 도울 때는 아무런 [   ]을/를 바라서는 안 된다. •

(2) 지우는 학원에 가지 않겠다는 결심을 [   ]하게 말했다. •

(3) 이순신은 죽기를 [   ]하고 싸우자고 병사들을 격려했다. •

(4) 우리나라 사람들은 일본에 나라를 빼앗겼을 때도 [   ]하지 않았다. •

(5) 엄마는 할아버지가 입원하셨다는 소식에 눈물을 [   ]하지 못하셨다. •

• ㉮ 굴복

• ㉯ 각오

• ㉰ 주체

• ㉱ 보답

• ㉲ 단호

3
어휘
확장

[보기]에서 밑줄 친 관용 표현의 뜻으로 알맞은 것은 무엇인가요? (   )

[보기]   성준이는 자신이 그려 준 그림을 자기 것처럼 말하는 친구에게 <u>약이 올랐다</u>.

① 몹시 애타게 하다.
② 흡족하게 마음에 들다.
③ 겁이 없고 매우 대담하다.
④ 감정이 북받쳐 이리저리 날뛰다.
⑤ 비위가 상하여 언짢거나 은근히 화가 나다.

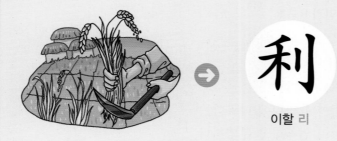

利
이할 리

'리(利)' 자는 벼 화(禾) 자와 칼 도(刀) 자가 합쳐져 '이롭다', '유익하다', '날카롭다'라는 뜻을 나타내요. 날카로운 쟁기로 농사일을 유용하게 한다는 뜻에서 '이롭다'라는 뜻을 갖게 되었어요.

● 다음 획순에 따라 한자를 따라 쓰세요.

利	´	⌐	千	禾	禾	利	利		
利	利	利							

이익 利益
(이할 리(이), 더할 익)

물질적으로나 정신적으로 보탬이나 도움이 되는 것.
예 당장 눈앞의 이익만 따져서는 안 된다.
반대말 손해(損害): 돈, 재산 등을 잃거나 정신적으로 해를 입음.

권리 權利
(권세 권, 이할 리)

어떤 일을 하거나 다른 사람에게 요구할 수 있는 정당한 힘이나 자격.
예 민주주의 국가에서 투표는 국민의 권리이다.

편리 便利
(편할 편, 이할 리)

이용하기 쉽고 편함.
예 도시는 교통이 편리한 곳에 발달한다.
반대말 불편(不便): 이용하기에 편리하지 않음.

Q 빈칸에 공통으로 들어갈 한자는 무엇인가요? (   )

☐익   권☐   편☐

① 手   ② 共   ③ 利   ④ 定   ⑤ 民

3주

한자 現 (나타날 현) 자

오늘도 또 우리 수탉이 막 쫓기었다. 내가 점심을 먹고 나무를 하러 갈 양으로 나올 때였다. 산으로 올라서려니까 등 뒤에서 푸드덕푸드덕하고 닭의 ㉠횃소리*가 야단이다. 깜짝 놀라며 고개를 돌려 보니 아니나 다르랴 두 놈이 또 얼렸다*.

　점순네 수탉(은 ㉡대강이*가 크고 똑 오소리같이 ㉢실팍하게* 생긴 놈)이 덩저리* 작은 우리 수탉을 함부로 해내는 것이다. 그것도 그냥 해내는 것이 아니라 푸드덕하고 면두*를 쪼고 물러섰다가 좀 사이를 두고 푸드덕하고 모가지를 쪼았다. 이렇게 멋을 부려 가며 여지없이* 닭아* 놓는다. 그러면 이 못생긴 것은 쪼일 적마다 주둥이로 땅을 받으며 그 비명이 킥, 킥 할 뿐이다. 물론 미처 아물지도 않은 면두를 또 쪼이어 붉은 선혈*은 뚝뚝 떨어진다.

(가)　이걸 가만히 내려다보자니 내 대강이가 터져서 피가 흐르는 것같이 두 눈에서 불이 번쩍 난다. 대뜸 지게막대기를 메고 달려들어 점순네 닭을 후려칠까 하다가 생각을 고쳐먹고 헛매질*로 떼어만 놓았다.

　나흘 전 감자 ㉣쪼간*만 하더라도 나는 저에게 조금도 잘못한 것은 없다.

　계집애가 나물을 캐러 가면 갔지 남 울타리 엮는데 ㉤쌩이질*을 하는 것은 다 뭐냐. 그것도 발소리를 죽여 가지고 등 뒤로 살며시 와서,

　"얘! 너 혼자만 일하니?"

　하고 긴치 않은* 수작*을 하는 것이다.

　어제까지도 저와 나는 이야기도 잘 않고 서로 만나도 본척만척하고 이렇게 점잖게 지내던 터이련만 오늘로 갑작스레 대견해졌음*은 웬일인가. 항차* 망아지만 한 계집애가 남 일하는 놈 보구……

　"그럼 혼자 하지 떼루 하듸?"

　내가 이렇게 내뱉는 소리를 하니까,

　"너 일하기 좋니?" / 또는,

　"한여름이나 되거든 하지 벌써 울타리를 하니?"

　잔소리를 두루 늘어놓다가 남이 들을까 봐 손으로 입을 틀어막고는 그 속에서 깔깔댄다. 별로 우스울 것도 없는데 날씨가 풀리더니 이놈의 계집애가 미쳤나 하고 의심하였다. 게다가 조금 뒤에는 즈 집께를 할금할금* 돌아보더니 행주치마의 속으로 꼈던 바른손*을 뽑아서 나의 턱밑으로 불쑥 내미는 것이다. 언제 구웠는지 아직도 더운 김이 홱 끼치는 굵은 감자 세 개가 손에 뿌듯이* 쥐였다.

낱말 풀이

❋**횃소리** 닭이 홰 막대기를 치는 소리. ❋**얼렸다** 여럿이 모여 한 덩어리가 되었다. '어울리다'의 준말. ❋**대강이** '머리'를 낮추어 이르는 말. ❋**실팍하게** 사람이나 물건이 보기에 매우 튼튼하고 속이 꽉 차 있게. ❋**덩저리** 몸집을 낮잡아 이르는 말. ❋**면두** '볏'의 사투리. ❋**여지없이** 더 어찌할 필요가 없이. ❋**닭아** 휘몰아서 나무라. ❋**선혈** 갓 흘러나와 생생하고 붉은색이 선명한 피. ❋**헛매질** 마치 때릴 것 같은 시늉을 해 남을 위협하는 일. ❋**쪼간** 어떤 사건이나 일. ❋**쌩이질** 바쁠 때에 쓸데없는 일로 남을 귀찮게 구는 짓. ❋**긴치 않은** 꼭 필요하지 않은. ❋**수작** 서로 별로 중요하지 않은 말을 주고받음. ❋**대견해졌음** 서로 마주 보게 되었음. ❋**항차** 그도 그러한데 더욱이. ❋**할금할금** 곁눈으로 살그머니 계속 할겨 보는 모양. ❋**바른손** 오른쪽에 있는 손. ❋**뿌듯이** 집어넣은 것이 한도보다 조금 더하여 불룩하게. ❋**기색** 품은 생각이나 느낌이 얼굴이나 몸짓에 나타나는 것. ❋**쌔근쌔근하고** 고르지 않고 가쁘게 자꾸 숨 쉬는 소리가 나고. ❋**심상치** 특별히 다른 것 없이 흔하지.

(나)
"느 집엔 이거 없지?" / 하고 생색 있는 큰소리를 하고는 제가 준 것을 남이 알면 큰일날 테니 여기서 얼른 먹어 버리란다. 그리고 또 하는 소리가,

"너 봄 감자가 맛있단다." / "난 감자 안 먹는다, 니나 먹어라."

나는 고개도 돌리려 하지 않고 일하던 손으로 그 감자를 도로 어깨 너머로 쑥 밀어 버렸다.

그랬더니 그래도 가는 기색*이 없고, 뿐만 아니라 쌔근쌔근하고* 심상치* 않게 숨소리가 점점 거칠어진다.

— 김유정, 「동백꽃」

1
세부
내용

이 글에 대한 설명으로 알맞지 <u>않은</u> 것은 무엇인가요? (   )

① 주인공인 '내'가 사건을 들려주고 있다.

② 시골의 분위기가 느껴지는 장면이 드러난다.

③ 어수룩하고 순박한 중심 인물을 내세워 웃음을 준다.

④ 두 인물의 세대 차이 때문에 생긴 갈등으로 긴장감을 준다.

⑤ 사건의 원인을 알려 주기 위해 현재와 과거가 반대로 바뀌어 있다.

2
세부
내용

'내'가 한 일이나 생각한 일로 알맞은 것은 무엇인가요? (   )

① 감자를 가져다준 점순의 정성에 감동했다.

② 자신을 무시하는 점순의 행동에 상처받았다.

③ 점순이 자신에게 화가 난 까닭을 알게 되었다.

④ 일부러 닭싸움을 시키는 점순의 마음을 이해했다.

⑤ 점순네 닭에게 당하는 자신의 닭을 보고 화가 났다.

3
추론
하기

'점순'의 성격으로 가장 알맞은 것은 무엇인가요? (   )

① 당돌하다.   ② 어리숙하다.   ③ 욕심이 많다.

④ 거짓말을 잘한다.   ⑤ 장난기가 많다.

4
어휘
어법

㉠~㉺의 뜻으로 알맞지 <u>않은</u> 것은 무엇인가요? (   )

① ㉠: 닭이 홰를 치는 소리.

② ㉡: '머리'를 낮추어 부르는 말.

③ ㉢: 야단스럽지 않고 꾸준하게.

④ ㉣: 어떤 사건.

⑤ ㉺: 바쁠 때에 쓸데없는 일로 남을 귀찮게 구는 짓.

5 이 글에서 일이 일어난 차례대로 기호를 쓰세요.

구조
알기

> ㉮ 우리 집 수탉이 점순네 수탉에게 쪼이고 있었다.
> ㉯ '나'는 점순이 준 감자를 거절하고 도로 밀어 버렸다.
> ㉰ 지게 막대기로 점순네 수탉을 헛매질로 떼어 놓았다.
> ㉱ 점순이 울타리를 엮는 '나'에게 쓸데없이 귀찮게 말을 붙였다.
> ㉲ 점순이 행주 치마에서 구운 감자 세 개를 꺼내 '나'에게 주었다.

(   ) → (   ) → (   ) → (   ) → (   )

6 [보기]를 참고해 ㉮ 부분을 알맞게 이해한 것은 무엇인가요? (   )

감상
하기

> [보기]　　이 글은 1930년대 우리나라의 농촌을 배경으로 하고 있다. 당시 농촌에는 땅 주인인 지주와 지주의 땅에서 농사를 짓는 소작농이 있었다. 대다수의 가난한 농민들은 소작농이었는데, 땅을 빌리는 대신 수확한 곡물의 대부분을 지주에게 소작료로 주었다. 지주는 자신을 대신해 소작농들에게 받는 돈이나 소작권을 관리하는 사람인 마름을 두었다. 이 작품에서 '점순'은 마름의 딸이고, '나'는 소작농의 아들이다.

① '나'는 냉정한 승부의 세계를 인정하고 있어.
② '나'는 점순이 닭싸움의 규칙을 알지 못해 화가 났어.
③ 점순은 '나'와의 신분 차이를 이용해 닭싸움을 붙였어.
④ '나'는 닭싸움이 우연히 일어난 일이라서 체념하고 있어.
⑤ '나'는 화가 나지만 신분의 차이 때문에 물러설 수밖에 없었구나.

7 ㉯ 부분의 '나'와 비슷한 경험을 한 친구는 누구인가요? (   )

적용
창의

① 한비: 부모님과 함께 캠핑을 가서 모닥불에 감자를 구워 먹었어.
② 영후: 밸런타인데이에 좋아하는 친구 지아에게 초콜릿을 받았어.
③ 경연: 내 생일날 나보다 동생이 케이크를 더 많이 먹어서 화가 났어.
④ 지성: 혜나가 좋아한다는 쪽지와 함께 준 이어폰을 다시 돌려주었어.
⑤ 수아: 간식으로 동생과 치킨을 먹다가 남은 치킨을 동생에게 양보했어.

11회 지문 익힘 어휘

1
어휘
의미

뜻에 알맞은 낱말을 찾아 선으로 이으세요.

(1) 더 어찌할 필요가 없이. ●

(2) 특별히 다른 것 없이 흔하다. ●

(3) 서로 별로 중요하지 않은 말을 주고받음. ●

(4) 품은 생각이나 느낌이 얼굴이나 몸짓에 나타나는 것. ●

(5) 사람이나 물건이 보기에 매우 튼튼하고 속이 꽉 차 있다. ●

● ㉮ 수작

● ㉯ 기색

● ㉰ 실팍하다

● ㉱ 여지없이

● ㉲ 심상하다

2
어휘
활용

밑줄 친 낱말의 쓰임이 알맞지 <u>않은</u> 것은 무엇인가요? (   )

① 건우는 이틀 내내 축구를 했지만 피곤한 <u>수작</u>이 없었다.
② 서해에서 잡히는 꽃게는 다른 지역보다 <u>실팍하다고</u> 한다.
③ 할머니는 점점 누워 계실 때가 많아 병세가 <u>심상치</u> 않아 보였다.
④ 주인 없는 편의점에서 물건을 가지고 나왔으니 <u>여지없이</u> 도둑이었다.
⑤ 웬 남자가 놀고 있던 아이들에게 아이스크림을 사 주겠다며 <u>수작</u>을 붙였다.

3
어휘
확장

밑줄 친 낱말과 바꾸어 쓸 수 있는 낱말의 기호를 쓰세요.

(1) 점순은 행주치마의 속으로 꼈던 <u>바른손</u>을 뽑았다. .... (   )
　　㉮ 맨손　　　㉯ 왼손　　　㉰ 오른손

(2) 점순네 수탉은 <u>대강이</u>가 크고 똑 오소리같이 실팍하게 생겼다. .... (   )
　　㉮ 머리　　　㉯ 정강이　　　㉰ 종아리

(3) 점순네 수탉은 그냥 해내는 것이 아니라 푸드덕하고 <u>면두</u>를 쪼고 물러섰다. ..... (   )
　　㉮ 볏　　　㉯ 눈꺼풀　　　㉰ 대퇴부

[앞 이야기] 가난한 시골 소년인 '나(동맹이)'는 폭우로 떠내려 온 소를 옥강에서 죽을 힘을 다해 건져 낸다. 주인이 올 때까지만 소를 키울 것을 허락받은 '나'는 정성으로 소를 키우지만 어느 날 진짜 소 주인이 나타난다.

그럭저럭 석 달이 지난 무렵이었다. 하루는 학교에서 돌아와 보니 소가 오간 데가 없었다. 아버지도 보이지 않았다. 어머니만 툇마루*에 앉아 한숨을 푹 쉬는 게 예감*이 심상치 않았다.

"소 주인이 나타났단 말다." / 어머니는 또 한숨이었다.

"올라믄 진작 오지 이제사 올 건 또 뭐다냐."

어머니는 뛰쳐나가려는 내 손을 끌어 잡았다. 나는 칭얼칭얼 울기 시작했다.

"울지 마라. 원래 그러자고 들인 소 아니었냐?"

그래 놓고 어머니는 또 한숨이었다. 아버지는 손수 고삐*를 잡고 주인과 함께 고개 너머 경찰서로 넘어갔다고 했다. 나는 눈을 썩썩 문지르고 말했다.

"그람 아부지가 소를 다시 찾아올랑갑네이?" / "뭔 수로 고걸 다시 데려오겠냐."

"또 모르제. 그간 길러 줘서 고맙다고 주인이 싸게 팔지도."

나는 그 긴 오후 한나절을 막연한* 기대를 품은 채 아버지를 기다렸다. 혹시 쇠꼴*을 ㉠베어다 놓으면 그게 무슨 주술*이 되어 소가 다시 돌아올 것만 같아 나는 두 망태*나 꼴을 걷어다가 놓았다. 점심 전에 나갔다는 아버지는 해거름녘*이 되어도 나타나지 않았다.

달밤에 아버지는 오쟁이 아버지와 함께 집으로 들어왔다. 빈손이었다.

"어떻게 됐다요?"

어머니가 물었다. 아버지는 한숨이었고 오쟁이 아버지가 대신 대답했다.

"일단 주인이 데려갔소." / 그래 놓고 그는 아버지를 향해 덧붙였다.

"나 말대로 하란 말이시. 이참에 좀 세게 나가서 섭섭지 않게 뽑아내란 말여. 아까 순경도 안 그러등가? 그간 수고한 건 서로 알아서들 허라고. 그것이 뭔 소리겠어? 사정이 이만저만 됐응께 소 주인이 정상*을 참작해라*, 그 소리제."

"거기도 영 불량한 사람은 아니더네. 그러지 말고 자네 여윳돈* 좀 돌리세." (중략)

"오매, 그랑게 니가 갱에서 소를 건진 가구나? 영 실겁게* 생겼네이."

안댁*이 내 머리를 쓰다듬었다.

"소한테 정 주지 말라고 그래 당부했는데도* 잡것이 고만* 정을 줘 갖고 밤낮 밥도 안 처묵고 울기만 해싸요."

낱말
풀이

＊**툇마루** 큰 마루의 바깥쪽에 좁게 만들어 놓은 마루. ＊**예감** 무슨 일이 생길 것 같은 느낌. ＊**고삐** 말이나 소를 몰거나 부리려고 재갈이나 코뚜레, 굴레에 잡아매는 줄. '고삐'의 사투리. ＊**막연한** 뚜렷하지 않고 어렴풋한. ＊**쇠꼴** 소에게 먹이기 위하여 베는 풀. ＊**주술** 나쁜 기운을 없애거나 소원을 이루어 달라고 주문을 외는 일. ＊**망태** 물건을 담아 들거나 어깨에 메고 다닐 수 있도록 만든 그릇. '망태기'의 준말. ＊**해거름녘** 해가 서쪽으로 넘어갈 무렵. ＊**정상** 범죄 행위에 따른 처벌의 정도에 영향을 미치는 사정과 형편. ＊**참작해라** 어떤 일을 살펴 앞뒤 사정을 헤아려라. ＊**여윳돈** 넉넉하여 남는 돈. ＊**실겁게** 집이나 세간이 겉으로 보기보다는 속이 꽤 너르게. '슬겁게'의 전라도 사투리. ＊**안댁** 남의 부인을 높여 이르는 말. ＊**당부했는데도** 꼭 해 줄 것을 말로 단단히 부탁했는데도. ＊**고만** 자신도 모르는 사이에. ＊**짠하고** 안타까워 마음이 좋지 않아 아프고.

그렇게 말한 아버지는 정말 짠하고* 속상한 눈빛으로 나를 바라보았다. 그러자 갑자기 나는 눈물이 찔찔 나기 시작했다. 나는 점점 콧물까지 삼키며 서럽게 울어 버렸다. 나도 모를 일이었다. 안댁이 어쩔 줄 몰라 했다.

"허허, 넘 부담시럽게…… 뚝 못 그치냐?"

아버지는 꺼칠한 손바닥으로 내 낯을 훔쳤다. 안댁이 집 안으로 뛰어 들어갔다가 돌아와 내 손에 뭔가를 덥석 쥐어 주었다. 천 원짜리 한 장이었다.

"공책 사서 써라 잉." / "아따, 뭘 이런 걸 주고 그란다요. 애 버릇 나빠지게."

아버지와 나는 마을을 걸어 나왔다. 장터에서 아버지는 자장면을 사 주었다.

– 전성태, 「소를 줍다」

1 이 글에 대한 설명으로 알맞지 <u>않은</u> 것은 무엇인가요? (   )

세부
내용

① 주인공인 '내'가 사건을 이끌어 간다.

② 비속어를 많이 사용해서 경박한 느낌을 준다.

③ 소를 사랑하는 '나'의 순수한 마음을 느낄 수 있다.

④ 소를 둘러싼 인물들의 갈등과 심리가 잘 나타나 있다.

⑤ 농사에 소를 이용하던 시대의 농촌을 배경으로 하고 있다.

2 다음 설명에 알맞은 중심 글감을 글에서 찾아 쓰세요.

세부
내용

- '나'에게는 갖고 싶은 대상이자 친구 같은 대상
- '아버지'에게는 농사에 꼭 필요한 존재지만 가질 수 없었던 대상

(   )

3 이 글에서 일이 일어난 차례대로 기호를 쓰세요.

구조
알기

㉮ 안댁을 만나 울음이 터진 '나'는 천 원을 받았다.

㉯ 어머니에게 소 주인이 나타났다는 소식을 들었다.

㉰ 아버지가 오쟁이 아버지와 함께 소를 돌려주고 왔다.

㉱ 집으로 돌아오는 길에 아버지는 장터에서 자장면을 사 주었다.

㉲ 아버지는 소를 다시 사 오려고 오쟁이 아버지한테 돈을 빌리려고 했다.

(   ) → (   ) → (   ) → (   ) → (   )

4

추론
하기

이 글에서 '나'의 마음 변화를 알맞게 나타낸 것은 무엇인가요? (   )

① 화난 마음 → 서운한 마음

② 기쁜 마음 → 미안한 마음

③ 불안한 마음 → 기대하는 마음

④ 기대하는 마음 → 속상한 마음

⑤ 기대하는 마음 → 행복한 마음

5

어휘
어법

㉠과 같은 뜻으로 쓰인 것은 무엇인가요? (   )

① 농부가 낫으로 벼를 <u>베었다</u>.

② 고개가 아파서 낮은 베개를 <u>베었다</u>.

③ 나는 아삭한 사과를 한 입 <u>베어</u> 물었다.

④ 동생이 실수로 종이에 손가락을 <u>베었다</u>고 했다.

⑤ 칼날이 날카로워 살짝만 건드려도 <u>베일</u> 지경이다.

6

감상
하기

이 글에 대한 감상으로 알맞지 <u>않은</u> 것은 무엇인가요? (   )

① '나'는 소를 다시 찾아올지 몰라서 아버지가 돌아올 때까지 기다렸군.

② 아버지는 '나'를 위해 이웃에게 돈을 빌려서라도 소를 되찾아 주려고 하셨어.

③ 아버지가 자장면을 사 주신 것은 '나'를 혼내 준 일을 사과하기 위해서였구나.

④ 글쓴이는 전라도 지역의 사투리를 써서 시골 농촌의 느낌을 실감 나게 보여 주었어.

⑤ 소 주인이 나타나자 소를 돌려준 것으로 보아 아버지는 고지식하고 정직한 사람이야.

7

추론
하기

이 글과 [보기]의 ㉮, ㉯를 알맞게 비교하지 <u>못한</u> 것은 무엇인가요? (   )

> [보기] ㉮ ○○고등학교에 다니는 박 군이 여름 방학에 친척 집에 놀러 왔다가 2천만 원이
> 든 돈 가방을 주워 주인을 찾아 준 일이 뒤늦게 알려져 화제가 되고 있다.
>
> ㉯ △△경찰서는 돈 가방을 주워 돌려주지 않은 이 씨를 절도 혐의로 붙잡았다. 현금
> 을 운반하는 회사 직원의 실수로 흘린 돈 가방에는 현금 3천만 원이 들어 있었다. 이
> 모 씨는 돈 가방을 주워 집에 보관하다가 덜미가 잡혔다.

① 이 글과 ㉮, ㉯의 사건은 모두 분실물에 대한 처리 문제를 다루고 있다.

② 이 글의 '나'는 ㉯와 같은 나쁜 의도가 없었고, ㉮처럼 주인에게 돌려주었다.

③ 이 글의 '나'는 ㉯처럼 분실물을 보관하고 있었으므로, 엄하게 처벌해야 한다.

④ 이 글에서 분실물은 생명체이고, ㉮, ㉯에서 분실물은 돈이므로 똑같이 보기는 힘들다.

⑤ 이 글의 '나'와 아버지는 ㉮처럼 경찰서에 신고하고 소를 잘 돌보아 주었으므로, ㉯의 경우와
달리 보상을 받아야 한다.

12회 지문 익힘 어휘

1

어휘
의미

뜻에 알맞은 낱말을 [보기]에서 찾아 쓰세요.

[보기]   예감   짠하다   막연하다   참작하다   당부하다

(1) (   ): 뚜렷하지 않고 어렴풋하다.

(2) (   ): 무슨 일이 생길 것 같은 느낌.

(3) (   ): 안타까워 마음이 좋지 않아 아프다.

(4) (   ): 꼭 해 줄 것을 말로 단단히 부탁하다.

(5) (   ): 어떤 일을 살펴 앞뒤 사정을 헤아리다.

2

어휘
활용

밑줄 친 부분을 알맞게 고쳐 쓰지 <u>못한</u> 것의 기호를 쓰세요.

[보기] ㉮ 엄마는 아침부터 까마귀를 봐서 <u>주술</u>이 좋지 않다고 하셨다.
　　　　　　　　　　　　　　　　　　　　　　　→ 예감

　　　㉯ 정부는 어린이와 노인은 독감 예방 주사를 꼭 맞으라고 <u>짠</u>했다.
　　　　　　　　　　　　　　　　　　　　　　　　　　　→ 당부했다.

　　　㉰ 동생은 수학 시험을 잘 봤을 것이라고 <u>참작하게</u> 기대하고 있다.
　　　　　　　　　　　　　　　　　　　　　　　→ 막연하게

　　　㉱ 지안이는 식당 일과 집안일로 고생하는 엄마가 <u>막연하게</u> 느껴졌다.
　　　　　　　　　　　　　　　　　　　　　　　→ 당부하게

　　　　　　　　　　　　　　　　　　　　　(　　　　　　　　　　)

3

어휘
확장

밑줄 친 낱말의 뜻을 찾아 선으로 이으세요.

(1) 게임 좀 <u>고만</u> 하고 숙제부터 끝내라.　•　　• ㉮ 고대로 곧.

(2) 형은 시험에 계속 떨어져서 <u>고만</u> 포기
하고 말았다.　•　　• ㉯ 고 정도까지만.

(3) 아버지와 함께 산 정상에 올라 보니
경치가 <u>고만</u>이었다.　•　　• ㉰ 다른 방법이 없이.

(4) 놀이터 앞에서 서성대던 남자가 경찰
을 보자마자 <u>고만</u> 달아났다.　•　　• ㉱ 더할 수 없이 좋음.

어머니

김종상

들로 가신 엄마 생각
책을 펼치면
책장*은 그대로
㉠푸른 보리밭,

이 많은 이랑*의
어디 만큼에
호미* 들고 계실까
우리 엄마는……

글자의 ㉡이랑을
눈길*을 타면서
엄마가 김*을 매듯*
책을 읽으면,

싱싱한 ㉢보리 숲
글줄* 사이로
땀 젖은 흙냄새
엄마 목소리.

낱말풀이

＊**책장** 책을 이루는 하나하나의 장. ＊**이랑** 두 논이나 밭 사이의 경계를 이루는 작은 둑이나 언덕. ＊**호미** 김을 매거나 감자, 고구마 등을 캘 때 쓰는 쇠로 만든 농기구. ＊**눈길** 눈으로 보는 방향. ＊**김** 논밭에 자라난 쓸모없는 풀. ＊**매듯** 논밭에 난 잡풀을 뽑듯. ＊**글줄** 여러 글자를 이어서 써서 이루어진 줄.

1

세부
내용

이 시에 대한 설명으로 알맞지 <u>않은</u> 것은 무엇인가요? (   )

① 4연 16행으로 구성되어 있다.

② 엄마를 생각하는 마음을 담고 있다.

③ 표현 대상을 다른 대상에 빗대어 참신하게 표현했다.

④ 일하는 엄마의 모습을 그림으로 그리듯 실감 나게 표현했다.

⑤ 소리나 모양을 흉내 내는 말을 사용하여 재미있게 표현했다.

2

세부
내용

'말하는 이'에 대한 설명으로 알맞은 것은 무엇인가요? (   )

① 가족을 찾고 있다.   ② 꽃밭을 일구고 있다.

③ 호미로 김을 매고 있다.   ④ 보리밭을 바라보고 있다.

⑤ 들에 나가신 엄마를 생각하고 있다.

3

어휘
어법

㉠~㉢이 비유한 대상으로 알맞은 것은 무엇인가요? (   )

	㉠	㉡	㉢
①	엄마	호미	글자
②	책장	김	호미
③	엄마	책장	글줄
④	책장	글자	글줄
⑤	글자	눈길	책장

4

주제
찾기

다음에서 설명하는 시구로 알맞은 것은 무엇인가요? (   )

- 코로 냄새를 맡고 귀로 듣는 것과 관련 있는 감각적인 표현을 사용함.
- '어머니에 대한 사랑과 어머니의 수고와 헌신에 대한 고마움'이라는 주제가 잘 드러남.

① 책장은 그대로 푸른 보리밭   ② 땀 젖은 흙냄새 엄마 목소리

③ 글자의 이랑을 눈길을 타면서   ④ 엄마가 김을 매듯 책을 읽으면

⑤ 호미 들고 계실까 우리 엄마는

5 다음 밑줄 친 부분과 <u>같은</u> 표현 방법을 사용한 것은 무엇인가요? (   )

추론
하기

> <u>엄마가 김을 매듯</u> 책을 읽으면

① 엄마 마음은 바다   ② 사과 같은 내 얼굴
③ 꾀꼬리는 꾀꼴꾀꼴   ④ 펜은 칼보다 강하다
⑤ 서당 개 삼 년에 풍월을 읊는다

6 이 시를 읽고 떠오르는 장면으로 알맞지 <u>않은</u> 것은 무엇인가요? (   )

추론
하기

① 아이가 책상 앞에 앉아 있는 모습
② 엄마가 호미를 들고 김을 매는 모습
③ 엄마가 들에 새참을 이고 나가는 모습
④ 아이가 책을 펴고 엄마 생각을 하는 모습
⑤ 엄마가 보리밭에서 흘린 땀을 잠깐 식히는 모습

7 [보기]를 참고해 이 시에 대한 감상을 알맞게 말한 친구는 누구인가요? (   )

감상
하기

> [보기]   이 시는 1960년대 농촌의 어머니상을 보여 주는 대표적인 작품이다. 이 시를 쓴 김
> 종상 시인은 "내가 가난을 이겨 내고 훌륭한 어른이 될 수 있었던 것은 모두 어머니의
> 힘이었다."라고 말했다. 이 작품은 시대가 아무리 변해도 자식을 위해 헌신하는 어머
> 니의 사랑은 변함없다는 것을 보여 준다.

① 성혜: 책을 읽을 때는 엄마 생각을 하면 안 된다고 생각했어.
② 가령: 말하는 이가 들에서 일하는 엄마를 부끄럽게 여기는 마음이 느껴져.
③ 경리: 엄마는 힘들게 고생하는데 자식이 공부하지 않고 놀기만 할까 봐 걱정하고 계셔.
④ 윤후: 말하는 이는 자식을 위해 고생하는 엄마에게 미안하고 고마운 마음이 들었을 거야.
⑤ 석현: '땀 젖은 흙냄새'라는 표현에서 어머니가 땀을 많이 흘리는 체질이라는 것을 알았어.

13회 지문 익힘 어휘

1
어휘
의미

낱말에 알맞은 뜻을 찾아 선으로 이으세요.

(1) 김 •

(2) 이랑 •

(3) 책장 •

(4) 눈길 •

• ㉮ 눈으로 보는 방향.

• ㉯ 논밭에 자라난 쓸모없는 풀.

• ㉰ 책을 이루는 하나하나의 장.

• ㉱ 두 논이나 밭 사이의 경계를 이루는 작은 둑이나 언덕.

2
어휘
활용

빈칸에 들어갈 알맞은 낱말을 [보기]에서 찾아 쓰세요.

[보기]	김	눈길	책장	이랑

(1) 농부가 잡초가 무성한 밭에서 ( )을 매었다.

(2) 할머니가 비닐을 씌운 ( )에 고추 모종을 심으셨다.

(3) 도서관이 매우 조용해서 서걱서걱 ( )을 넘기는 소리만 들렸다.

(4) 엄마에게 꾸중을 들은 동생은 화가 나서 내게 ( )도 주지 않았다.

3
어휘
확장

밑줄 친 낱말의 뜻을 [보기]에서 찾아 기호를 쓰세요.

[보기] • 타다: ㉮ 탈것이나 짐승의 등에 몸을 얹다.
㉯ 악기의 줄을 퉁기거나 건반을 눌러 소리를 내다.
㉰ 뜨거운 열을 받아 검은색으로 변할 정도로 지나치게 익다.
㉱ 도로, 줄, 산, 나무, 바위 등을 밟고 오르거나 그것을 따라 지나가다.

(1) 잠깐 한눈을 판 사이에 고기가 탔다. ( )

(2) 아빠와 산을 타며 이야기를 나누었다. ( )

(3) 우륵은 가야금을 타는 솜씨가 뛰어났다. ( )

(4) 우리 가족은 비행기를 타고 제주도에 갔다. ( )

[앞 이야기] 중학생인 '나(철수)'는 학교 성적이 바닥이라 엄마가 공부뿐 아니라 무엇이든 잘하는 박준태와 비교하는 것에 스트레스를 받고 있다. 어느 날, 성적이 중요하지 않다는 것이 책 내용이지만 정작 좋은 대학을 나온 저자가 쓴 책 문제로 엄마와 또다시 시비*가 붙었다.

㉠어른들은 한 입으로 두 말을 한다.

1 – 성적이 다가 아니다.
2 –'뭔가' 되고 싶으면 시험을 치러야 하는데 그럼 대학 졸업장을 가지고 와. 영어는 잘하나? 토익*이 몇 점이야?

나는 엄마에게 물었다.
"엄마도 어떤 면에서는 ㉡위선자*예요."
"뭐?" / 엄마는 말을 하지 못했다. 무척 놀란 얼굴을 했다.
"출판사에서 그런 책을 내면서 나한테는 만날 박준태 본받으라고 하잖아요?"
"그, 그건…… 출판사는 내 직장이고, 너한테 그러는 건 네 엄마로서의 역할이지. 그런 것도 구별할 줄 모르니? 어떻게 엄마한테 위선자라는 말을…… 정말 무서운 세상이다."
엄마의 목소리가 살짝 떨렸다. 나는 기회를 놓치지 않으려고 얼른 말꼬리를 잡았다*.
"그럼 엄마가 나를 박준태랑 비교하는 건 괜찮은 건가요? 어떻게 엄마가 아들한테 박준태 닮으라는 말을…… 이거야말로 정말 무서운 세상이에요."
"김철수!" / 엄마가 소리를 꽥 질렀다.
그러자 안방에서 아빠가 달려 나왔다.
"왜? 나 불렀어?"
"그래요. 잘 나왔네요. 당신 닮은 아들 때문에 화병* 나려고 해요, 사춘기 지난 지가 언젠데 아직도 꼬박꼬박 말대꾸를 하죠?"
엄마의 얼굴이 붉게 달아올랐다.
"엄마, 내가 학교에서 배웠어요. 자식은 부모의 양쪽 유전자*를 반반씩 닮는 거지, 어느 한쪽만 일방적*으로 닮지 않는대요. 만약 그런 자식이 있다면 틀림없이 기형아*래요. 그러니까 밉든 곱든 난 엄마도 닮은 거예요. 그러니까 날 너무 구박하지* 말아요. 내가 이렇게 생겨 먹은 것의 반은 엄마 책임이고, 엄마 유전자 때문이니까요."
나는 근거도 없는 학설*을 내세우며 말했다. 그러나 그 학설이 진짜인지 가짜인지 알 길 없는 엄마는

낱말풀이

*시비 서로 옳거나 잘못된 것을 따지는 말다툼. *토익 외국인의 영어 능력을 측정하기 위한 영어 능력 시험. *위선자 겉으로만 착한 체하는 사람. *말꼬리를 잡았다 남의 말 가운데서 잘못 표현된 부분의 약점을 잡았다. *화병 답답하고 억울한 마음이 쌓여 생기는 병. *유전자 생물체를 이루는 정보가 담겨 자손에게 전해지는 물질. *일방적 어느 한쪽이나 한편으로 치우친 것. *기형아 장애가 있어 보통 아이들과는 다른 모습으로 태어난 아이. *구박하지 남을 못살게 괴롭히지. *학설 학문에서 어떤 문제를 두고 내세우는 주장이나 이론. *수그러졌다 힘이나 기세가 점점 약해졌다. *도 열심히 공부하거나 마음을 닦아 깨달은 종교의 이치. *토닥여 물체를 가볍게 두드리는 소리를 내.

조금 수그러졌다*. 아니, 진짜인 걸로 생각하는 듯했다. 내 꿈이 우주 과학자라서 믿는지도 모르겠지만.

"그래. 미안하다. 못난 엄마 유전자를 물려줘서…… 어떻게 너 하나가 딸 다섯은 키우는 것 같니! 어서 네 방으로 가서 공부해!"

"우리 아들 똑똑하네. 단번에 엄마를 케이오시키다니."

아빠가 웃자, 엄마는 날카롭게 흘겨보았다. 순간, 아빠의 입가가 확 굳어졌다.

"여보, 미안, 미안! 철수야, 얼른 가서 공부해라. 우리 집안 평화가 몽땅 너 하나에 달려 있다, 알았지? 제발 눈치껏 좀 살아라. 네가 아빠 정도 되려면 도* 좀 더 닦아야겠어."

내 등을 토닥여* 주는 아빠의 손길이 다정했다.

– 노경실, 「철수는 철수다」

1 이 글에 대한 설명으로 알맞은 것은 무엇인가요? (   )

구조
알기

① 주변 인물이 주인공을 주로 관찰해서 전달하고 있다.

② 주인공인 말하는 이가 자신의 이야기를 들려주고 있다.

③ 말하는 이가 작품 밖에서 등장인물들을 관찰하여 알려 주고 있다.

④ 작품 밖에 있는 말하는 이가 인물들의 생각이나 감정을 모두 알고 있다.

⑤ 여러 명의 말하는 이가 차례를 바꾸며 인물들의 서로 다른 사연을 전달하고 있다.

2 이 글에서 일어난 일이 <u>아닌</u> 것은 무엇인가요? (   )

세부
내용

① 철수가 엄마에게 위선자라고 말했다.

② 엄마는 꼬박꼬박 말대꾸한 철수에게 화를 냈다.

③ 철수는 자신을 박준태와 비교한 엄마를 원망했다.

④ 아빠가 엄마와 철수의 다툼을 보고 엄마 편을 들었다.

⑤ 철수가 근거를 알 수 없는 유전자 이야기로 위기에서 벗어났다.

3 ㉠의 뜻을 알맞게 이해한 것은 무엇인가요? (   )

어휘
어법

① 어른들은 성적보다 영어가 중요하다고 말한다.

② 어른들은 성적보다 시험을 치러야 한다고 생각한다.

③ 어른들은 성적보다 토익 점수가 중요하다고 말한다.

④ 어른들은 성적보다 대학 졸업장이 더 필요하다고 말한다.

⑤ 어른들은 성적이 다가 아니라고 말하지만 사실은 다라고 생각한다.

4 '철수'가 ⓛ처럼 말한 까닭은 무엇인가요? (   )

세부
내용
① 엄마가 직장과 집을 혼동하는 것 같아서

② 엄마가 출판사와 집에서 똑같은 모습을 보여서

③ 엄마가 자신보다 박준태를 더 좋아하는 것 같아서

④ 엄마가 출판사에서 낸 책과 달리 자신과 박준태를 비교해서

⑤ 자신이 엄마, 아빠의 유전자를 반반씩 닮았다고 강조하고 싶어서

5 이 글에서 알 수 있는 '철수'의 성격으로 알맞은 것은 무엇인가요? (   )

추론
하기
① 끈기가 있다.   ② 자신감이 부족하다.

③ 도전적이고 당당하다.   ④ 남의 말을 잘 듣지 않는다.

⑤ 다툼을 싫어해 양보를 잘한다.

6 '철수'에게 해 줄 말로 알맞지 않은 것은 무엇인가요? (   )

비판
하기
① 엄마가 준태와 비교하셔서 속상했겠구나.

② 엄마에게 말대꾸를 하는 버릇은 고쳤으면 좋겠어.

③ 근거가 없는 학설을 내세워서 엄마를 속여서는 안 돼.

④ 엄마에게 네 입장을 좀 더 부드럽게 말씀드리면 좋겠어.

⑤ 엄마와 철수 사이를 화해시켜 주는 아빠가 고마웠을 것 같아.

7 [보기]를 참고해 이 글을 알맞게 감상한 친구는 누구인가요? (   )

감상
하기

> [보기]   주인공 철수는 옆집에 사는 준태와 사사건건 비교하는 엄마가 밉다. 그래서 시험 성
> 적이 나오는 날마다 엄마와 대거리를 하면서 엄마의 위선을 꼬집는다. 글쓴이는 철수
> 를 통해 준태 같은 엄친아(엄마 친구 아들) 때문에 괴로워하는 이 땅의 청소년들에게
> "너만 그런 것이 아니야."라고 하며 슬픈 위로를 건네고 있다.

① 한결: 철수는 전 세계의 청소년을 대표하는 인물이라고 볼 수 있어.

② 성훈: 철수는 엄마가 자신과 시간을 보내지 않아 갈등을 빚고 있구나.

③ 다은: 철수의 고민은 대한민국에 사는 대부분의 청소년이 하는 고민일 거야.

④ 대헌: 어른들이 모두 철수 엄마처럼 청소년을 동등한 인격체로 봐 주었으면 좋겠어.

⑤ 채린: 어른 독자들은 철수가 엄마에게 대거리를 하는 장면에서 통쾌함을 느낄 거야.

14회 지문 익힘 어휘

1 낱말과 그 뜻이 알맞게 짝지어지지 <u>않은</u> 것은 무엇인가요? (   )

어휘
의미

① 구박하다: 남을 못살게 괴롭히다.
② 유전자: 겉으로만 착한 체하는 사람.
③ 수그러지다: 힘이나 기세가 점점 약해지다.
④ 일방적: 어느 한쪽이나 한편으로 치우친 것.
⑤ 학설: 학문에서 어떤 문제를 두고 내세우는 주장이나 이론.

2 빈칸에 들어갈 알맞은 낱말을 찾아 선으로 이으세요.

어휘
활용

(1) 다음 달부터 찌는 듯한 무더위가 조금씩 [   ] 전망이다.

(2) 김 모 씨는 비리를 없애겠다고 하면서 뇌물을 받은 [   ]이다.

(3) 계모와 팥쥐는 착한 콩쥐에게 집안일을 모두 맡기며 [   ]했다.

(4) 공룡이 지구상에서 사라지게 된 데는 여러 가지 [   ]이/가 있다.

(5) 나는 친구가 아무 연락 없이 [   ](으)로 약속을 어겨서 화가 났다.

㉮ 구박
㉯ 학설
㉰ 일방적
㉱ 위선자
㉲ 수그러질

3 밑줄 친 관용 표현의 뜻을 [보기]에서 찾아 기호를 쓰세요.

어휘
확장

동생은 내 말에 사사건건 <u>말꼬리를 잡았다</u>.

[보기] ㉮ 어떤 사람이 다른 사람에게 말을 걸다.
㉯ 사귀어 아는 사람이 많아 활동하는 범위가 넓다.
㉰ 남의 말 가운데서 잘못 표현된 부분의 약점을 잡다.

(   )

어린 왕자는 사막 풀밭의 사과나무 밑에서 여우 한 마리를 보았어.

"너였구나! 이리 와서 나랑 놀자. 난 지금 너무 슬퍼…….."

그런데 여우는 새초롬하게* 말했어.

"난 너랑 놀 수 없어. 난 길들여지지 않았거든."

"아, 미안해! 그런데 ㉠'길들인다'는 것이 뭐야?"

"그건 사람들이 잊고 사는 건데……. 그건 관계를 맺는다는 뜻이야. 이를테면 지금 너는 나에게 세상에 흔한 소년 중 하나에 불과해*. 그래서 내겐 있어도 그만, 없어도 그만인 존재*지. 하지만 네가 나를 길들인다면 우리는 서로 필요하게 될 거야. 너는 내게 이 세상에서 하나밖에 없는 아이가 되고, 난 네게 이 세상에서 하나밖에 없는 여우가 되는 거지."

"알 것 같아. 내가 돌보는 장미가 하나 있거든. 그 꽃이 나를 길들였나 봐…….."

여우는 지구에서의 일인지 묻고는 다른 행성에서의 일이라고 하자 흥미로워했다.

"이 세상은 너무 ㉡단조로워*. 나는 닭들을 사냥하고 사람들은 나를 사냥하지. 하지만 닭들도, 사람들도 너무 비슷해서 따분해*. 하지만 네가 나를 길들인다면 내 생활은 환해질 거야. 그때부터 나는 네 발소리를 알아챌 거고, 그 소리에 굴 밖으로 나오겠지. 저 밀밭은 빵을 먹지 않는 내겐 전혀 쓸모가 없어. 하지만 네가 나를 길들인다면 금빛 밀밭을 볼 때마다 네 금빛 머리카락이 생각날 거야."

여우는 오랫동안 어린 왕자를 물끄러미* 바라보았어.

"제발 날 길들여 줘!"

"그러고 싶지만 나는 시간이 없어. 친구도 찾아야 하고 알아볼 것도 있거든."

어린 왕자가 말했어.

"시간이 없다는 것은 아무것도 알아보지 못한다는 거야. 너무 바쁘면 그냥 상점에 진열된* 물건을 사고 말잖아. 하지만 현실에 친구를 파는 상점은 없으니까 사람들은 친구가 없는 거야. 친구를 원한다면 나를 길들여 줘!"

"어떻게 하면 되는데?"

"참을성이 많아야 해. 우선 좀 떨어져서 곁눈질*을 하다가 날마다 조금씩 가까이 와 줘."

다음 날 어린 왕자는 다시 그곳에 갔어. 그러자 여우가 말했지.

"네가 어제와 같은 시간에 왔으면 더 좋았을걸. ㉢네가 오후 네 시에 온다면 난 세 시부터 벌써 행복해지기 시작할 거야. 그러다가 네 시가 되면 흥분해서 어쩔 줄 모를 거야. 네가 아무 때나 온다면 언제 마음의 준비를 해야 할지 알 수 없을 거야. 그래서 의식*이 중요해."

"의식이 뭔데?"

날말 풀이

＊새초롬하게 조금 쌀쌀맞게 시치미를 떼는 태도가 있게. ＊불과해 수준을 넘지 못한 상태야. ＊존재 이 세상에 실제로 있는 것. ＊단조로워 변화가 없어서 지루해. ＊따분해 재미가 없어 지루하고 답답해. ＊물끄러미 가만히 한 자리에서 한곳만 바라보는 모양. ＊진열된 여러 사람에게 보이기 위해 물건이 늘어놓아진. ＊곁눈질 고개를 움직이지 않고 눈알만 살짝 움직여서 옆을 봄. ＊의식 정해진 방법이나 절차에 따라 치르는 행사.

"그건 어떤 날을 다른 날과 다르게 만드는 거야. 이를테면, 사냥꾼들은 목요일에 마을 처녀들과 춤을 춰. 그래서 나도 포도밭까지 산책을 갈 수 있지. 만약 사냥꾼들이 아무 때나 춤을 춘다면 난 하루도 마음 놓고 쉴 날이 없을 거야."

– 생텍쥐페리, 『어린 왕자』

● ● ●

1
세부
내용

이 글의 내용으로 알맞지 <u>않은</u> 것은 무엇인가요? (　　　)

① 어린 왕자는 친구를 찾아다니고 있다.
② 여우는 어린 왕자와 놀아 줄 시간을 낼 수 없었다.
③ 어린 왕자는 다른 행성에 보살피는 꽃을 두고 왔다.
④ 닭들을 쫓는 여우는 사냥꾼에게 쫓기는 생활을 하고 있다.
⑤ 어린 왕자는 여우를 만나 '길들인다'는 말의 뜻을 알게 되었다.

2
세부
내용

㉠에 대한 설명으로 알맞지 <u>않은</u> 것은 무엇인가요? (　　　)

① 관계를 맺는다는 뜻이다.
② 사람들이 잊고 사는 것이다.
③ 이 세상에서 하나밖에 없는 존재가 되는 것이다.
④ 서로 비슷해져서 단조로운 생활을 하게 되는 것이다.
⑤ 비슷한 느낌의 사물을 볼 때 상대방이 떠오르는 것이다.

3
추론
하기

이 글에 나타난 '여우'의 성격으로 알맞은 것은 무엇인가요? (　　　)

① 욕심이 많다.　　　　　　　　② 화를 잘 낸다.
③ 모험을 좋아한다.　　　　　　④ 소심하고 의존적이다.
⑤ 지혜롭고 생각이 깊다.

4
어휘
어법

㉡과 바꾸어 쓸 수 있는 낱말은 무엇인가요? (　　　)

① 슬퍼　　　② 바빠　　　③ 중요해　　　④ 지루해　　　⑤ 새초롬해

5 ⓒ의 까닭을 알맞게 짐작한 것은 무엇인가요? (   )

추론
하기

① 어린 왕자를 만날 생각에 기대가 되어서
② 어린 왕자가 어디쯤 오고 있는지 궁금해서
③ 어린 왕자에게 무슨 일이 생긴 것은 아닌지 걱정되어서
④ 어린 왕자가 약속한 시각보다 일찍 올까 봐 조급해져서
⑤ 어린 왕자가 약속한 시각을 지나칠까 봐 조바심이 생겨서

6 이 글에서 글쓴이가 말하려고 한 것은 무엇인지 기호를 쓰세요.

주제
찾기

> ㉮ 사람은 고독한 존재이다.
> ㉯ 낯선 사람과 사귀려면 용기가 필요하다.
> ㉰ 서로 관계를 맺으려면 조금씩 다가가는 인내심과 노력이 필요하다.
> ㉱ 먼 곳에 있는 친척보다 가까운 곳에서 함께 사는 이웃에게 잘해야 한다.

(   )

7 [보기]는 이 글 뒷부분의 이야기입니다. [보기]를 참고해 이 글을 알맞게 감상하지 <u>못한</u> 것은 무엇인가요? (   )

감상
하기

> [보기]   이렇게 해서 어린 왕자는 여우를 길들였다. 그리고 이별의 시간이 다가왔을 때 여우는 어린 왕자에게 장미를 보러 갔다 오라고 말하며 다녀오면 자신이 알고 있는 비밀을 알려 주겠다고 했다. 어린 왕자가 여우에게 다시 돌아오자 여우가 말했다.
>   "내 비밀은 아주 간단해. '마음으로 보아야만 잘 보인다, 중요한 것은 눈으로 보이지 않는다.'는 거야. 네가 네 장미를 그토록 소중하게 만든 건 네가 네 장미에게 소비한 시간 때문이야. 그리고 넌 네가 길들인 것에 언제까지나 책임이 있어."

① 어린 왕자와 장미는 인생을 살아갈 때 맺는 관계를 상징하고 있어.
② 여우는 글쓴이의 생각을 대신 전하는 인물로 삶의 지혜를 알려 주고 있어.
③ 글쓴이는 관계를 맺는 일처럼 눈에 보이지 않는 일이 중요하다고 생각했어.
④ 길들이는 일에는 참을성뿐 아니라 많은 시간이 필요하다는 것을 알 수 있어.
⑤ 길들인 것에 책임이 있다는 말은 사랑하는 대상을 소홀히 대해도 된다는 뜻이야.

15회 지문 익힘 어휘

1 뜻에 알맞은 낱말을 낱말 카드로 만들어 쓰세요.

어휘
의미

| 새 | 러 | 진 | 롬 | 분 | 불 | 열 | 물 | 미 |

(1) 수준을 넘지 못한 상태이다. → ☐ 과 하다

(2) 재미가 없어 지루하고 답답하다. → 따 ☐ 하다

(3) 조금 쌀쌀맞게 시치미를 떼는 태도가 있다. → ☐ 초 ☐ 하다

(4) 여러 사람에게 보이기 위해 물건이 늘어놓아지다. → ☐ ☐ 되다

(5) 가만히 한 자리에서 한곳만 바라보는 모양. → ☐ 끄 ☐ ☐

2 밑줄 친 낱말의 쓰임이 알맞지 <u>않은</u> 것은 무엇인가요? ( )

어휘
활용

① 나이는 숫자에 <u>불과하다</u>는 말이 있다.
② 박물관에 <u>진열된</u> 삼국 시대의 유물들이 인상적이었다.
③ 수아는 새로 산 코트를 입고 <u>새초롬하게</u> 기다리고 있었다.
④ 주말에 집에만 있으니 <u>불과해서</u> 강아지와 산책하러 나왔다.
⑤ 엄마는 잠자는 동생의 얼굴을 <u>물끄러미</u> 내려다보고 계셨다.

3 밑줄 친 낱말의 뜻을 [보기]에서 찾아 기호를 쓰세요.

어휘
확장

> [보기] • 떨어지다: ㉮ 위에서 아래로 내려지다.
> ㉯ 일정한 거리를 두고 있다.
> ㉰ 어떤 상태나 처지에 빠지다.
> ㉱ 급한 일이나 임무가 맡겨지다.
> ㉲ 다른 것보다 수준이 낮거나 못하다.

(1) 꽃병이 <u>떨어져서</u> 산산조각이 났다. ( )

(2) 아버지는 새 일이 <u>떨어져서</u> 출장을 떠나셨다. ( )

(3) 동생은 여행이 피곤했는지 차에 타자마자 잠에 <u>떨어졌다</u>. ( )

(4) 내 컴퓨터는 최신 컴퓨터에 비해 성능은 좀 <u>떨어지지만</u> 꽤 쓸 만하다. ( )

(5) 상대방을 길들일 때는 우선 <u>떨어져서</u> 곁눈질을 하다가 천천히 다가가야 한다. ( )

現

나타날 현

'현(現)' 자는 구슬 옥(玉) 자와 볼 견(見) 자가 합쳐진 글자로, '나타내다', '드러내다'라는 뜻을 나타내요. 이 글자는 옥을 얻기 위해 원석을 갈면 나오는 광채를 뜻하다가 사물의 모습을 드러낸다는 뜻으로 바뀌었어요.

● 다음 획순에 따라 한자를 따라 쓰세요.

現	一	二	三	干	王	到	珇	珇	珇	珇	現	現

現	現	現										

현대 現代
(나타날 현, 대신할 대)

오늘날의 시대.
예 현대 과학은 인간의 한계를 넓혀 가고 있다.

비슷한말 현시대(現時代)

현실 現實
(나타날 현, 열매 실)

현재 실제로 있는 사실이나 상태.
예 이 영화는 우리나라의 분단 현실을 다루고 있다.

반대말 이상(理想): 어떤 것에 대하여 생각할 수 있는 것 중에서 가장 나은 상태나 모습.

현장 現場
(나타날 현, 마당 장)

사물이 현재 있는 곳.
예 고고학자들은 유물이 묻혀 있다는 현장으로 달려갔다.

비슷한말 실지(實地), 현지(現地)

Q 다음 중 밑줄 친 글자의 뜻이 나머지와 다른 것은 무엇인가요? (   )

① 현대   ② 현실   ③ 현명   ④ 현장   ⑤ 현시대

4주

한자 *原* (언덕 원) 자

[앞 이야기] 중학교 교사였던 '나'는 나룻배 통학생인 건우의 가정 방문을 갔다가, 아버지는 6·25 전쟁 때 전사하고, 삼촌은 삼치잡이를 나갔다가 죽어서, 어부인 할아버지 갈밭새 영감의 벌이로 살아간다는 사정을 알게 된다. 돌아오는 길에 우연히 한때 옥살이를 같이 했던 윤춘삼을 만나 갈밭새 영감을 소개받고, 두 사람에게 조마이섬에 얽힌 이야기를 듣게 된다.

갈밭새 영감은 기름이 절은 수건을 꺼내더니 이마를 한 번 훔치고서,

"인자 딴 말은 안 하지요. 언제 또 만날지 모르이칸에 이왕 만낸 짐에 저 ㉮송아지 빨갱이나 이 ㉯갈밭새가 사는 조마이섬 이바구*나 좀 하지요."

그러곤 정신을 가다듬기나 하듯이 앞에 놓인 술잔을 훌쩍 비웠다. 건우 할아버지와 윤춘삼 씨가 들려준 조마이섬 이야기는 언젠가 건우가 써냈던 '섬 얘기'에 몇 가지 기막히는* 일화*가 붙은 것이었다.

"우리 조마이섬 사람들은 지 땅이 없는 사람들이요. 와 처음부터 없기싸 없었겠소마는 죄다 뺏기고 말았지요. 옛적부터 이 고장 사람들이 젖줄같이 믿어 오던 낙동강 물이 맨들어 준 우리 조마이섬은……"

건우 할아버지는 처음부터 개탄조*로 나왔다.

선조*로부터 물려받은 땅, 자기들 것이라고 믿어 오던 땅이 자기들이 겨우 철 들락말락할 무렵에 별안간 왜놈의 동척* 명의*로 둔갑*을 했더란 것이었다.

"이완용이란 놈이 '을사 보호 조약'이란 걸 맨들어 낸 뒤라 카더만!"

윤춘삼 씨의 통방울* 같은 눈에도 ㉠증오의 빛이 이글거리기 시작했다. (중략)

"쥑일 놈들."

건우 할아버지는 그렇게 해서 다시 국회 의원, 다음은 하천 부지*의 매립* 허가를 얻은 유력자*…… 이런 식으로 소유자가 둔갑되어 간 사연들을 죽 들먹거리더니,

"이 꼴이 되고 보니 선조 때부터 둑을 맨들고 물과 싸워 가며 살아온 우리들은 대관절* 우찌 되는 기요?"

그의 꺽꺽한* 목소리에는, 건우가 지각을 하고 ㉡꾸중을 듣던 날 "나룻배 통학생임더." 하던 때의, 그 무엇인가를 ㉢저주하듯* 한 감정이 꿈틀거리고 있는 것 같았다. 얼마나 그들의 땅에 대한 ㉣원한이 컸던가를 가히 짐작할 수가 있었다.

"섬사람들도 한 번 뻗대* 보시지요?"

이렇게 슬쩍 건드려 봤더니, 이번엔 윤춘삼 씨가 얼른 그 말을 받았다.

"선생님은 그런 걸 잘 알면서 그러네요. 우리 겉은 기 멀 알며, 무슨 힘이 있습니꺼. 하도 하는 짓

날말 풀이

＊이바구 '이야기'의 경상도 사투리. ＊기막히는 놀랍거나 못마땅해 어이가 없다. ＊일화 어떤 사람이나 일에 관한 흥미로운 이야기. ＊개탄조 분하거나 안타깝게 여겨 탄식하는 말투. ＊선조 먼 윗대의 조상. ＊동척 '동양 척식 주식회사'를 줄여 이르는 말. ＊명의 공식 문서에서 권한과 책임이 있는 이름. ＊둔갑 요술을 부려 자기 몸을 감추거나 다른 것으로 바꿈. ＊통방울 품질이 낮은 놋쇠로 만든 방울. ＊부지 집을 짓거나 길을 만들기 위해 마련한 땅. ＊매립 우묵하게 팬 땅, 강, 바다 등을 흙이나 돌로 메우는 것. ＊유력자 힘이나 재산이 있는 사람. ＊대관절 여러 말 할 것 없이 중요한 점만 말해서. ＊꺽꺽한 목소리나 성질 등이 억세고 거칠어서 부드러운 느낌이 없다. ＊저주하듯 남에게 불행한 일이 일어나도록 빌고 바라는듯. ＊뻗대 어떤 것을 하지 않으려고 고집스럽게 버텨. ＊문둥이 '문둥이'의 경상도 사투리.

들이 심해서 한 분 해 보기는 해 봤지요. 그 문딩이* 떼를 싣고 왔일 때 말임더……."

윤춘삼 씨는 그 때의 ⑩화가 아직도 사라지지 않는 듯이 남은 술을 꿀꺽 들이켰다.

— 김정한, 「모래톱 이야기」

4주 16회
정답 및 풀이
32~33쪽

1
구조
알기

이 글에 대한 설명으로 알맞지 <u>않은</u> 것은 무엇인가요? (   )

① 주인공인 '갈밭새 영감'이 직접 이야기를 이끌어 나가고 있다.

② 말하는 이인 '내'가 조마이섬 사람들이 겪은 상황을 전달하고 있다.

③ 말하는 이가 들려주는 조마이섬에 대한 이야기가 중심이 되고 있다.

④ 인물의 대화를 통해 권력자와 민중 간의 갈등과 대립을 드러내고 있다.

⑤ 억센 사투리를 사용해 낙동강 가에 사는 사람들의 삶의 아픔을 담아내고 있다.

2
세부
내용

㉮와 ㉯가 가리키는 대상으로 알맞은 것은 무엇인가요? (   )

① ㉮: '나', ㉯: 건우

② ㉮: 건우, ㉯: 윤춘삼

③ ㉮: 건우, ㉯: 건우 할아버지

④ ㉮: 윤춘삼, ㉯: 건우 할아버지

⑤ ㉮: 건우 할아버지, ㉯: 윤춘삼

3
구조
알기

조마이섬의 소유권이 바뀐 과정을 알맞게 나타낸 것은 무엇인가요? (   )

㉮ 선조로부터 땅을 물려받았다.

㉯ 낙동강 물이 섬을 만들어 주었다.

㉰ 친일 국회 의원과 유력자에게 넘어갔다.

㉱ 일제가 동척(동양 척식 주식회사)에 팔아넘겼다.

① ㉮ → ㉯ → ㉰ → ㉱

② ㉯ → ㉰ → ㉱ → ㉮

③ ㉰ → ㉱ → ㉮ → ㉯

④ ㉱ → ㉮ → ㉯ → ㉰

⑤ ㉯ → ㉮ → ㉱ → ㉰

4

세부
내용

㉠~㉢ 중 낱말의 성격이 나머지 넷과 <u>다른</u> 하나는 무엇인가요? (   )

① ㉠   ② ㉡   ③ ㉢   ④ ㉣   ⑤ ㉤

5

추론
하기

이 글에 나타난 '갈밭새 영감'의 성격으로 알맞은 것은 무엇인가요? (   )

① 점잖고 신중하다.   ② 싹싹하고 활달하다.
③ 우직하고 정의롭다.   ④ 건방지고 교만하다.
⑤ 느긋하고 낙천적이다.

6

추론
하기

이 글의 바로 뒤에 이어질 내용으로 알맞은 것은 무엇인가요? (   )

① 건우의 가정 환경
② 을사 보호 조약의 내용
③ 조마이섬의 소유권 변천 과정
④ 문딩이(문둥이)들과 싸운 이야기
⑤ '나'가 가정 방문으로 보고 느낀 것

7

감상
하기

[보기]를 참고해 이 글을 알맞게 감상하지 <u>못한</u> 친구는 누구인가요? (   )

[보기]   조마이섬은 낙동강 하류에 모래가 쌓여서 만들어진 섬으로, 그 생김새가 길쭉한 주머니 같다고 해서 조마이섬이라고 불린다. 글쓴이는 '을숙도'를 모델로 해서 이 공간을 창조해 냈다. 이 섬의 사람들은 일제 강점기에는 일본에 땅을 빼앗기고, 해방이 된 후에는 권력층이나 힘 있는 사람들에게 땅을 빼앗겼다. 오래전부터 둑을 만들고 홍수와 싸워 가며 섬을 지켜 온 이곳 주민들은 정작 한 번도 이 땅을 가져 보지 못했다.

① 민지: 조마이섬은 낙동강 하류에 실제로 존재하는 섬이었군.
② 아름: 글쓴이는 이 글을 통해 잘못된 현실을 고발하려고 한 거야.
③ 한율: 조마이섬 사람들은 힘들게 지켜 온 땅을 권력층에 빼앗기고 무척 억울했겠어.
④ 서준: 소유권이 계속 바뀐 조마이섬은 우리나라의 부당한 현실을 보여 주는 공간이야.
⑤ 영지: 이 작품은 삶의 터전을 빼앗기고 부당한 권력에 맞서는 섬사람들의 저항을 그렸군.

16회 지문 익힘 어휘

1
어휘
의미

뜻에 알맞은 낱말을 찾아 선으로 이으세요.

(1) 놀랍거나 못마땅하여 어이가 없다. •

(2) 어떤 사람이나 일에 관한 흥미로운 이야기. •

(3) 남에게 불행한 일이 일어나도록 빌고 바라다. •

(4) 어떤 것을 하지 않으려고 고집스럽게 버티다. •

• ㉮ 일화

• ㉯ 뻗대다

• ㉰ 저주하다

• ㉱ 기막히다

2
어휘
활용

빈칸에 들어갈 알맞은 낱말을 [보기]에서 찾아 쓰세요.

[보기]   일화   뻗대   저주   기막혀

(1) 마트에서 한 아이가 장난감을 사 달라며 (   )고 있다.

(2) 남을 (   )하는 주술은 자신에게도 해를 끼친다고 한다.

(3) 학교를 그만두겠다는 형의 말에 엄마는 (   )서 말도 못 하셨다.

(4) 방송에서 유명 연예인이 무명 시절의 (   ) 한 토막을 소개하였다.

3
어휘
확장

빈칸에 들어갈 알맞은 낱말을 [보기]에서 찾아 기호를 쓰세요.

[보기]   ㉮ 매입: 물건 등을 사들임.
          ㉯ 매립: 우묵하게 팬 땅, 강, 바다 등을 흙이나 돌로 메우는 것.

(1) 올해 쌀 농사가 잘되자 정부는 쌀을 좀 더 [   ]하기로 했다. (   )

(2) 정부는 기존 주택을 [   ]해 청년들에게 저렴하게 빌려주었다. (   )

(3) 인천은 오랜 시간에 걸쳐 갯벌을 [   ]해 땅이 계속해서 넓어졌다. (   )

(4) 우리가 버린 쓰레기는 재활용품을 제외하고 거의 모두 [   ]해서 처리한다. (   )

허생은 묵적골에 살았다. 집이라야 비바람도 제대로 가리지 못할 두어 칸짜리 초가였다. 하지만 허생은 오직 글 읽기를 좋아해, 그의 아내가 삯바느질을 해서 겨우 입에 풀칠하고* 있었다.

하루는 허생의 아내가 너무 배가 고파 울음 섞인 목소리로 말하였다.

"당신은 평생 과거*도 안 보면서 글은 읽어 무엇 하시나요?"

허생은 웃으며 대답하였다. / "나는 아직 독서를 익숙히 하지 못하였소."

"그렇다면 장인 일도 못 하신단 말씀입니까?" / "장인 일은 배우지도 않았는데 어찌 하겠소."

(가) "그럼 장사도 할 수 없다는 말입니까?" / "장사는 밑천*이 없는데 어찌 하겠소."

아내는 화가 나서 말하였다.

"밤낮으로 글만 읽더니 배운 것이라고는 '어찌 하겠소'라는 말뿐이군요. 장인 일도 못 한다, 장사도 못 한다, 그러면 도둑질은 할 수 있나요?"

허생은 읽던 책을 덮고 일어섰다.

"애석하구나*! 내 본디 십 년만 책을 읽으려 하였는데, 이제 겨우 칠 년에 이르렀을 뿐인데……."

하고 거리로 나섰으나 아는 사람이 없었다. 허생은 곧장 운종가*로 나가서 길 가는 사람을 붙들고 물었다.

"한양에서 제일 부자가 누구요?"

어떤 사람이 변 씨라고 일러 주자, 허생은 그 집을 찾아갔다. 그는 변 씨에게 허리를 숙여 정중히 인사한 뒤 이야기를 꺼냈다.

"내가 집이 가난해서 무얼 좀 해 보려고 하니, 만 냥만 빌려 주시오."

㉠변 씨는 흔쾌히* "좋소이다." 하고 대답한 뒤, 선뜻 만 냥을 빌려 주었다. ㉡허생은 고맙다는 말 한마디 없이 가 버렸다.

허생은 집에 가지 않고 생각하였다.

'안성은 경기도와 충청도가 갈라지는 곳이요, 충청도와 전라도, 경상도를 통괄하는* 입구렷다.'

그는 곧장 안성으로 가서 거처*를 마련하였다. 그리고 대추, 밤, 감, 배, 석류, 귤, 유자 등의 과일을 시세*의 두 배를 주고 몽땅 사들였다. 허생이 과일을 독점해* 버리니, 양반들은 집에서 잔치를 벌이거나 제사를 지낼 수 없게 되었다. 얼마 안 가서, 허생에게 두 배의 값으로 과일을 팔았던 상인들이 도리어 열 배의 값을 주고 사 가게 되었다. 허생은 길게 탄식하며* 말하였다.

"만 냥으로 나라의 경제가 좌우되니*, 조선의 경제 기반*이 어떠한지를 알겠구나!"

— 박지원, 「허생전」

낱말
풀이

＊입에 풀칠하고 근근이 살아가고. ＊과거 조선 시대에 관리를 뽑으려고 치르던 시험. ＊밑천 어떤 일을 하는 데 바탕이 되는 돈이나 물건. ＊애석하구나 슬프고 안타깝구나. ＊운종가 조선 시대에, 지금의 서울 종로 네거리를 중심으로 한 곳. ＊흔쾌히 기쁘고 유쾌하게. ＊통괄하는 낱낱의 일을 한데 묶어서 잡는. ＊거처 머물러 사는 곳. ＊시세 흔히 사고파는 값. ＊독점해 개인이나 한 단체가 생산과 시장을 지배하여 이익을 모두 차지해. ＊탄식하며 슬프거나 걱정스러워 한숨을 내쉬며. ＊좌우되니 어떤 일에 영향이 주어져 지배되니. ＊기반 어떤 일을 하는 밑바탕.

1 이 글에 대한 설명으로 알맞지 <u>않은</u> 것은 무엇인가요? ( )

구조
알기

① 인물 간의 대화를 통해 사건이 펼쳐지고 있다.

② 등장인물의 성격을 대조적으로 드러내고 있다.

③ 일화를 통해 등장인물들의 성격을 보여 주고 있다.

④ 허생의 아내를 통해 글쓴이의 의도를 드러내고 있다.

⑤ 말하는 이가 인물의 성격과 사건을 직접 설명하고 있다.

2 중심 인물에 대한 설명으로 알맞지 <u>않은</u> 것은 무엇인가요? ( )

세부
내용

① 허생은 아내가 시키는 대로만 하는 사람이다.

② 허생의 아내는 현실적이고 실용적인 것을 추구한다.

③ 허생의 아내가 삯바느질로 생계를 이어 나가고 있다.

④ 허생은 집안일과 상관없이 글만 읽는 경제적으로 무능력한 인물이다.

⑤ 허생의 아내는 학문의 목적이 출세라고 생각하지만, 허생은 자신을 닦는 일로 여긴다.

3 [보기]는 글쓴이가 ㉮ 부분을 통해 말하려고 하는 것입니다. ㉮~㉰에 들어갈 알맞은 낱말은 무엇인가요? ( )

추론
하기

> [보기] 글쓴이는 [㉮]의 입을 빌려, [㉯] 없는 학문에만 매달리고 있는 당시 양반 계층의 무능력한 모습을 강하게 [㉰]하고 있다.

① ㉮: 허생, ㉯: 현실성, ㉰: 비판   ② ㉮: 허생, ㉯: 실용성, ㉰: 칭찬

③ ㉮: 허생, ㉯: 현실성, ㉰: 풍자   ④ ㉮: 허생 아내, ㉯: 현실성, ㉰: 공감

⑤ ㉮: 허생 아내, ㉯: 실용성, ㉰: 비판

4 이 글에서 '허생'이 한 일의 차례대로 기호를 쓰세요.

구조
알기

> ㉮ 묵적골의 집에서 책을 읽었다.
>
> ㉯ 변 씨의 집을 찾아가 만 냥을 빌렸다.
>
> ㉰ 가격이 오른 과일을 열 배의 값을 주고 팔았다.
>
> ㉱ 운종가로 나가 사람들에게 제일 부자가 누구인지 물어보았다.
>
> ㉲ 안성에 거처를 마련해 두 배의 값을 주고 과일을 모두 사들였다.

( ) → ( ) → ( ) → ( ) → ( )

5

추론
하기

㉠과 ㉡에 나타난 인물됨으로 알맞은 것은 무엇인가요? (   )

	㉠	㉡
①	당당하고 솔직함.	무례하고 교만함.
②	욕심이 많고 성급함.	비범하고 뛰어난 능력이 있음.
③	도량이 크고 대범함.	욕심이 많고 성급함.
④	도량이 크고 대범함.	비범하고 뛰어난 능력이 있음.
⑤	비범하고 뛰어난 능력이 있음.	도량이 크고 대범함.

6

감상
하기

이 글에 대한 감상으로 알맞지 <u>않은</u> 것은 무엇인가요? (   )

① 허생의 아내는 허생을 변화시키는 역할을 하고 있어.

② 허생은 글 읽기에 몰두하다가 현실에 눈을 뜨며 성격이 바뀌고 있군.

③ 허생의 말에서 글쓴이가 조선의 신분 제도를 비판한다는 것을 알 수 있어.

④ 글쓴이는 허생이 과일을 몽땅 사들이는 모습을 통해 독점의 문제점을 드러내고 있어.

⑤ 조선 후기에 쓰여졌으므로, 한양 부자 변 씨는 당시 농사나 장사로 부를 쌓은 평민일 거야.

7

적용
창의

이 글의 독자가 [보기]에 대해 보인 반응으로 알맞지 <u>않은</u> 것은 무엇인가요? (   )

> [보기]   2019년 신종 코로나 바이러스 감염증(코로나 19)이 번지던 초기에는 마스크 품귀 현상으로 개인이 살 수 있는 수량이 제한되었다. 그러자 일부 마스크 도매업자들이 마스크를 대량으로 사재기한 후, 평소보다 2배 가까이 비싼 값으로 팔아 지나친 이익을 얻다가 당국에 적발되어 처벌을 받았다.

① 사재기는 나라의 경제를 망치는 잘못된 행동이므로 바로잡아야 해.

② 허생과 마스크 도매업자들은 모두 사재기로 엄청난 이익을 얻었구나.

③ 사재기는 조선 시대부터 있던 전통적인 문화니까 계속 지켜 나가야 해.

④ 조선 시대나 요즘이나 물건을 독점하는 일은 계속해서 벌어지고 있구나.

⑤ 조선에서는 사재기가 처벌받지 않았지만, 요즘에는 처벌을 받을 수 있어.

17회 지문 익힘 어휘

1

어휘
의미

뜻에 알맞은 낱말을 [보기]에서 찾아 쓰세요.

> [보기]　　　거처　　　시세　　　기반　　　독점하다　　　애석하다

(1) (　　　　　　　): 머물러 사는 곳.

(2) (　　　　　　　): 슬프고 안타깝다.

(3) (　　　　　　　): 흔히 사고파는 값.

(4) (　　　　　　　): 어떤 일을 하는 밑바탕.

(5) (　　　　　　　): 개인이나 한 단체가 생산과 시장을 지배하여 이익을 모두 차지하다.

2

어휘
활용

빈칸에 들어갈 알맞은 낱말을 찾아 선으로 이으세요.

(1) 추석을 맞아 농작물 [　　　]이/가 모두 올랐다. ●

(2) 장돌뱅이들은 일정한 [　　　] 없이 장터를 떠돌아다녔다. ●

(3) 장애인 일자리는 장애인들이 스스로 자립할 수 있는 [　　　]이/가 된다. ●

(4) 김 박사는 자신의 뒤를 이을 자식이 없다는 사실을 [　　　]하게 여겼다. ●

(5) 우리나라는 한 기업이 시장을 [　　　] 하지 못하도록 법으로 제한하고 있다. ●

● ㉮ 거처

● ㉯ 독점

● ㉰ 시세

● ㉱ 기반

● ㉲ 애석

3

어휘
확장

[보기]에서 밑줄 친 관용 표현의 뜻으로 알맞은 것은 무엇인가요? (　　　　)

> [보기]　　　엄마는 아빠가 회사를 그만두면 우리 가족은 입에 풀칠하기도 어렵다고 하셨다.

① 입맛에 맞다.
② 근근이 살아가다.
③ 무엇에 대해 말하다.
④ 아주 익숙하여 버릇이 되다.
⑤ 어떤 생각이나 사실을 말로 드러내다.

배추의 마음

나희덕

㉠배추에게도 마음이 있나 보다.
㉡씨앗 뿌리고 농약 없이 키우려니
하도* 자라지 않아
가을이 되어도 헛일*일 것 같더니
여름내 밭둑* 지나며 잊지 않았던 말
— ㉢나는 너희로 하여 기쁠 것 같아.
— 잘 자라 기쁠 것 같아.

늦가을* 배추 포기 묶어 주며 보니
㉣그래도 튼실하게* 자라 속이 꽤 찼다.
— 혹시 배추벌레 한 마리
이 속에 갇혀 나오지 못하면 어떡하지?
꼭 동여매지도* 못하는 사람 마음이나
배추벌레에게 반 넘어 먹히고도
속은 점점 순결한 잎으로 차오르는*
㉤배추의 마음이 뭐가 다를까.
㉥배추 풀물*이 사람 소매에도 들었나 보다.

*하도 매우 심하거나 아주 크게. *헛일 애쓴 보람이 없이 쓸모없게 된 일. *밭둑 밭과 밭의 경계를 이루고 있거나 밭가에 둘려 있는 둑. *늦가을 늦은 가을. *튼실하게 튼튼하고 실하게. *동여매지도 끈이나 실 등으로 두르거나 감아서 꽉 묶지도. *차오르는 어떤 공간을 채우며 일정 높이에 다다라 오르는. *풀물 풀에서 나오는 퍼런 물.

1 **이 시에 대한 설명으로 알맞지 않은 것은 무엇인가요? ( )**

구조
알기

① 시간의 흐름에 따라 시를 전개하였다.

② 표현 대상을 다른 대상에 빗대어 정감 있게 표현하였다.

③ 일상적 소재를 통해 생명의 가치에 대한 깨달음을 표현하였다.

④ '배추'를 사람처럼 표현하여 인간과의 정서적 교감을 표현하였다.

⑤ 대화와 독백 형식을 써서 말하는 이의 마음을 친근하게 표현하였다.

2 **'말하는 이'에 대한 설명으로 알맞지 않은 것은 무엇인가요? ( )**

세부
내용

① 배추를 사람처럼 친근하게 대하고 있다.

② 자연과 교감하며 생명의 소중함을 깨닫고 있다.

③ 배추 농사를 지으며 배추와 마음을 나누고 있다.

④ 농약 없이 키운 배추가 잘 자라기를 소망하고 있다.

⑤ 배추벌레가 배추를 모두 먹어 치울까 봐 걱정하고 있다.

3 **이 시에 나타난 계절의 변화를 알맞게 나타낸 것은 무엇인가요? ( )**

세부
내용

	1연		2연
①	봄	→	가을
②	여름	→	늦가을
③	가을	→	겨울
④	겨울	→	여름
⑤	늦가을	→	봄

4 **㉠과 같은 표현 방법이 쓰인 것은 무엇인가요? ( )**

어휘
어법

① 아! 슬프도다.

② 반달 같은 눈썹.

③ 돌담에 속삭이는 햇발.

④ 나는 나룻배 / 당신은 행인.

⑤ 별 하나에 사랑과 / 별 하나에 추억과 / 별 하나에 쓸쓸함과.

5 **⊙~⑩ 중 이 시의 주제가 담겨 있는 행은 무엇인가요? (   )**

주제
찾기

① ⊙   ② ⓒ   ③ ⓒ   ④ ⓔ   ⑤ ⑩

6 **다음 중 ㉮와 가장 관련이 적은 사람은 누구인가요? (   )**

적용
창의

① 장애아를 입양해 자립할 수 있도록 키워 낸 부부
② 병원이 없는 아프리카에서 30년간 진료 활동을 한 의사
③ 회사를 홍보하려고 불우 이웃 돕기 방송에 출연한 회사 사장
④ 폐지를 모아 형편이 어려운 대학생의 장학금을 지급한 할머니
⑤ 혈액이 부족해서 수술하지 못하는 사람들을 위해 헌혈한 고등학생

7 **이 시의 '말하는 이'와 [보기]의 '나'에게 발견할 수 있는 삶의 태도는 무엇인가요? (   )**

추론
하기

[보기]   소나기가 한바탕 퍼부었던 날이었다. 소나기가 어느 정도 잦아들 무렵, 나는 어머
니의 심부름으로 집에서 조금 떨어진 마트에 갔다. 공원 앞을 지나는데 발 밑에서 무
언가 꿈틀대는 것을 보았다. 지렁이였다. 지렁이는 느린 움직임으로 인도 한복판을
지나고 있었다. 그대로 두면 사람들에게 밟힐 것 같아 주변을 두리번거렸다. 마침 소
나기에 떨어진 넙적한 가로수 잎을 발견해 지렁이를 공원 화단 쪽으로 옮겨 주었다.

① 말하는 이와 [보기]의 '나'는 모두 자연을 관찰하는 것이 취미이다.
② 말하는 이와 [보기]의 '나'는 모두 겁이 많고 소심한 성격을 가지고 있다.
③ 말하는 이와 [보기]의 '나'는 모두 식물을 기르면서 벌레를 채집하고 있다.
④ 말하는 이와 [보기]의 '나'는 모두 생명의 가치를 알고 소중히 여기고 있다.
⑤ 말하는 이는 시골에서, [보기]의 '나'는 도시에 살면서 자연을 가까이 하고 있다.

18회 지문 익힘 어휘

1
어휘
의미

낱말에 알맞은 뜻을 찾아 선으로 이으세요.

(1) 헛일 •

(2) 밭둑 •

(3) 동여매다 •

(4) 튼실하다 •

(5) 차오르다 •

• ㉮ 튼튼하고 실하다.

• ㉯ 애쓴 보람이 없이 쓸모없게 된 일.

• ㉰ 끈이나 실 등으로 두르거나 감아서 꽉 묶다.

• ㉱ 어떤 공간을 채우며 일정 높이에 다다라 오르다.

• ㉲ 밭과 밭의 경계를 이루고 있거나 밭 가에 둘려 있는 둑.

2
어휘
활용

빈칸에 들어갈 알맞은 낱말을 [보기]에서 찾아 쓰세요.

[보기]	헛일	밭둑	튼실	차오른	동여매

(1) 농부들이 ( )에 앉아 새참을 먹고 있다.

(2) 나는 머리를 고무줄로 질끈 ( )고 줄넘기를 했다.

(3) 비가 많이 내려 허리까지 ( ) 물을 헤치고 강을 건넜다.

(4) 시험 날짜가 미뤄져서 지금까지 공부한 것이 ( )이/가 되었다.

(5) 아버지는 주말 농장에 심은 상추가 ( )하게 잘 자랐다고 하셨다.

3
어휘
확장

밑줄 친 낱말과 바꾸어 쓸 수 있는 낱말의 기호를 쓰세요.

(1) 갓 태어난 아기는 <u>순결한</u> 영혼을 가진 존재이다. ·························· ( )
　㉮ 순수한　　　 ㉯ 불결한　　　 ㉰ 친근한

(2) 수찬이는 씨름을 해서 그런지 체격이 <u>튼실해</u> 보인다. ·················· ( )
　㉮ 부실해　　　 ㉯ 튼튼해　　　 ㉰ 늘씬해

(3) 겨울철에 두꺼운 옷을 입더라도 모자를 쓰지 않으면 말짱 <u>헛일</u>이다. ············· ( )
　㉮ 실제　　　 ㉯ 허사　　　 ㉰ 진실

내가 자전거를 배우기 위해 큰집에서 빌린 자전거는 읍내로 출퇴근하는 아버지의 자전거보다 더 무겁고 튼튼하며 짐받이가 큰 '농업용' 자전거였다. 그 대신 자전거가 아주 낡아서 자전거를 배우자면 꼭 거쳐야 하는, '논바닥에 꼬라박기'를 무난히* 감당해* 낼 수 있을 듯 보였다. 내 몸이 그걸 견뎌 낼 수 있을지, 내 마음이 그 창피함을 견뎌 낼 수 있을지 의문스럽긴 했지만.

▲ 자전거

㉠나는 오전에 자전거를 끌고 사람이 없는 운동장으로 갔다. 시멘트 계단 옆에 자전거를 세운 뒤 안장에 올라가서 발로 연단*을 차는 힘으로 자전거의 정거 장치*가 풀리면서 앞으로 나가도록 했다. 바퀴가 두 번도 구르기 전에 자전거는 멈췄고 나는 넘어졌다. 같은 식의 시행착오*가 수십, 수백 번 거듭되었다. 정강이와 허벅지에 멍 자국이 생겨났고 팔과 손의 피부가 벗겨졌다. 나중에는 자전거를 일으키는 일조차 힘이 들었다. 마지막으로 쓰러졌을 때 어둠이 다가오고 있는 걸 알고는 막막한* 마음에 자전거 옆에 한참 누워 있다가 일어났다.

동네로 돌아오는 길에는 오십 미터쯤 되는 오르막이 있었다. 오르막에 올라가서 숨을 고르다가 문득 내리막을 달려 내려가면 자전거를 쉽게 탈 수 있지 않을까 하는 생각이 들었다. 내리막 아래쪽은 길이 휘어 있었고 정면에는 내가 어릴 적 물장구를 치고 놀던 도랑*이 기다리고 있었다. 그리고 그 옆에는 다음 해 봄에 거름으로 쓸 분뇨*를 모아 두는 '똥통'이 있었다. 내가 자전거를 통제하지* 못하게 된다면 결말은 단순했다. 운 좋으면 논도랑, 나쁘면 똥통.

그럼에도 불구하고 나는 돌을 딛고 자전거에 올라섰다. 어차피 가지 않으면 안 될 길, 나는 몸을 앞뒤로 흔들어 자전거를 출발시켰다. 자전거는 앞으로 나아가기 시작했다. 페달을 밟지 않고도 가속*이 붙기 시작했다. 나는 난생처음 봄을 맞는 장끼*처럼 나도 모를 이상한 소리를 내지르며 자전거와 한 몸이 되어* 달려 내려갔다. ㉡가슴이 터질 듯 부풀었고 어질어질한 속도감에 사로잡혔다. 어느 새 내 발은 페달을 차고 있었고 자전거는 논도랑과 똥통 옆을 지나고 있었다. ㉢나는 삽시간*에 어른이 된 기분으로 읍내로 가는 길을 내달렸다.

그날 나는 내 근육과 뇌에 새겨진 평범한, 그러면서도 ㉣세상을 움직여 온 비밀을 하나 얻게 되었다. 일단 안장 위에 올라선 이상 계속 가지 않으면 쓰러진다. 노력하고 경험을 쌓고도 잘 모르겠으면 자연의 판단 — 본능*에 맡겨라.

그 뒤에 시와 춤, 노래와 암벽 타기, 그리고 사랑이 모두 같은 원리*에 따라 움직인다는 것을 나는 깨달았다. 비록 다 배웠다, 다 안다고 할 수 있는 건 하나도 없지만.

— 성석제, 「어느 날 자전거가 내 삶 속으로 들어왔다」

낱말
풀이

＊**무난히** 어려움이나 장애가 별로 없이. ＊**감당해** 맡은 일을 스스로 잘 해내. ＊**연단** 연설이나 강연을 하는 사람이 올라서는 단. ＊**정거 장치** 자전거가 설 수 있게 하는 장치. ＊**시행착오** 어떤 일을 해내려다가 실패를 겪는 것. ＊**막막한** 어떻게 해야 할지 몰라 답답하고 걱정스러운. ＊**도랑** 폭이 좁고 작은 개울. ＊**분뇨** 똥과 오줌. ＊**통제하지** 어떤 행동이나 일을 하지 못하게 막지. ＊**가속** 속도를 높임. ＊**장끼** 수컷인 꿩. ＊**한 몸이 되어** 단합하여 하나의 몸처럼 행동할 수 있게 되어. ＊**삽시간** 매우 짧은 시간. ＊**본능** 본디 타고난 힘이나 성질. ＊**원리** 어떤 일의 밑바탕을 이루는 생각이나 이치.

1

구조
알기

이 글에 대한 설명으로 알맞은 것은 무엇인가요? (   )

① 일상적 경험에서 깨달은 삶의 교훈을 담아내고 있다.

② 자전거를 타러 간 여행에서의 견문과 감상을 표현하고 있다.

③ 글쓴이의 상상력을 바탕으로 꾸며 낸 이야기를 전달하고 있다.

④ 자전거의 구조와 타는 방법에 대해 전문적인 내용을 설명하고 있다.

⑤ 운율이 있는 짧은 글로 자전거 타기에 성공한 기쁨을 표현하고 있다.

2

세부
내용

㉠의 까닭으로 알맞은 것은 무엇인가요? (   )

① 마땅히 자전거를 탈 장소가 없어서

② 자전거를 타기에 좋은 시간과 장소라서

③ 혼자 조용히 자전거 연습을 하고 싶어서

④ 운동장이 자전거 타기 연습을 하기 좋아서

⑤ 자전거를 배우는 모습을 다른 사람에게 보이기 싫어서

3

추론
하기

㉡에서 알 수 있는 글쓴이의 마음으로 알맞은 것은 무엇인가요? (   )

① 현실감   ② 패배감   ③ 기대감

④ 성취감   ⑤ 우월감

4

세부
내용

다음은 글쓴이가 무사히 자전거를 배울 수 있었던 까닭입니다. ㉮와 ㉯에 들어갈 알맞은 낱말은 무엇인가요? (   )

> 스스로 자전거를 통제하지 않으면 큰 [㉮   ]을/를 볼지 모른다는 [㉯   ](으)로 쉬지 않고 내달렸기 때문이다.

① ㉮: 성공, ㉯: 절실함   ② ㉮: 성공, ㉯: 신중함

③ ㉮: 낭패, ㉯: 절실함   ④ ㉮: 낭패, ㉯: 신중함

⑤ ㉮: 이득, ㉯: 냉철함

5 ©이 빗대어 표현한 것은 무엇인가요? (   )

어휘
어법

① 자전거 타기에 성공한 기쁨

② 중학생이 되면서 크게 자란 키

③ 갑자기 빨라진 자전거의 속도감

④ 오르막을 무사히 내려왔다는 안도감

⑤ 선수처럼 자전거를 잘 타게 되었다는 자신감

6 이 글에서 글쓴이가 얻은 삶의 교훈으로 알맞은 것은 무엇인가요? (   )

주제
찾기

① 누구나 노력하면 성공한다.

② 열심히 하면 반드시 좋은 결과를 얻는다.

③ 하다가 안 되면 적당히 포기하는 것이 낫다.

④ 안 되는 일에 공연히 시간을 낭비할 필요는 없다.

⑤ 한번 시작한 일은 끝까지 포기하지 말고 노력해야 한다.

7 이 글과 [보기]에서 공통적으로 찾을 수 있는 ®은 무엇인가요? (   )

추론
하기

> [보기]   흙수저 출신으로 재벌이 된 현대그룹 회장 정주영과 애플의 창업자 스티브 잡스는 승승장구했던 사람들이 아니다. 두 사람은 엄청난 실패를 겪었던 사람들이다. 하지만 이들은 실패를 두려워하거나 좌절하지 않고 꾸준히 도전해 기적적으로 일어선 성공 신화의 주인공들이다.
>   정주영 회장은 "나는 생명이 있는 한 실패는 없다고 생각한다."라는 신념으로 살았고, "이봐, 해 봤어?"라는 철학으로 실패에 좌절하지 않고 계속 도전하였다. 스티브 잡스도 온갖 어려움 끝에 아이폰을 시장에 내놓으며 "용기를 가지고 자기가 좋아하는 일을 찾아서 두려움 없이 실행하라. 실패에 좌절하지 말고 열정과 끈기로 끝까지 도전하라."라는 생각을 몸소 보여 주었다.

① 인생에 실패라는 말은 없다.

② 실패를 겪은 사람이 성공할 수 있다.

③ 계속 도전하다 보면 반드시 성공한다.

④ 성공한 사람들은 모두 실패를 겪게 마련이다.

⑤ 실패를 두려워하지 말고 끝까지 도전해야 한다.

19회 지문 익힘 어휘

1 낱말과 그 뜻이 알맞게 짝 지어지지 <u>않은</u> 것은 무엇인가요? (   )

어휘
의미

① 감당하다: 맡은 일을 스스로 잘 해내다.
② 무난하다: 어려움이나 장애가 별로 없다.
③ 통제하다: 어떤 행동이나 일을 하지 못하게 막다.
④ 시행착오: 연설이나 강연을 하는 사람이 올라서는 단.
⑤ 막막하다: 어떻게 해야 할지 몰라 답답하고 걱정스럽다.

2 빈칸에 들어갈 알맞은 낱말을 찾아 선으로 이으세요.

어휘
활용

(1) 우리나라 축구팀이 [   ]하게 본선을 통과했다. •   • ㉮ 감당

(2) 혁신은 무수히 많은 [   ]을/를 통해 탄생한다. •   • ㉯ 통제

(3) 세계 곳곳에서 치솟는 물가를 [   ]하지 못하고 있다. •   • ㉰ 막막

(4) 홍수로 도로가 잠기자 경찰이 사람들의 이동을 [   ]했다. •   • ㉱ 무난

(5) 화재로 살길이 [   ]해진 부부의 사연이 주변을 안타깝게 하고 있다. •   • ㉲ 시행착오

3 [보기]에서 밑줄 친 관용 표현의 뜻으로 알맞은 것은 무엇인가요? (   )

어휘
확장

[보기]   1997년 외환 위기가 터지자 국민과 정부, 기업이 <u>한 몸이 되어</u> 극복해 냈다.

① 일의 한몫을 담당하다.
② 하던 일에서 좀 물러앉다.
③ 어떤 일을 한 뒤에 성과를 내다.
④ 한 가지 일에 몰두하여 끝까지 하다.
⑤ 단합하여 하나의 몸처럼 행동할 수 있게 되다.

14분 안에 푸세요.

[앞 이야기] 배의 의사였던 걸리버는 항해 도중에 소인국과 거인국, 공중에 떠 있는 섬나라 라퓨타에 이어 휴이넘의 나라를 방문하게 된다. 이곳은 인간보다 더 뛰어난 지능을 가진 '휴이넘'이라고 하는 말이 '야후'라는 인간을 닮은 동물을 지배하는* 나라였다. 휴이넘은 처음에 야후와 닮은 걸리버를 무시했지만 걸리버가 휴이넘의 말을 배우면서 인정받게 된다.

"너는 왜 그 나라를 떠나왔느냐?"

"저는 어릴 때부터 바다 여행을 좋아했습니다. 어드벤처호라는 배를 탄 것은 여행도 하고 큰돈도 벌 수 있기 때문이었습니다."

㉠주인은 돈이라는 것을 이해하지 못했다. 휴이넘의 나라에는 돈, 무역*, 항해라는 말들이 아예 없었기 때문에, 나도 적당히 설명할 방법을 찾지 못했다.

한번은 전쟁에 대해서 이야기했다.

"㉡야후들이 서로 죽이기까지 한단 말인가?" / 주인은 눈을 커다랗게 뜨며 놀랐다.

"그렇습니다. 야후들은 살상용* 무기를 이용해서 한꺼번에 수십 명, 수백 명씩 죽이기도 합니다."

"그토록 무서운 싸움을 하는 이유가 뭔가?"

"이유는 셀 수 없이 많지만 몇 가지만 말씀드리겠습니다. 먼저 야심*이 많은 왕이 다스릴 땅이나 백성이 부족하다고 여겨 전쟁을 일으킵니다. 때로는 부패한* 대신이 자신들의 정치에 불만을 품은 백성들을 억누르거나 다른 데로 관심을 돌리려고 왕을 부추겨* 전쟁을 일으키기도 합니다. 또, 때로는 사소한 의견 차이 때문에 몇백만이나 되는 사람들이 목숨을 잃기도 합니다."

내가 더 얘기하려고 하자 주인은 그만두라고 나를 말렸다.

"네 이야기를 듣다 보니 야후라는 동물 전체가 싫어지는구나. 서로 죽이면서까지 그래야 하는지 모르겠다."

주인은 한심하다는* 표정을 지었다. 나는 주인의 심정*을 충분히 이해할 수 있었다.

나는 시간이 갈수록 휴이넘의 생활에 본받을 점이 많다고 여기며, 그들에게 존경심*마저 생겼다. 그들의 생활은 매우 단순했지만 서로 아끼고 도왔으며, 쓸데없는 욕심을 부리지도 않았다.

"그동안 너에게 들은 이야기를 보면, 영국에 사는 야후들은 매우 좋지 않은 머리*를 가진 것 같구나. 그들은 그나마 그 머리를 나쁜 일에 사용하도록 길들여진 동물이다. 자연이 준 좋은 능력을 모두 잃어버린 채 서로 헐뜯고*, 미워하고, 심지어 죽이기까지 한다니 참으로 안타까운 일이야."

"하지만 생활을 편리하게 해 주는 발명품을 많이 만들어 내기도 했습니다."

"그런 게 무슨 소용이냐? 영국의 야후들은 발명품을 만들어서 그 결함을 메우려고 하겠지만, 헛

*지배하는 다른 사람이나 집단, 지역을 자기 뜻대로 다스리는. *무역 나라와 나라 사이에 서로 물건을 사고파는 일. *살상용 사람을 죽이거나 상처를 입히는 데 쓰임. *야심 분에 넘치는 일을 이루어 보려는 욕심. *부패한 정치나 생각 등이 나쁜 길로 빠져든. *부추겨 남의 마음을 움직여서 어떤 일을 하게 만들어. *한심하다는 너무 지나치거나 모자라서 딱하거나 어이없다는. *심정 마음 속 생각이나 느낌. *존경심 어떤 사람의 훌륭한 인격이나 행동을 높이고 받드는 마음. *머리 생각하고 판단하는 능력. *헐뜯고 남에게 해를 입히기 위해 나쁘게 말하고. *헛된 아무런 보람이나 실속이 없는. *통 어떤 일이 벌어진 상황이나 형편. *사방 둘레의 모든 곳. *경계해 뜻밖의 사고나 위험이 생기지 않도록 살피고 조심해.

된* 노력일 뿐이다. 이곳에 사는 야후들도 마찬가지야. 몸도 빠르고 힘이 세서 일을 잘하지만, 먹이가 충분한데도 먹을 것을 가지고 싸워 대는 통*에 골치가 아파. 또, 그들은 들판에서 ⓒ여러 가지 색깔의 반짝이는 돌을 찾아다가 자신만의 비밀 장소에 쌓아 두지. 그리고 나서도 다른 야후들이 빼앗아 갈까 봐 걱정하며 사방*을 경계해*."

— 조너선 스위프트, 『걸리버 여행기』

1
구조
알기

이 글에 대한 설명으로 알맞지 <u>않은</u> 것은 무엇인가요? (   )

① 주인공이 여러 나라를 여행하며 겪은 일을 쓴 글이다.

② 글쓴이가 상상력을 바탕으로 그럴듯하게 꾸며 낸 이야기다.

③ 글쓴이가 여행을 하며 실제로 겪은 이야기를 전달하고 있다.

④ 등장인물 간의 대화를 통해 글쓴이의 의도를 드러내고 있다.

⑤ 사람처럼 말하고 행동하는 동물을 등장시켜 인간 세상을 비판하고 있다.

2
세부
내용

이 글의 내용과 일치하지 <u>않는</u> 것은 무엇인가요? (   )

① 인간 사회에서는 야심 많은 왕이 전쟁을 일으킨다.

② 영국의 발명품들은 전쟁을 하기 위한 무기들이었다.

③ 걸리버는 배를 타고 항해하다가 휴이넘의 나라에 왔다.

④ 걸리버는 자신이 살던 영국을 좋지 않게 생각하고 있다.

⑤ 걸리버는 휴이넘의 나라를 이상적인 곳으로 생각하고 있다.

3
세부
내용

㉠이 속하는 종족으로 알맞은 것은 무엇인가요? (   )

① 소인   ② 거인   ③ 야후

④ 휴이넘   ⑤ 영국인

4
추론
하기

㉡의 성격으로 알맞은 것은 무엇인가요? (   )

① 성실하고 부지런하다.

② 머리가 총명하고 지혜롭다.

③ 탐욕스럽고 소유욕이 강하다.

④ 다른 사람에 대한 배려심이 많다.

⑤ 서로 아끼고 도우며, 욕심 없이 산다.

93

5

어휘
어법

©이 빗대어 표현하는 것은 무엇인가요? (   )

① 돈   ② 식량   ③ 보석
④ 무기   ⑤ 자연

6

주제
찾기

이 글에서 글쓴이가 말하려고 하는 것은 무엇인가요? (   )

① 세계 여행의 신기한 경험 기록
② 살기 좋은 이상향에 대한 추구
③ 휴이넘의 나라에서 살고 싶은 소망
④ 인간보다 뛰어난 지성을 가진 존재의 발견
⑤ 인간 세상에서 일어나는 전쟁과 탐욕에 대한 비판

7

감상
하기

[보기]를 참고해 이 글을 감상한 것으로 알맞지 <u>않은</u> 것은 무엇인가요? (   )

> [보기] 『걸리버 여행기』는 글쓴이가 살던 17~18세기 영국 사회의 문제점을 걸리버가 여행
> 한 나라에 빗대어 비판한 풍자 소설이다. 당시 영국은 두 개의 당파로 나뉘어 다투었
> 는데, 글쓴이는 자신이 속한 당의 잘못도 비판하여 양쪽 당 모두에게 미움을 받았다.
> 이에 글쓴이는 정치를 떠나 오랫동안 이 책을 썼다.
>   특히, '휴이넘의 나라' 편에서는 '야후'를 오로지 본능에 따라서만 사는 동물로, '휴
> 이넘'을 인간을 뛰어넘는 이성을 가진 존재로 그렸다. 이를 두고 종교계에서는 신을
> 모독했다고 하여 책의 출판을 금지시켰다.

① 글쓴이는 인간에 대해 매우 부정적인 시각을 가지고 있군.
② 글쓴이는 자신의 나라인 영국 사람들을 탐욕스러운 '야후'에 빗대어 표현했군.
③ 글쓴이는 읽는 이들을 즐겁게 하려고 이 책을 쓴 것이 아니라 현실 비판이 목적이었군.
④ 글쓴이는 여행을 다니면서 겪은 신기한 일들을 전달하여 읽는 이들과 공감하려고 했군.
⑤ 글쓴이가 영국을 호되게 비판한 것은 조국인 영국을 진심으로 걱정하고 염려했기 때문이야.

20회 지문 익힘 어휘

1

어휘
의미

뜻에 알맞은 낱말을 낱말 카드로 만들어 쓰세요.

| 패 | 되 | 경 | 부 | 뜯 | 한 | 계 | 심 | 헐 | 헛 |

(1) 아무런 보람이나 실속이 없다. → ☐ ☐ 다

(2) 정치나 생각 등이 나쁜 길로 빠져들다. → ☐ ☐ 하다

(3) 남에게 해를 입히기 위해 나쁘게 말하다. → ☐ ☐ 다

(4) 너무 지나치거나 모자라서 딱하거나 어이없다. → ☐ ☐ 하다

(5) 뜻밖의 사고나 위험이 생기지 않도록 살피고 조심하다. → ☐ ☐ 하다

2

어휘
활용

빈칸에 들어갈 알맞은 낱말을 [보기]에서 찾아 쓰세요.

| [보기] | 한심 | 경계 | 부패 | 헐뜯 | 헛되 |

(1) 뇌물을 받는 등 (   )한 국회 의원이 뉴스에 나왔다.

(2) 전국 대회를 위해 내가 흘린 땀방울은 (   )지 않았다.

(3) 선거 때만 되면 상대 후보를 (   )는 사람들이 생겨난다.

(4) 경찰들은 테러범들이 접근할 만한 곳을 (   )하기 시작했다.

(5) 한 달 용돈을 하루 만에 다 써 버린 동생이 (   )하게 느껴졌다.

3

어휘
확장

밑줄 친 낱말의 뜻으로 알맞은 것을 [보기]에서 찾아 기호를 쓰세요.

| [보기] | ㉮ 머리에 난 털. | ㉯ 사물의 앞이나 윗부분. |
| | ㉰ 생각하고 판단하는 능력. | ㉱ 눈, 코, 입 등이 있는 목의 윗부분. |

(1) 누나는 찰랑거리는 긴 머리를 하고 있다. (   )

(2) 영국에서 사는 야후들은 머리가 좋지 않구나. (   )

(3) 거의 모든 곤충들은 머리에 더듬이를 가지고 있다. (   )

(4) 성덕 대왕 신종의 머리에는 용무늬로 장식된 부분이 있다. (   )

 → 原
언덕 원

'원(原)' 자는 기슭 엄(厂) 자와 샘 천(泉) 자가 합쳐져서 만들어진 글자예요. 벼랑 밑에서 솟기 시작한 샘이라는 뜻에서 '근원'을 나타내요.

● 다음 획순에 따라 한자를 따라 쓰세요.

原	一	厂	厂	厂	厂	盾	盾	盾	原	原	原
原	原	原									

원인 原因
(언덕 원, 인할 인)

어떤 일이 일어나게 하거나 어떤 사물의 상태를 바꾸는 근본이 된 일이나 사건.
예 이번 식중독 사건의 원인은 김밥 속에 들어 있던 달걀이었다.
비슷한말 이유(理由)

원리 原理
(언덕 원, 다스릴 리)

사물의 본질이나 바탕이 되는 이치.
예 초파리를 이용해 봄에 춘곤증이 생기는 원리를 찾았다.

원본 原本
(언덕 원, 근본 본)

여러 번 인쇄하여 발행한 책 중에서 가장 처음 인쇄하여 발행한 책.
예 윤동주 시인 가족은 시집 원본을 시인이 다니던 학교에 기증했다.
비슷한말 초간본(初刊本)

Q 다음 낱말과 비슷한 뜻을 가진 낱말은 무엇인가요? (   )

원인

① 원본   ② 결과   ③ 원리   ④ 이유   ⑤ 초간본

5주

한자 發 (필 발) 자

"여기가 아빠 직장이란다."

7층인가 8층인가 되는 회색 빛깔의 집 앞에서 아버지는 멈췄다. 큰 집이었지만 그 근처에는 10층도 훨씬 넘는 집이 수두룩해서* 나는 가볍게 실망했다.

아버지와 내가 문 앞에 서자 문이 저절로 열렸다. 나는 아버지를 위해 문을 열어 준 시중꾼을 찾아내려고 두리번거렸으나 아무도 찾지를 못했다. 저절로 열리는 문을 들어서자마자 제일 먼저 있는 방으로 아버지가 들어섰다. 그 방은 드나드는 사람을 빤히 살펴볼 수 있는 유리창이 달려 있고 딱딱한 비닐 의자가 서너 개, 회색빛 테이블과 전화가 있을 뿐인 좁고 살벌한* 방이었다.

"게 좀 앉아라." 하면서 아버지는 모자를 벗고 이마의 땀을 닦았다. 나는 처음으로 이 여름에 아버지는 저 검은 양복을 입고 얼마나 더울까 하는 생각을 했다.

그때 자동문 밖에 새까만 차가 멎더니 대머리가 까진 키가 작고 넥타이를 맨 쪼다* 티가 더럭더럭 나는 남자가 나타났다. 아버지는 질겁해서* 후다닥 뛰어나갔다. 그러더니 꼿꼿이 서서 우리 삼형제가 매일 아침 아버지한테 하는 것 같은 '경례'를 그 쪼다한테 엄숙하게* 올려붙이는 것이었다. 나는 너무 놀라서 그 쪼다가 아버지를 거들떠봤는지 안 봤는지 그것을 살필 겨를*도 없었다.

승용차는 연달아 자동문 밖에 와서 멎고, 아버지와는 너무도 딴판*인, 억수같이 퍼붓는 소나기 속을 물 한 방울 안 맞고 10리도 가게 생긴 생쥐 같은 사내들이 그 속에서 나왔고, 그때마다 아버지는 경의*를 과장한 '경례'를 올려붙였다. (중략)

나는 그제서야 아버지의 방 유리창에 '수위실'이라고 붙어 있는 것을 읽을 수 있었다. 그런데 아버지는 왜 나에게 자기의 어릿광대 노릇을 보여 주려고 했을까. 높은 분들의 아침 마중을 끝낸 아버지가 수위실로 들어왔다. 그리고 별안간 낄낄댔다. 웃음이 사레*가 들려 더 지독한 웃음이 되어, 아버지의 웃음은 좀체* 멎지를 못했다. 그것은 질그릇 깨지는 소리였으며, 동시에 ⊙나의 우상*이 깨지는 소리였다.

나는 수위실을 뛰어나왔다. 내 앞을 가로막는 문이 다시 스르르 열렸다. 나는 어느 틈에 건물 밖으로 밀려나 있었다. 아버지는 나를 붙들지 않았다. 아니 또 한 번 팽개쳤던 것이다. 나는 도시의 인파* 속에서 몇 년 전 풀* 속에서 허우적대듯* 다시 허우적댔다. 그리고 풀 속에서 듣던 것과 똑같은 아버지의 웃음소리를 들었고, 풀 속에서처럼 고독했고 풀 속에서처럼 이를 갈며* 아버지에게 앙심*을 먹었다.

— 박완서, 「배반의 여름」

낱말
풀이

＊수두룩해서 매우 많고 흔해서. ＊살벌한 행동이나 분위기가 거칠고 무시무시한. ＊쪼다 조금 어리석고 모자라 제구실을 못하는 사람을 속되게 이르는 말. ＊질겁해서 뜻밖의 일에 몸이 움츠러들 정도로 깜짝 놀라서. ＊엄숙하게 태도나 분위기가 점잖고 위엄이 있게. ＊겨를 어떤 일을 할 만한 잠시 동안의 시간. ＊딴판 전혀 다른 모습이나 태도. ＊경의 존경하는 뜻. ＊사레 음식이 숨 쉬는 관 쪽으로 들어갔을 때 갑자기 기침처럼 뿜어져 나오는 기운. ＊좀체 이만저만하거나 어지간해서는. ＊우상 신과 같이 여겨 우러러 받드는 물건이나 사람. ＊인파 한곳에 몰려든 수많은 사람. ＊풀 헤엄을 치면서 놀거나 수영 경기를 할 수 있도록 시설을 갖춘 곳. ＊허우적대듯 손과 발을 이리저리 내두르듯. ＊이를 갈며 매우 분하고 화가 나서 독한 마음을 먹고 기회를 엿보며. ＊앙심 원한을 품고 복수하려고 벼르는 마음.

분 ■■■ 맞은 개수

1 이 글에 대한 설명으로 알맞은 것은 무엇인가요? (   )

구조
알기

① 사건을 객관적으로 들려주어 사실성을 높이고 있다.

② 시대적 상황을 설명하며 현실을 비판적으로 드러내고 있다.

③ 과거와 현재를 교차시켜 사건을 입체적으로 보여 주고 있다.

④ 하나의 사건을 여러 인물의 시각에서 다양하게 바라보고 있다.

⑤ 말하는 이가 등장인물과 상황에 대한 반응을 직접 드러내고 있다.

2 '나'에 대한 설명으로 알맞지 <u>않은</u> 것은 무엇인가요? (   )

세부
내용

① 아직 정신적으로 성숙하지 못한 소년이다.

② 몇 년 전에 물에 빠져서 고생했던 경험을 가지고 있다.

③ 아버지가 수위인 것이 부끄러워서 복수하려고 마음먹고 있다.

④ 아버지의 직업을 알고 난 후 매우 실망하여 배반감을 느끼고 있다.

⑤ 아버지의 직장에 가기 전까지는 아버지를 자랑스럽게 여기고 있었다.

3 이 글에 나타난 '나'의 심리 변화로 알맞은 것은 무엇인가요? (   )

추론
하기

① 아버지에 대한 오해 → 아버지에 대한 믿음

② 아버지에 대한 불신 → 아버지에 대한 믿음

③ 아버지에 대한 믿음 → 아버지에 대한 동정심

④ 아버지에 대한 배신감 → 아버지에 대한 복수심

⑤ 아버지에 대한 기대감 → 아버지에 대한 배반감

4 다음을 참고할 때, ㉠이 가리키는 사람은 누구인가요? (   )

어휘
어법

> 우상은 '신과 같이 여겨 우러러 받드는 물건이나 사람.'을 뜻하는 말이다. 어떤 사람은 연예인을 좋아해 우상화하고, 어떤 사람은 훌륭한 과학자나 정치가를 우상으로 삼아 닮고자 노력한다.

① 아버지　　　　② 높은 분들　　　　③ 우리 삼형제

④ 생쥐 같은 사내　　⑤ 대머리 까진 남자

5주 21회

정답 및 풀이
42~43쪽

99

5 이 글을 성장 소설이라고 할 때, 밑줄 친 부분에 해당하는 것은 무엇인가요? (   )

추론
하기

> '성장 소설'은 몸과 마음이 미숙한 인물이 <u>시련과 고난</u>을 겪고 성숙한 존재로 성장하는 과정을 그린 소설이다.

① 자동문을 처음 보게 된 것
② 아버지의 회사에 가게 된 것
③ 아버지의 웃음소리를 들은 것
④ 아버지가 수위임을 알게 된 것
⑤ 생쥐와 쪼다 같은 남자들을 보게 된 것

6 다음 ㉮에 들어갈 알맞은 내용은 무엇인가요? (   )

비판
하기

> 이 작품에서 '아버지'의 화려한 수위복이나 과장된 경례는 돈 많고 힘 있는 사람들을 위한 것이었다. 어린 '나'의 눈에 비친 그들은 '생쥐'로, 또 수위를 의식하며 우월감과 권위 의식을 충족하려고 하는 '쪼다'로 우스꽝스럽게 표현되어 있다. 이를 통해 글쓴이는 [㉮   ]을/를 비웃고 있다.

① 동심을 파괴하는 어른
② 돈과 권력을 쫓는 사람들의 모습
③ 제복을 입고 우쭐해하는 사람들의 폐해
④ 힘 있는 자가 약한 자를 짓밟는 약육강식의 모습
⑤ 더운 날에도 제복을 입어야 하는 힘없는 자의 처지

7 [보기]를 참고해 이 글을 알맞게 감상한 친구는 누구인가요? (   )

감상
하기

> [보기]   이 작품은 '기대 — 배반 — 성장'의 이야기 구조를 가지고 있다. 주인공 '나'는 아직 세상에 대해 분별하고 판단하는 생각이 성숙하지 못한 소년이다. '나'는 아버지에 대해 기대와 믿음을 가지고 있다가 그것이 무너져 내리는 배반을 경험한다. 하지만 차츰 아버지에 대한 오해와 앙심이 풀리면서 내면의 성장을 이루게 된다.

① 이솔: '나'는 아버지의 웃음소리를 듣고 신체적 성장을 하게 되는군.
② 성빈: '나'는 아버지의 직업이 수위라는 것을 알고 부끄러워서 도망치고 있어.
③ 지은: 아버지한테 받은 배신감이 결국 '나'의 정신적 성장의 계기로 작용하는군.
④ 민주: '나'는 아버지의 사회적 지위가 낮다는 것을 알고 아버지를 불쌍하게 여겼어.
⑤ 한얼: '내'가 아버지에게 배신감을 느끼고 앙심을 품었으니, 다음에는 복수를 하겠군.

21회 지문 익힘 어휘

1

어휘
의미

낱말에 알맞은 뜻을 찾아 선으로 이으세요.

(1) 딴판 •

(2) 앙심 •

(3) 질겁하다 •

(4) 살벌하다 •

(5) 수두룩하다 •

• ㉮ 매우 많고 흔하다.

• ㉯ 전혀 다른 모습이나 태도.

• ㉰ 원한을 품고 복수하려고 벼르는 마음.

• ㉱ 행동이나 분위기가 거칠고 무시무시하다.

• ㉲ 뜻밖의 일에 몸이 움츠러들 정도로 깜짝 놀라다.

2

어휘
활용

밑줄 친 낱말의 쓰임이 알맞지 <u>않은</u> 것은 무엇인가요? (　　　)

① 나는 벌레를 보고 질겁해서 비명을 질렀다.
② 범인은 피해자에게 앙심을 품고 해치려고 했다.
③ 킥보드를 탈 때 안전모를 쓰지 않는 사람들이 살벌했다.
④ 건우와 건우 동생은 쌍둥이인데도 생김새가 딴판이었다.
⑤ 시험 기간이 되어 학교 도서실의 분위기가 살벌하게 바뀌었다.

3

어휘
확장

[보기]에서 밑줄 친 관용 표현의 뜻으로 알맞은 것은 무엇인가요? (　　　)

[보기] 　　상대 팀에 우승을 내주었던 야구팀은 올해 꼭 우승을 하겠다며 <u>이를 갈았다</u>.

① 마음에 큰 충격을 받다.
② 겁이 없고 매우 대담하다.
③ 잊지 않게 단단히 마음에 기억하다.
④ 매우 걱정되고 불안스러워 마음을 놓지 못하다.
⑤ 매우 분하고 화가 나서 독한 마음을 먹고 기회를 엿보다.

15분 안에 푸세요.

학창 시절에는 유별나게도* 학년이 바뀌고 반이 바뀌어 친구들과 뿔뿔이 흩어져야 하는 신학기가 싫었다. 마음으로 간절히 원했던 친구는 거의 언제나 다른 반으로 가 버렸고, 한 반이 되지 않기를 빌고 빌었던 친구는 어김없이 한 반으로 편성되곤 하는 불행 아닌 불행 앞에서 얼마나 많이 속상해했는지 모른다. (중략)

망망대해*를 헤매는 것처럼 힘든 ㉠인생의 항해는 신학기 잠시의 외로움을 극복하는 일 따위와는 비교도 할 수 없을 만큼 두려움 가득한 일이다. 삶은 고난투성이고 끝없는 인내를 요구하기만 하는데, 홀로 헤치는 ㉡파도는 높고 거칠기만 한 것이다.

바로 이때에 영혼을 함께 나눌 친구가 절실히 필요해진다. 인생이란 험난한* 항해를 같이 겪고 있다는 동지애*를 느낄 수 있는 친구, 혹은 내 ㉢삶의 따뜻한 동반자*라는 느낌이 전해져 오는 친구와 같이 있는 시간에는 이 세상도 한번 살아 볼 만하다는 용기가 솟는다.

목소리만 듣고도 친구가 처해 있는 상황을 눈치채는 우정, 눈빛만 보아도 친구가 무엇을 원하는지 알아채는 우정, 그런 돈독한* 우정을 상호 간에 교환하고 있는 이들이라면, 그렇다면 적어도 실패한 삶은 아니라고 단정할* 수 있는 것이다.

살아가면서 그런 우정을 가꾸는 이들을 종종 만난다. 비록 나의 친구는 아니지만 그 모습을 보는 일은 참 아름답다. 언젠가 친구가 사업에 실패해서 낙향하여* 쓸쓸히 살아가는 것을 안쓰러워하다* 못해 자기도 다니던 직장을 정리하고 가족과 함께 시골로 내려가 친구 옆에서 땅을 일구는* 사람을 만난 적이 있었다.

이미 결혼하여 각각의 식솔*을 이끌고 있는 두 사람한테는 참으로 어려운 결정이었겠지만, 양쪽 집의 가족들 모두는, 한결같이 이렇게 말하였다. 냉혹한* 이 세상에 대항하기* 위해 두 집이 힘을 합쳤으니 얼마나 든든하냐고.

누군가는 말했다. 친구 없이 사는 일만큼 ㉣무서운 사막은 없다고. 또 누군가는 말했다. 친구 없이 사는 것은 ㉺증인* 없이 사라지는 일이라고.

그 말들을 새기고 있으면 불현듯* 마음이 찡해 온다. 나는 지금 무서운 사막을 홀로 걷고 있는 것은 아닌지, 지금 내 삶의 의미를 설명해 줄 단 한 사람의 증인도 없이 마음을 닫고 살아가는 것은 아닌지.

하지만 우정은 상호 간의 교류*이다. 일방적인 행위가 결코 아니다. 말하자면 내가 먼저 쌓아야 할 탑이고 내가 밭을 경작해서* 맺어야 할 ㉤열매인 것이다. 그럼에도 불구하고 탑을 제대로 쌓는 사람, 혹은 빛깔 곱고 아름다운 열매를 맺는 사람은 참 드물다. ㉻친구는 많지만 진정으로 벗이라 부를 만

*유별나게도 보통 것과 크게 다르게도. *망망대해 아주 넓고 큰 바다. *험난한 험하고 어려워 고생스러운. *동지애 뜻이나 목적이 서로 같은 사람끼리 느끼는 우정과 사랑. *동반자 어떤 일을 함께 하거나 어디에 함께 가는 사람. *돈독한 정이 깊고 성실한. *단정할 딱 잘라서 판단하고 결정할. *낙향하여 대도시에서 살다가 고향이나 시골로 이사 가서. *안쓰러워하다 딱한 형편을 마음에 언짢고 가엾게 여기다. *일구는 논밭으로 만들려고 땅을 뒤집거나 갈아엎는. *식솔 한 집안에 딸린 사람들. *냉혹한 성격이 몹시 차갑고 인정이 없는. *대항하기 지지 않으려고 맞서서 버티기. *증인 어떤 사실을 증명하거나 증언하는 사람. *불현듯 어떤 생각이나 느낌이 갑자기 떠오르는 모양. *교류 다른 곳에 사는 사람들이 서로 만나 물건이나 의견을 주고받는 것. *경작해서 논밭을 갈아 농사를 지어서.

한 이는 몇이나 되는지, 그것만이라도 한 번쯤 되새겨 보며 살아야 하는 것 아닐까.

— 양귀자, 「사막을 같이 가는 벗」

• • • •

1 이 글에 대한 설명으로 알맞지 <u>않은</u> 것은 무엇인가요? (   )

구조
알기

① 돈독한 우정을 나누는 친구들을 예로 들고 있다.

② 글쓴이가 추구하는 삶의 가치를 읽는 이에게 설득시키고 있다.

③ 세상살이의 어려움을 학창 시절의 외로움과 비교하여 설명했다.

④ 글쓴이가 떠올린 학창 시절의 기억을 바탕으로 생각을 펼치고 있다.

⑤ 글쓴이가 중요시하는 삶의 가치를 문학적인 표현을 사용해 드러냈다.

2 이 글에 나타난 글쓴이의 생각으로 알맞지 <u>않은</u> 것은 무엇인가요? (   )

세부
내용

① 영혼을 함께 나눌 친구가 있다면 실패한 삶이 아니다.

② 진정한 우정은 실패한 친구의 증인이 되어 주는 것이다.

③ 학창 시절 신학기 때마다 친구들과 헤어지게 돼서 속상했다.

④ 험난한 인생을 살아갈 때 돈독한 우정을 나눌 수 있는 친구가 필요하다.

⑤ 진정한 친구를 얻으려면 내가 먼저 우정을 쌓아 나가기 위해 노력해야 한다.

3 ㉠~㉤이 비유한 것으로 알맞지 <u>않은</u> 것은 무엇인가요? (   )

어휘
어법

① ㉠: 인생을 살아가는 일   ② ㉡: 삶을 힘들게 하는 고난

③ ㉢: 진정한 친구   ④ ㉣: 어둡고 캄캄한 사막

⑤ ㉤: 우정

4 ㉯와 같은 표현 방법을 사용한 것은 무엇인가요? (   )

추론
하기

① 멸치처럼 마른 몸.

② 풀이 누워 울고 있다.

③ 엄마 품은 포근한 이불.

④ 가랑비에 옷 젖는 줄 모른다.

⑤ 바람에 이리저리 몸을 뒤척이는 파도.

5 ㉯의 표현이 주는 효과로 알맞은 것은 무엇인가요? (   )

추론
하기

① 실제보다 부풀려서 삶의 어려움을 강조하고 있다.
② 대상을 다른 대상에 빗대어 참신한 느낌을 주고 있다.
③ 대상을 사람처럼 표현해 좀 더 생생하게 전달하고 있다.
④ 문장의 앞뒤 순서를 바꾸어서 단조로운 느낌을 없애고 있다.
⑤ 묻는 형식을 써서 글쓴이가 말한 삶의 자세를 강조하고 있다.

6 이 글의 주제로 알맞은 것은 무엇인가요? (   )

주제
찾기

① 인생의 험난함
② 신학기 반 편성의 문제점
③ 진정한 친구를 사귀는 방법
④ 진정한 친구의 의미와 필요성
⑤ 인생의 성공을 위한 많은 벗의 필요성

7 [보기]를 참고해 이 글을 알맞게 감상하지 <u>못한</u> 것은 무엇인가요? (   )

감상
하기

> [보기]   수필은 글쓴이가 생활 속에서 보고, 듣고 느낀 것이나 체험한 것을 형식의 제한 없
> 이 자유롭게 쓴 개성적인 글이다. 글 속의 '나'는 곧 글쓴이 자신이다. 글쓴이는 다양
> 한 소재와 자신의 체험을 중심으로 생각과 느낌을 꾸밈없이 솔직하게 표현하고 체험
> 한 일에서 얻은 지혜나 깨달음을 읽는 이에게 전달한다. 이와 같은 글에는 글쓴이의
> 인생관, 가치관, 성격, 생활 태도 등 독특한 개성이 드러난다.

① 학창 시절에 글쓴이가 겪은 일이 이 글의 소재가 되었어.
② 글쓴이는 인생을 살아갈 때 진정한 친구가 필요하다는 가치관을 가지고 있어.
③ 현재에 있는 글쓴이가 과거의 학창 시절을 회상하는 형식으로 글을 시작했어.
④ 글쓴이는 친구를 따라 시골로 간 친구가 가족을 희생시켰다고 생각하고 있어.
⑤ 글쓴이는 진정한 친구 없이 사는 것은 아닌지 되돌아보는 성찰의 태도를 보이고 있어.

22회 지문 익힘 어휘

1

어휘
의미

뜻에 들어갈 알맞은 낱말을 찾아 ○표 하세요.

(1) 돈독하다: 정이 (깊고 / 얕고) 성실하다.

(2) 험난하다: 험하고 (쉬워 / 어려워) 고생스럽다.

(3) 대항하다: (지지 / 이기지) 않으려고 맞서서 버티다.

(4) 단정하다: 딱 잘라서 (거절하고 / 판단하고) 결정하다.

(5) 냉혹하다: 성격이 몹시 (차갑고 / 따뜻하고) 인정이 없다.

2

어휘
활용

빈칸에 들어갈 알맞은 낱말을 찾아 선으로 이으세요.

(1) 의병들은 낡은 무기를 가지고 일본군에게 끝까지 [   ]했다. ·

(2) 야생 동물들은 [   ]한 생태계에서 살아남으려고 위장술을 쓴다. ·

(3) 선욱이는 친구를 사귈 때 겉모습만 보고 사람을 [   ]하는 버릇이 있다. ·

(4) 조선의 여류 시인 허난설헌과 그의 동생 허균은 서로 우애가 [   ]했다. ·

(5) 우리 할아버지는 어렸을 때 부모님이 돌아가셔서 [   ]한 삶을 살아오셨다. ·

· ㉮ 단정

· ㉯ 돈독

· ㉰ 냉혹

· ㉱ 험난

· ㉲ 대항

3

어휘
확장

[보기]의 두 낱말과 <u>같은</u> 관계로 짝 지어진 것은 무엇인가요? (   )

[보기]	유별나다 – 특별나다

① 질문 – 대답
② 닫다 – 열다
③ 헤매다 – 찾다
④ 냉혹하다 – 매섭다
⑤ 실패하다 – 성공하다

13분 안에 푸세요.

돌담에 속삭이는 햇발

김영랑

돌담에 속삭이는 ㉠햇발*같이
풀 아래 웃음 짓는 ㉡샘물같이
내 마음 고요히* 고운 봄 길 위에
오늘 하루 ㉮하늘을 우러르고* 싶다.

새악시* 볼에 떠 오는 ㉢부끄럼같이
㉣시의 가슴에 살포시* 젖는 ㉤물결같이
보드레한* 에메랄드* 얇게 흐르는
실비단* 하늘을 바라보고 싶다.

낱말풀이

＊**햇발** 사방으로 퍼지는 햇살. ＊**고요히** 시끄럽거나 어지럽지 않고 조용하게. ＊**우러르고** 위를 향하여 고개를 정중히 들고 쳐다보고. ＊**새악시** '새색시'의 사투리. 이제 막 결혼한 여자. ＊**살포시** 포근하게 살며시. ＊**보드레한** 꽤 보드라운 느낌이 있는. ＊**에메랄드** 연푸른빛을 띤 보석. ＊**실비단** 가는 실로 짠 비단.

1

세부
내용

이 시에 대한 설명으로 알맞지 <u>않은</u> 것은 무엇인가요? (   )

① 시각, 청각, 촉각 등 다양한 감각적 표현을 사용하고 있다.

② 사투리를 많이 사용하여 향토적인 분위기를 강조하고 있다.

③ 비유적인 표현을 다양하게 사용해 시적 효과를 높이고 있다.

④ 비슷한 문장 구조를 반복해 음악적 효과를 느끼게 하고 있다.

⑤ 일정한 위치에 같은 소리나 낱말을 반복해 음악적 효과를 주고 있다.

5주 23회
정답 및 풀이
46~47쪽

2

세부
내용

이 시의 계절적 배경으로 알맞은 것은 무엇인가요? (   )

① 봄   ② 여름   ③ 가을

④ 겨울   ⑤ 없다.

3

추론
하기

이 시를 읽고 떠오르는 장면으로 알맞지 <u>않은</u> 것은 무엇인가요? (   )

① 돌담 위로 반짝이는 햇빛

② 하늘을 보며 종일 우는 사람

③ 풀밭 아래로 맑게 흐르는 샘물

④ 부끄러워서 두 볼이 붉어진 새색시

⑤ 비단처럼 곱고 에메랄드처럼 맑고 푸른 하늘

4

어휘
어법

㉠~㉤ 중 뜻하는 것이 <u>다른</u> 하나는 무엇인가요? (   )

① ㉠   ② ㉡   ③ ㉢   ④ ㉣   ⑤ ㉤

5

추론
하기

이 시에서 느껴지는 분위기로 알맞은 것은 무엇인가요? (   )

① 밝고 경쾌한 분위기   ② 어둡고 우울한 분위기

③ 슬프고 안타까운 분위기   ④ 조용하고 차분한 분위기

⑤ 엄숙하고 긴장된 분위기

6

주제
찾기

이 시의 주제로 알맞은 것은 무엇인가요? (   )

① 봄에 시집온 새색시의 부끄러운 마음

② 아름답고 평화로운 세상에 대한 간절한 소망

③ 돌담 위에 봄 햇살이 따사롭게 내려앉은 풍경

④ 따뜻한 봄날에 자연으로 나들이를 가고 싶은 마음

⑤ 자연 속에서 하루 종일 하늘을 보며 울고 싶은 마음

7

적용
창의

㉮와 [보기]의 밑줄 친 부분에 담긴 마음을 알맞게 나타낸 것은 무엇인가요? (   )

> [보기]   죽는 날까지 <u>하늘을 우러러</u>
> 한 점 부끄럼이 없기를,
> 잎새에 이는 바람에도
> 나는 괴로워했다.
> 별을 노래하는 마음으로
> 모든 죽어 가는 것을 사랑해야지.
> 그리고 나한테 주어진 길을
> 걸어가야겠다.
>
> 오늘 밤에도 별이 바람에 스치운다.
>
> — 윤동주, 「서시」

	㉮	[보기]
①	하늘을 바라보고 싶은 마음	하늘을 원망하는 마음
②	하늘에 물어보고 싶은 마음	하늘을 두려워하는 마음
③	하늘을 보며 울고 싶은 마음	도덕적으로 살고 싶은 마음
④	도덕적으로 살고 싶은 마음	평화로운 세상을 바라는 마음
⑤	평화로운 세상을 바라는 마음	부끄러움 없이 살고 싶은 마음

23회 지문 익힘 어휘

1
어휘
의미

밑줄 친 낱말의 뜻으로 알맞은 것의 기호를 쓰세요.

(1) 내리쬐는 햇발에 사과가 빨갛게 익어 간다. ·· (　　　)
　　㉮ 사방으로 퍼지는 햇살.　　　　㉯ 세로줄을 긋듯이 떨어지는 빗줄기.

(2) 아침에 늦잠을 잤더니 집안이 쥐죽은 듯이 고요했다. ························· (　　　)
　　㉮ 마음이 외롭고 허전하다.　　　　㉯ 시끄럽거나 어지럽지 않고 조용하다.

(3) 온천을 하고 나왔더니 살결이 보드레해진 느낌이 들었다. ················ (　　　)
　　㉮ 꽤 보드라운 느낌이 있다.　　　　㉯ 마음에 들지 않아 관심이 없다.

(4) 동생은 여행이 피곤했는지 내 어깨에 살포시 기대어 잠이 들었다. ·········· (　　　)
　　㉮ 포근하게 살며시.　　　　㉯ 아무 망설임이나 어려움 없이 쉽게.

2
어휘
활용

문장에 어울리는 알맞은 낱말을 찾아 ○표 하세요.

(1) 마당에 흰 눈이 (살포시 / 거세게) 내려앉았다.

(2) 이제 막 구워 나온 식빵이 매우 (딱딱하다 / 보드레하다).

(3) 창문으로 눈부신 (빗발 / 햇발)이 쏟아져 들어와서 잠을 깼다.

(4) 도시에서 조금 떨어진 시골이라도 한적하고 (복잡한 / 고요한) 느낌이 든다.

3
어휘
확장

밑줄 친 낱말의 뜻을 [보기]에서 찾아 기호를 쓰세요.

> [보기]　• 우러르다: ㉮ 마음속으로 존경하다.
> 　　　　　　　　㉯ 위를 향하여 고개를 정중히 들고 쳐다보다.

(1) 우리는 남들이 우러러 보는 탁월한 인물이 되자. (　　　)

(2) 산꼭대기를 우러러 보니 구름이 걸린 것이 보였다. (　　　)

(3) 공자의 제자들은 스승을 우러러 보는 사람이 많았다. (　　　)

(4) 잉카 사람들은 태양을 우러러 숭배하며 제사를 지냈다. (　　　)

(5) 오랫만에 하늘을 우러러 보니 밤하늘에 별이 쏟아지는 것 같다. (　　　)

밤 10시, 바람이 세게 불고 인적*이 드문 거리를 우람한* 몸집의 경찰이 순찰*을 돌고 있었다. 불이 꺼진 철물점 앞에 한 사나이가 서 있었다. 경찰이 다가오자 그는 친구를 기다리고 있다고 했다.

"20년 전 오늘, 나는 브레디의 음식점에서 가장 친한 친구인 지미 웰스와 저녁을 먹었어요. 지미와 나는 뉴욕에서 함께 자라 형제나 다름없었지요. 나는 큰돈을 벌기 위해 서부로 출발할 예정이었지만, 지미는 뉴욕을 떠날 생각이 없었어요. 그래서 우리는 그날 밤에 20년 뒤 이 자리에서 꼭 다시 만나자고 약속했어요."

"20년 후의 약속이라니, 시간이 너무 긴데요? 서로 한 번도 연락을 못 했나요?"

"아니요. 한동안 편지를 주고받았죠. 하지만 자연스럽게 소식이 끊기더군요. 서부는 매우 복잡한 곳이에요. 일도 너무 많았고, 부지런히 돈을 벌어야 해서 그렇게 되었죠. 어쨌든 지미는 꼭 올 겁니다. 약속을 잊을 친구가 아니에요. 저도 친구를 만나기 위해 천 마일*을 달려왔거든요."

"그렇군요, 그럼 한밑천* 크게 잡았나요?" 경찰이 묻자 사나이가 대답했다.

"물론이죠. 지미도 내 절반쯤은 성공했을 겁니다. 그 친구는 너무 착해요. 뉴욕에서야 판에 박은 듯* 매일 똑같은 생활이지만, ㉠서부에서는 자기 돈을 지키기 위해 악착같이* 싸우며 살아야 해요. 살아남으려면요."

"이제 그만 가 봐야겠어요. 그 친구를 꼭 만나길 바라요."

경찰이 떠난 후, 계속 바람이 불더니 차가운 이슬비가 내리기 시작했다.

20분이 흐른 뒤, 키 큰 남자가 외투를 휘날리며 나타나 ㉡조금 어색한* 말투로 사나이에게 말했다.

"밥이니? 살아 있다면 꼭 만날 줄 알았지. 옛날 그 식당은 없어졌어. 있었다면 같이 저녁도 먹고 좋았을 텐데⋯⋯. 서부는 어땠어?"

"서부는 정말 대단해. 원하는 건 뭐든 얻을 수 있지. 그런데 자네도 많이 변했군. 전보다 키도 크고⋯⋯."

두 사람은 함께 길을 걸었다. 사나이는 남자에게 자신이 어떻게 성공했는지 자랑스럽게 얘기했다. 불이 환하게 켜진 약국을 지나갈 때 둘은 동시에 서로의 얼굴을 보았다. 그러자 사나이가 말했다.

"넌 지미가 아니야. 20년이 지났다지만, 어떻게 매부리코*가 그렇게 납작해질 수 있지?"

"그래. 하지만 20년 동안에 악당*이 될 수는 있겠지? 자네는 지금 경찰서로 가고 있어. 사실 시카고에서 자네가 이쪽에 나타났다는 연락을 받았지. 순순히* 가는 게 좋을 거야. 그리고 지미가 이 편지를 주더군."

㉢밥! 나는 약속 시간에 거기에 갔었네. 라이터 불빛에 비친 자네 얼굴을 보고 시카고 지명 수배범*

✽**인적** 사람이 지나다닌 흔적. ✽**우람한** 몸집이 크고 튼튼한. ✽**순찰** 경찰이 범죄나 사고를 막으려고 이곳저곳 돌아다니면서 살피는 것. ✽**마일** 거리의 단위. 1마일은 1.6킬로미터. ✽**한밑천** 어떤 일을 이루는 데 큰 도움이 될 만한 많은 돈이나 물건. ✽**판에 박은 듯** 사물의 모양이 같거나 똑같은 일이 되풀이되듯. ✽**악착같이** 매우 억세고 끈질기게. ✽**어색한** 멋쩍거나 쑥스러운. ✽**매부리코** 매의 부리처럼 코끝이 안쪽으로 비죽하게 휘고 콧등이 솟은 코. ✽**악당** 못된 짓을 일삼는 나쁜 사람. ✽**순순히** 성질이나 태도가 매우 고분고분하고 온순하게. ✽**지명 수배범** 범죄자가 어디에 있는지 알 수 없을 때, 전국이나 일정 지역에 이름과 사진을 내붙이고 잡도록 하는 범죄자.

인 걸 알았지. 하지만 내가 자네를 체포할 수는 없었어. 그래서 다른 형사에게 부탁했네. ― 지미가

― 오 헨리, 「20년 후」

● ● ●

1
구조
알기

이 글에 대한 설명으로 알맞지 <u>않은</u> 것은 무엇인가요? (   )

① 두 친구의 우정과 반전이 드러나 있다.

② 인물의 심리 변화가 직접적으로 드러나 있다.

③ 인물들의 대화를 통해 사건이 진행되고 있다.

④ 고요하고 황량한 분위기는 이야기의 결말을 암시한다.

⑤ 말하는 이가 등장인물과 일어난 일을 관찰해서 전달하고 있다.

2
세부
내용

이 글의 내용으로 알맞지 <u>않은</u> 것은 무엇인가요? (   )

① 서부로 떠난 밥은 성공하기 위해 수단과 방법을 가리지 않았다.

② 지미는 밥과 형제처럼 자랐으며 착한 성격에 매부리코를 가지고 있다.

③ 20년 후, 경찰이 된 지미 앞에 나타난 옛 친구 밥은 유명한 범죄자였다.

④ 지미는 경찰이지만, 범죄자인 친구를 직접 체포할 수 없어서 다른 경찰을 보냈다.

⑤ 밥은 키 큰 남자와의 대화를 통해 자신이 찾던 지미가 아니라는 것을 알게 되었다.

3
어휘
어법

㉠의 상황을 나타내기에 알맞은 한자 성어는 무엇인가요? (   )

① 이전투구(泥田鬪狗): 자기의 이익을 위하여 비열하게 다툼.

② 살신성인(殺身成仁): 자기 자신을 희생하여 어진 행동을 함.

③ 사필귀정(事必歸正): 모든 일은 반드시 올바른 길로 돌아감.

④ 적반하장(賊反荷杖): 잘못한 사람이 잘못이 없는 사람을 나무람.

⑤ 약육강식(弱肉強食): 강한 것은 약한 것을 잡아먹고, 약한 것은 강한 것에게 먹히는 것.

4
추론
하기

㉡의 까닭을 알맞게 짐작한 것은 무엇인가요? (   )

① 말재주가 없어서

② 급하게 오느라 숨이 차서

③ 친구 행세를 거짓으로 하느라

④ 약속 시간에 늦은 것이 미안해서

⑤ 너무 오랜만에 만난 친구라 서먹해서

111

5

추론
하기

ⓒ이 하는 역할로 알맞은 것은 무엇인가요? (   )

① 작품의 배경을 드러낸다.

② 작품의 긴장감을 높인다.

③ 인물의 심리를 직접적으로 설명한다.

④ 앞으로 일어날 사건을 미리 넌지시 알려 준다.

⑤ 사건의 흐름이나 내용을 뒤바꾸는 역할을 한다.

6

주제
찾기

이 글의 주제로 알맞은 것은 무엇인가요? (   )

① 법 준수의 중요성

② 참된 우정의 의미

③ 정의로운 삶의 실현

④ 약속을 지켜야 하는 까닭

⑤ 두 친구의 우정과 융통성

7

비판
하기

[보기]를 참고해 '지미'의 행동에 대해 알맞게 평가하지 <u>못한</u> 친구는 누구인가요? (   )

> [보기] '지미'는 20년 만에 만난 친구 '밥'이 지명 수배범임을 알고, 체포해야 하는 경찰로
> 서의 의무와 20년 전의 약속을 지키기 위해 먼 길을 달려온 친구와의 우정을 지키고
> 싶은 마음 사이에서 갈등을 겪었다. 우정과 직업인으로서의 의무가 서로 충돌했던 지
> 미의 입장에 대해 알맞은 근거를 들어 자신의 의견을 밝혀 보자.

① 석구: 지미는 밥에게 자신이 경찰이라는 사실을 먼저 밝혀야 했어. 친구가 범죄자라면 체포해
야겠지만 속이지는 말았어야지.

② 혜나: 지미는 생각이 깊지 못했어. 밥을 만난 직후 자수하도록 권했으면 우정과 경찰로서의 의
무를 모두 지킬 수 있었을 텐데.

③ 준서: 지미가 다른 형사에게 밥을 체포하게 한 것은 잘한 일이야. 지미가 친구를 지키려다가
무고한 사람들이 다칠 수도 있었어.

④ 정안: 지미가 밥을 체포한 것은 잘못한 일이야. 경찰이 되기 전부터 친구였으므로, 밥을 체포
하지 말고 도망가도록 도왔어야 해.

⑤ 아인: 지미가 밥을 체포한 것은 잘못한 일이야. 밥은 지미와의 약속을 지키려고 자신이 잡힐지
도 모르는 위험을 무릅쓰고 먼 곳에서 달려왔잖아.

24회 지문 익힘 어휘

1 뜻에 알맞은 낱말을 [보기]에서 찾아 쓰세요.

어휘
의미

[보기]　　　인적　　　한밑천　　　어색하다　　　악착같다　　　순순하다

(1) (　　　　　　　　): 멋쩍거나 쑥스럽다.

(2) (　　　　　　　　): 사람이 지나다닌 흔적.

(3) (　　　　　　　　): 매우 억세고 끈질기다.

(4) (　　　　　　　　): 성질이나 태도가 매우 고분고분하고 온순하다.

(5) (　　　　　　　　): 어떤 일을 이루는 데 큰 도움이 될 만한 많은 돈이나 물건.

2 빈칸에 들어갈 알맞은 낱말을 선으로 이으세요.

어휘
활용

(1) [　　　]이 드문 밤길을 혼자 다니는 것은 위험하다. ●

(2) 무슨 일이든지 [　　　]같이 하는 사람은 그 분야에서 성공한다. ●

(3) 범인은 거짓말 탐지기를 보자 [　　　]히 자신의 죄를 털어놓았다. ●

(4) 영어 캠프에서 낯선 친구들과 이야기하는 것은 [　　　]한 일이었다. ●

(5) 보물섬을 찾아 긴 항해를 떠난 배들은 [　　　]을/를 잡으려는 속셈이었다. ●

● ㉮ 악착

● ㉯ 순순

● ㉰ 어색

● ㉱ 인적

● ㉲ 한밑천

3 [보기]에서 밑줄 친 관용 표현의 뜻으로 알맞은 것은 무엇인가요? (　　　　)

어휘
확장

[보기]　　　지미는 뉴욕에서 판에 박은 듯 매일 똑같은 생활을 했다.

① 쉴 새 없이 매우 바쁘다.
② 바쁘지 않고 여유가 있다.
③ 원통한 생각이 마음속 깊이 맺히다.
④ 움직이지 못하도록 틀에 고정시키다.
⑤ 사물의 모양이 같거나 똑같은 일이 되풀이되다.

15분 안에 푸세요.

[앞 이야기] 수퇘지 메이저 영감은 매너 농장의 동물들을 모아 놓고 동물들을 부당하게* 착취하는* 인간에게 적개심*을 갖고 저항해야 한다고 말한다. 이에 젊은 수퇘지인 스노볼과 나폴레옹, 그리고 스퀄러가 중심이 되어 농장주 존스를 쫓아내고 동물들이 스스로 농장을 경영한다.

　스노볼은 동물들이 7계명*의 내용을 기억하게 할 방법을 고민하다가 딱 한 줄로 정리해 주었다. 바로 '네 발은 좋고, 두 발은 나쁘다.'였다.
　"여러분, 이것만 기억하세요. 이 속에 동물주의의 기본 원리가 모두 담겨 있습니다. 이것만 기억하면 우리는 인간으로부터 안전합니다."
　그러자 날짐승들이 항의했다*. / "우리도 발이 두 개예요."
　"여러분, 새의 날개는 날기 위한 추진 기관*이지 나쁜 짓을 하는 기관이 아닙니다. 날개는 다리나 마찬가지예요. 인간의 특징은 손입니다. 손은 인간들이 온갖 못된 짓을 하는 도구지요."
　날짐승들은 스노볼의 말이 어려워 이해할 수 없었지만, 어쨌든 인간과 새는 다르다는 뜻으로 받아들였다. 스노볼 덕분에 머리 나쁜 동물들도 한 줄짜리 계명을 외우기 시작했다.
　[㉠] 암소한테서 나온 우유가 어디로 사라지는지도 곧 밝혀졌다. 우유는 매일 돼지들이 먹는 사료*에 들어가고 있었다. 과수원에는 떨어진 사과가 여기저기 뒹굴고 있었다. 동물들은 당연히 사과를 공평하게 나누어 줄 것이라고 생각했다. 하지만 그 사과들을 모두 돼지들에게 가져다주라는 명령이 떨어졌다. 몇몇 동물들이 수군거렸지만* 소용없었다. 모든 돼지들이 그렇게 하기로 결정했고, 사사건건* 부딪쳤던 스노볼과 나폴레옹조차 그 문제에 한해서는 의견이 일치했다. 말 잘하는 스퀄러가 나서서 ㉡그래야 하는 이유를 설명했다.

(가)
　"여러분은 설마 우리 돼지들끼리만 잘 먹고 잘살기 위해서 그러는 거라고 오해하지는 않겠지요? 사실은 우유나 사과를 싫어하는 돼지도 많아요. 나도 싫어합니다. 그런데도 돼지들이 우유와 사과를 먹어야 하는 이유는 바로 건강 때문입니다. 이 농장의 미래는 우리 돼지들에게 달려 있습니다. 아시다시피 우리 돼지들은 밤낮으로 여러분을 보살피느라 심한 스트레스를 받고 있어요. 그런데 우유와 사과에는 돼지의 건강과 스트레스 해소*에 없어서는 안 될 물질이 들어 있어요. 이건 과학적으로 밝혀진 사실입니다. 그래서 돼지들이 우유를 마시고 사과를 먹어야 해요. 결국 여러분을 위해 먹는다는 말씀입니다. 돼지들이 맡은 일을 해내지 못하면 어떻게 될까요? 존스가 다시 올 겁니다. 그래요. 존스가 다시 오게 됩니다. 여러분!"

　이 대목에서 스퀄러는 특기인 꼬리 털기를 시작하였다. 아울러 스퀄러는 한층 더 호소력* 있게 외쳤다.

낱말
풀이

　＊**부당하게** 도리에 어긋나서 정당하지 않게. ＊**착취하는** 일한 대가를 제대로 주지 않고 마구 부리고 빼앗는. ＊**적개심** 적을 미워하거나 적과 싸우려는 마음. ＊**계명** 반드시 지켜야 할 조건. ＊**항의했다** 의견에 맞서거나 옳지 않다고 여겨 따졌다. ＊**추진 기관** 몸을 밀어 앞으로 나아가게 하는 기능을 하는 부분. ＊**사료** 집이나 농장 등에서 기르는 동물에게 주는 먹이. ＊**수군거렸지만** 남이 알아듣지 못하게 낮은 목소리로 자꾸 이야기했지만. ＊**사사건건** 해당되는 모든 일마다. ＊**해소** 어려운 일이나 좋지 않은 상태를 해결하여 없앰. ＊**호소력** 다른 사람을 감동시켜 마음을 사로잡을 수 있는 힘. ＊**군말** 하지 않아도 좋을 쓸데없는 말. ＊**차지** 사물이나 공간, 지위 등을 자기 몫으로 가짐.

"여러분 중에 설마 존스가 다시 돌아오기를 바라는 자는 없겠지요?"

물론 존스가 되돌아오는 것을 원하는 동물은 아무도 없었다. 동물들은 군말* 없이 스퀼러에게 고개를 끄덕여 보였다. 그렇게 해서 우유와 사과는 모두 돼지들의 차지*가 되었다.

— 조지 오웰, 『동물 농장』

● ● ●

1
구조
알기

이 글에 대한 설명으로 알맞지 <u>않은</u> 것은 무엇인가요? (   )

① 등장인물들 간의 갈등을 보여 주고 있다.

② 현재와 과거의 사건을 번갈아 가면서 보여 주고 있다.

③ 설득하는 말하기를 통해 자신의 주장을 합리화하고 있다.

④ 동물들을 사람에 빗대어 표현하여 인간 세상을 비웃고 있다.

⑤ 동물 농장에서 벌어진 사건을 통해 인물의 성격을 드러내고 있다.

2
세부
내용

이 글의 내용과 일치하지 <u>않는</u> 것은 무엇인가요? (   )

① 스퀼러는 돼지들의 대변인 역할을 하고 있다.

② 스노볼은 동물 농장을 이끌어 가는 중심 인물이다.

③ 스노볼은 7계명을 잘 기억하게 하려고 한 줄로 정리했다.

④ 동물 농장에 사는 동물들은 모두 똑같이 평등하게 살고 있다.

⑤ 인간인 존스가 쫓겨나자 돼지들이 동물 농장을 이끌어 가고 있다.

3
추론
하기

㉠에 들어갈 낱말로 알맞은 것은 무엇인가요? (   )

① 한편   ② 그러나   ③ 그래서

④ 왜냐하면   ⑤ 예를 들어

4
세부
내용

㉡의 내용으로 가장 알맞은 것은 무엇인가요? (   )

① 돼지들이 일을 제일 많이 하기 때문에

② 돼지들이 동물 농장의 주인이기 때문에

③ 돼지들은 다른 동물들보다 스트레스를 많이 받기 때문에

④ 사과에는 돼지들에게 필요한 영양 성분이 많이 들어 있어서

⑤ 돼지들이 건강해야 다른 동물들을 위해 맡은 일을 잘 해낼 수 있어서

5
어휘
어법

㈎ 부분에 나타난 돼지들의 태도에 어울리는 한자 성어는 무엇인가요? (　　　)

① 일거양득(一擧兩得): 한 가지 일을 해서 두 가지 이익을 얻음.

② 인과응보(因果應報): 이전에 행한 선악에 따라 현재의 행복이나 불행이 결정됨.

③ 어부지리(漁夫之利): 두 사람이 서로 다투는 사이에 다른 사람이 이익을 대신 얻음.

④ 아전인수(我田引水): 어떤 일을 두고 자기에게만 이롭게 되도록 생각하거나 행동함.

⑤ 오비이락(烏飛梨落): 아무 관계도 없는 일 때문에 억울하게 의심을 받거나 난처하게 됨.

6
추론
하기

글쓴이가 '동물'을 주인공으로 삼은 까닭으로 알맞은 것은 무엇인가요? (　　　)

① 동물들을 대상으로 하여 쓴 이야기라서

② 문학적인 특성과 효과를 잘 살리기 위해

③ 어려운 내용을 쉽고 재미있게 표현하기 위해

④ 인간들이 모르는 동물들의 생활 방식을 잘 이해시키기 위해

⑤ 인간처럼 행동하는 동물을 통해 인간 사회를 돌려서 비판하려고

7
감상
하기

[보기]를 참고해 이 글을 감상한 것으로 알맞지 <u>않은</u> 것은 무엇인가요? (　　　)

> [보기]　『동물 농장』은 작품이 쓰여질 당시 소련(러시아)의 정치적 상황을 빗대어 비판하고 있다. 당시 러시아는 소수의 지배 계층만 잘살고, 대다수의 국민들은 가난하고 억압받는 생활을 했다. 국민들은 굶주림에 지쳐 혁명을 일으켰고, 그 결과 황제가 물러나고 새로운 임시 정부가 세워졌다. 하지만 혁명의 중심이었던 레닌이 죽자, 스탈린이 권력을 잡고 국민의 자유와 권리를 빼앗았다. 글쓴이는 스탈린이 독재 정치를 벌이던 때인 1945년에 이 소설을 발표했다.

① 동물 농장의 동물들은 굶주림에 지친 국민들에 해당하는군.

② 동물들에게 쫓겨난 존스가 다시 혁명을 일으켜 권력을 되찾겠군.

③ 돼지들은 황제를 쫓아낸 혁명의 중심 세력을 빗대어 표현한 것이군.

④ 앞으로 스노볼이나 스퀼러 같은 돼지들 중 하나가 독재 정치를 하겠군.

⑤ 존스를 쫓아내고 돼지들이 권력을 잡았으니 모든 것을 마음대로 하겠군.

25회 지문 익힘 어휘

1
어휘
의미

뜻에 알맞은 낱말을 낱말 카드로 만들어 쓰세요.

| 소 | 호 | 의 | 부 | 력 | 차 | 당 | 해 | 항 | 소 | 지 |

(1) 도리에 어긋나서 정당하지 않다. → ☐ ☐ 하다

(2) 사물이나 공간, 지위 등을 자기 몫으로 가짐. → ☐ ☐

(3) 의견에 맞서거나 옳지 않다고 여겨 따지다. → ☐ ☐ 하다

(4) 어려운 일이나 좋지 않은 상태를 해결하여 없앰. → ☐ ☐

(5) 다른 사람을 감동시켜 마음을 사로잡을 수 있는 힘. → ☐ ☐ ☐

2
어휘
활용

빈칸에 들어갈 알맞은 낱말을 [보기]에서 찾아 쓰세요.

| [보기] | 해소 | 항의 | 차지 | 부당 | 호소력 |

(1) 자신이 (　　　　　　　)한 대접을 받는다고 생각하는 사람이 많다.

(2) 기차가 연착하자 화가 난 승객들이 역무원에게 (　　　　　　　)했다.

(3) 정부는 교통난 (　　　　　　　)을/를 위해 버스와 택시를 늘리기로 했다.

(4) 그 배우는 최근 한 영화에서 (　　　　　　　) 짙은 눈빛 연기를 보여 주었다.

(5) 잘생긴 담임 선생님 때문에 우리 반 교실 앞자리는 여자애들 (　　　　　　　)였다.

3
어휘
확장

[보기]에 쓰인 밑줄 친 글자의 뜻으로 알맞은 것은 무엇인가요? (　　　　)

> [보기]　• 치킨 광고가 나오자 먹고 싶어서 군침이 나왔다.
> 　　　　• 허리에 군살이 붙어서 훌라후프를 돌리기로 했다.
> 　　　　• 나는 용돈을 받고 싶어서 심부름을 군말 없이 했다.

① 어린　　　　　　② 덧붙은　　　　　　③ 맨 처음

④ 쓸데없는　　　　⑤ 보람 없는

'발(發)' 자는 좌우의 발과 손으로 풀을 헤치고 밟는 모양을 본떠서 만든 글자예요. 사냥하기 위해 활을 쏘고 창을 던지는 모습에서 '쏘다', '피다'라는 뜻을 갖게 되었어요.

發
필 발

● 다음 획순에 따라 한자를 따라 쓰세요.

| 發 | フ | フ | ヺ | ヺ゙ | ヺ゙ | 癶 | 癶 | 癶 | 發 | 發 | 發 | 發 | 發 |

| 發 | 發 | 發 | | | | | | | | | | |

출발 出發
(날 출, 필 발)

어떤 곳을 향하여 길을 떠남.
예 기차의 출발 시간이 다 되어 우리도 서둘러 갔다.
반대말 도착(到着): 목적지에 다다름.

발상 發想
(필 발, 생각 상)

어떠한 생각을 해 냄.
예 우리는 참신한 발상이 나올 때까지 회의를 계속했다.
비슷한말 생각

발견 發見
(필 발, 볼 견)

아직 찾아내지 못했거나 세상에 알려지지 않은 것을 처음으로 찾아냄.
예 궁궐이 있던 자리에서 새로운 유물이 발견되었다.

Q 빈칸에 공통으로 들어갈 한자는 무엇인가요? (   )

| 출☐ | ☐상 | ☐견 |

① 發   ② 現   ③ 間   ④ 高   ⑤ 長

수능 국어
실전 30분 모의고사

문학

6학년 | 2회분 수록

NE 능률

제1회 모의고사
문학

이름	

※ 모의고사 유의 사항

○ 문제지의 해당란에 이름을 쓰십시오.

○ 모의고사의 문항 수는 총 20문제이며, 시간은 총 30분입니다.

○ 표지를 넘기면 우측 상단에 있는 QR 코드를 가지고 있는 스마트폰으로 찍으십시오.

○ 타이머 영상이 재생되면 스마트폰을 옆에 두고 남은 시간을 확인하면서 문제를 풀면 됩니다.

[1~4] 다음 글을 읽고 물음에 답하시오.

오늘도 또 우리 수탉이 막 쪼이었다. 내가 점심을 먹고 나무를 하러 갈 양으로 나올 때이었다. 산으로 올라서려니까 등 뒤에서 푸드덕푸드덕하고 닭의 횃소리가 야단이다. 깜짝 놀라서 고개를 돌려보니 아나나 다르랴, 두 놈이 또 얼리었다.

점순네 수탉(은 대강이가 크고 똑 오소리같이 실팍하게 생긴 놈)이 덩저리 작은 우리 수탉을 함부로 해내는 것이다. 그것도 그냥 해내는 것이 아니라 푸드덕하고 면두를 쪼고 물러섰다가 좀 사이를 두고 푸드덕하고 모가지를 쪼았다. 이렇게 멋을 부려 가며 여지없이 닦아 놓는다. 그러면 이 못생긴 것은 쪼일 적마다 주둥이로 땅을 받으며 그 비명이 킥, 킥 할 뿐이다. 물론 미처 아물지도 않은 면두를 또 쪼이며 붉은 선혈은 뚝뚝 떨어진다.

이걸 가만히 내려다보자니 내 대강이가 터져서 피가 흐르는 것같이 두 눈에서 불이 번쩍 난다. 대뜸 지게막대기를 메고 달려들어 점순네 닭을 후려칠까 하다가 생각을 고쳐먹고 헛매질로 떼어만 놓았다.

나흘 전 감자 쪼간만 하더라도 나는 저에게 조금도 잘못한 것은 없다. 계집애가 나물을 캐러 가면 갔지 남 울타리 엮는 데 쌩이질을 하는 것은 다 뭐냐. 그것도 발소리를 죽여 가지고 등 뒤로 살며시 와서

"애! 너 혼자만 일하니?"

하고 긴치 않는 수작을 하는 것이다.

어제까지도 저와 나는 이야기도 잘 않고 서로 만나도 본척만척하고 이렇게 점잖게 지내던 터이런만 오늘로 갑작스레 대견해졌음은 웬일인가. 항차 망아지만 한 계집애가 남 일하는 놈 보고…….

"그럼 혼자 하지 뗴루 하디?"

내가 이렇게 내뱉은 소리를 하니까,

"너 일하기 좋니?"/또는/"한여름이나 되거던 하지 벌써 울타리를 하니?"

잔소리를 두루 늘어놓다가 남이 들을까 봐 손으로 입을 틀어막고는 그 속에서 깔깔댄다. 별로 우스울 것도 없는데 날씨가 풀리더니 이놈의 계집애가 미쳤나 하고 의심하였다. 게다가 조금 뒤에는 제 집께를 할금할금 돌아보더니 행주치마의 속으로 꼈던 바른손을 뽑아서 나의 턱밑으로 불쑥 내미는 것이다. 언제 구웠는지 아직도 더운 김이 홱 끼치는 ㉠굵은 감자 세 개가 손에 뿌듯이 쥐었다.

"느 집엔 이거 없지?"

하고 생색 있는 큰소리를 하고는 제가 준 것을 남이 알면은 큰일날 테니 여기서 얼른 먹어 버리란다. 그리고 또 하는 소리가,

"너 봄 감자가 맛있단다."

"난 감자 안 먹는다. 너나 먹어라."

나는 고개도 돌리지 않고 일하던 손으로 그 감자를 도로 어깨 너머로 쑥 밀어버렸다.

㉡그랬더니 그래도 가는 기색이 없고, 뿐만 아니라 쌔근쌔근하고 심상치 않게 숨소리가 점점 거칠어진다.

- 김유정, 「동백꽃」

1. 다음 중 가장 먼저 일어난 일은 무엇인가요?
( )

① 나는 점순이의 감자를 거절하였다.
② 점순이네 수탉이 내 수탉을 쪼았다.
③ 나의 수탉이 면두를 쪼여 피를 흘렸다.
④ 점순이가 나에게 감자 세 개를 주었다.
⑤ 나는 점순이네 수탉에게 헛매질을 하였다.

2. ㉠에서 짐작할 수 있는 것은 무엇인가요?
( )

① 나는 감자를 좋아한다.
② 점순이는 마음이 착하다.
③ 점순이는 나에게 관심이 있다.
④ 나는 점순이에게 감자를 달라고 했다.
⑤ 점순이는 감자를 먹기 싫어서 나에게 줬다.

3. ㉡에 나타난 '점순이'의 마음은 어떠한가요?
( )

① 즐겁고 행복함.
② 우울하고 슬픔.
③ 평화롭고 평온함.
④ 쓸쓸하고 외로움.
⑤ 창피하고 기분이 상함.

4. <보기>는 이 글의 뒷부분 줄거리입니다. 두 이야기를 읽고 난 후 반응으로 알맞은 것은 무엇인가요? ( )

< 보 기 >

점순이는 얼굴이 홍당무처럼 새빨개지고 눈물까지 흘리면서 논둑으로 달아난다. 그 이후 점순이는 나의 암탉을 괴롭히기 시작한다. 나는 점점 더 점순이가 싫어서 닭싸움 끝에 점순이네 수탉을 때려죽인다. 점순이가 이 사실을 알고 나를 나무라자 나는 점순이에게 사과를 한다. 결국 나와 점순이는 화해를 하고 노란 동백꽃 속으로 파묻혀 버린다.

① 나는 점순이를 싫어해.
② 점순이는 성격이 못된 것 같아.
③ 나는 점순이를 싫어하는 것 같아.
④ 나와 점순이의 풋풋한 사랑이 느껴져.
⑤ 점순이는 암탉과 노는 것이 재미있나 봐.

[5~8] 다음 글을 읽고 물음에 답하시오.

> **[앞부분 줄거리]** 켄터키 주의 지주 셸비는 사업 실패로 흑인 노예인 톰과 엘리저 가족을 팔아야 했다. 엘리저 가족은 탈출하지만 착한 톰은 남겨질 가족을 위해 스스로 팔려가던 중 우연한 기회에 착한 주인 생클레어를 만난다. 하지만 주인이 죽자 다시 잔혹한 주인 레글리에게 팔려 목화밭에서 심한 학대를 받다가 노예 캐시와 에멀린의 탈출 계획을 듣는다.

도망친 흑인 노예 캐시와 에멀린이 추적에도 잡히지 않자 레글리는 약이 오르고 화가 머리끝까지 치솟았다. 화를 주체하지 못한 레글리는 엉뚱하게 톰 아저씨를 헛간으로 끌고 오라고 했다.

톰 아저씨는 눈앞이 캄캄했다. 사실 캐시의 탈출 계획을 미리 알고, 함께 의논했던 것이다.

"달아난 검둥이 계집들에 대해서 이야기하지 않으면 네 목숨은 죽은 목숨이다!"

"저는 말씀드릴 것이 없습니다, 주인님!"

"아는 것이 없다는 거냐? 말할 수 없다는 거냐?"

㉠"말씀드릴 수 없습니다, 주인님!"

톰 아저씨가 단호하게 말하자 레글리는 톰의 팔을 낚아채고 코앞에 얼굴을 들이대며 말했다.

"잘 들어라, 톰! 난 너의 굴복하지 않는 그 눈빛이 싫어. 널 살려 두지 않을 것이다!"

모든 것을 각오한 톰 아저씨는 고개를 꼿꼿이 세운 채 말했다.

"주인님, 영혼의 죄를 짓지 마십시오. 그건 저보다 주인님께 더 큰 해를 끼칠 것입니다. 제 고통은 죽으면 끝나지만 주인님의 고통은 끝이 없을 것입니다."

레글리가 폭발하듯 주먹을 휘두르자 톰 아저씨는 힘없이 나동그라졌다. 레글리는 그 뒤 채찍으로 톰 아저씨를 수없이 내리쳤다. 톰 아저씨의 신음 소리가 약해지자 레글리는 노예들에게 채찍을 넘겨주고 헛간을 나갔다. 톰 아저씨를 괴롭히던 노예들도 뉘우치며 톰의 상처를 닦아 주었다. 톰 아저씨는 이들을 용서한다는 말을 남기고 정신을 잃었다.

그로부터 이틀 뒤. 레글리의 집에 젊은 손님이 찾아왔다. 훌륭한 청년으로 자란 셸비의 아들, 조지 셸비였다. 우여곡절 끝에 톰 아저씨가 레글리의 농장에 있다는 것을 알고 뒤늦게 달려온 것이다.

셸비가 헛간에서 만난 톰 아저씨는 성한 곳이 하나도 없었다.

"톰 아저씨, 조지가 왔어요, 정신 차리세요. 아저씨를 구하려고 꼬마 조지가 왔단 말이에요."

톰 아저씨는 힘겹게 눈을 떠서 조지의 손을 더듬었다. 조지가 울면서 집에 가자고 하자 톰이 말했다.

"도, 도련님, 감사합니다. 스스로 떠난 저를 찾으셨다면 그것으로 보답을 받은 것입니다. 저는 하느님께 가는 길을 더 원하고 있어요. 저는 가엾은 노예였지만 하느님의 나라에 가까이 왔으니 승리를 얻은 거예요."

그리고 톰 아저씨는 한 가지 소원을 말했다.

"제가 죽었다는 것을 아내에게 말하지 마세요. 하느님을 미워하지 않도록 도와주세요. 제 아이들에게 정직하게 하느님의 뜻을 따라서 살라고 전해 주시고 마님과 그곳 사람들에게 저의 사랑을 전해 주세요."

마지막 말을 마친 톰 아저씨는 평화로운 얼굴로 숨을 거두었다. 조지가 흐르는 눈물을 닦고 뒤돌아서자 레글리가 히죽거리며 서 있었다. 조지는 분노를 참지 못하고 레글리에게 일격을 날렸다. 그리고 톰 아저씨를 양지 바른 언덕에 고이 묻어 주었다.

- 해리엇 비처 스토, 「톰 아저씨의 오두막」

5. 이 글의 내용과 일치하지 <u>않는</u> 것은 무엇인가요?
(   )

① 톰 아저씨는 평화로운 얼굴로 숨을 거두었다.
② 레글리는 톰 아저씨를 채찍으로 수없이 내리 쳤다.
③ 셸비는 톰 아저씨를 양지바른 언덕에 묻어 주었다.
④ 톰 아저씨는 자신의 죽음을 가족에게 알려 달라고 했다.
⑤ 우여곡절 끝에 셸비는 톰 아저씨를 찾으러 레글리의 농장에 갔다.

6. ㉠에서 짐작할 수 있는 것은 무엇인가요?
(   )

① 톰 아저씨는 성격이 온화하다.
② 캐시와 에멀린은 톰 아저씨의 가족이다.
③ 흑인 노예 캐시와 에멀린이 추적에 잡혔다.
④ 레글리는 노예들에게 잘해주는 착한 주인이다.
⑤ 톰 아저씨는 흑인 노예의 탈출 계획을 알고 있었다.

7. <보기>는 이 글의 일부분을 연극 대본으로 재구성한 것입니다. ⓐ와 ⓑ에 들어갈 낱말이 바르게 연결된 것은 무엇인가요? (   )

─────── <보 기> ───────

조지 셸비가 헛간에서 성한 곳이 하나도 없는 톰 아저씨를 만났다.

조지 셸비: (ⓐ) 톰 아저씨, 조지가 왔어요. 아저씨를 구하려고 꼬마 조지가 왔단 말이에요.

톰 아저씨가 조지의 손을 더듬는다.

톰 아저씨: (ⓑ) 도련님, 감사합니다. 스스로 떠난 저를 찾으셨다면 그것으로 보답을 받은 것입니다.

	ⓐ	ⓑ
①	기쁜 표정으로	반가운 목소리로
②	슬픈 표정으로	힘겨운 목소리로
③	화난 표정으로	미소를 지으면서
④	놀란 목소리로	엄숙한 표정으로
⑤	행복한 목소리로	부끄러워하는 표정으로

8. 이 글을 읽고 난 반응으로 적절하지 <u>않은</u> 것은 무엇인가요? (   )

① 노예 제도는 정말 안 좋아.
② 노예를 괴롭히는 레글리는 나쁜 사람인 것 같아.
③ 레글리를 용서하는 톰 아저씨의 모습이 대단해 보여.
④ 톰 아저씨의 성격은 의리가 있고 신앙심이 깊은 것 같아.
⑤ 도망간 노예를 보호해 준 톰 아저씨는 어리석은 것 같아.

밤 10시, 바람이 세게 불고 인적이 드문 거리를 키 크고 체격 좋은 경찰이 순찰을 돌고 있었다. 불이 꺼진 철물점 앞에 한 사나이가 서 있었다. 그는 경찰이 다가오자 친구를 기다리고 있다고 말했다.

"20년 전 오늘, 나는 브레디의 음식점에서 가장 친한 친구인 지미 웰즈와 저녁을 먹었습니다. 지미와 나는 뉴욕에서 함께 자라 형제나 다름없었죠. 나는 큰돈을 벌기 위해 서부로 떠날 예정이었지만, 지미는 뉴욕을 떠날 생각이 없었어요. 그래서 우리는 그 날 밤에 20년 뒤 이 자리에서 꼭 다시 만나자고 약속했어요."

"20년 후의 약속이라니, 시간이 너무 긴 것 아닐까요? 그렇게 헤어진 후 한 번도 연락을 못 했나요?"

"아니오. 편지를 주고받으면서 한동안 연락을 했어요. 하지만 한두 해가 지나면서 자연스럽게 소식이 끊기더군요. 잘 아시다시피 서부는 매우 복잡한 곳이에요. 일거리도 너무 많았고, 부지런히 돈도 벌어야 해서 그렇게 되었죠. 어쨌든 지미는 꼭 올 겁니다. 약속을 잊을 친구가 아니에요. 저도 아주 긴 여행이었지만, 친구를 만나기 위해 천 마일을 달려 왔습니다."

"그래, 한 밑천 크게 잡았나요?" 경찰이 묻자 사나이가 대답했다.

"물론이죠. 아마 지미도 나의 절반쯤은 성공했을 겁니다. 그 친구는 성품이 너무 착해요. 뉴욕에서야 ㉠판에 박힌 듯 매일 똑같은 생활이지만, 서부에서는 자기 돈을 지키기 위해 악착같이 싸우며 살아야 해요. 살아남으려면요."

"이제 그만 가 봐야겠어요. 그 친구를 꼭 만나길 바래요."

경찰은 남은 순찰 구역을 살피면서 걸어갔다. 계속 바람이 불더니 차가운 이슬비가 내리기 시작했다.

20분 정도 후, 키가 큰 남자가 외투를 휘날리며 나타나서 조금 어색한 말투로 사나이에게 말했다.

"밥이 맞아? 틀림없군. 살아 있다면 꼭 다시 만날 줄 알았지. 20년이라니, 정말 긴 세월이군. 옛날 그 식당은 없어졌어. 있었다면 같이 저녁도 먹고 좋을 텐데. 그런데 서부는 어땠어?"

"서부는 정말 대단해. 원하는 건 뭐든 얻을 수 있지. 그런데 자네도 많이 변했군. 생각보다 키도 크고……."

두 사람은 함께 길을 걸었다. 사나이는 남자에게 자신이 어떻게 성공했는지 자랑스럽게 얘기했다. 불이 환하게 켜진 약국을 지나갈 때 두 사람은 동시에 서로의 얼굴을 보았다. 그러자 사나이가 말했다.

"넌 지미가 아니야. 아무리 20년이란 세월이 흘렀다지만 어떻게 매부리코가 그렇게 납작해질 수 있지?"

"그래. ㉡하지만 20년 동안에 악당이 될 수는 있겠지? 자네는 지금 경찰서로 가고 있어. 사실 시카고에서 자네가 이쪽에 나타났다는 연락을 받았지. 순순히 나와 함께 가는 게 좋을 거야. 그리고 자네에게 전해 달라는 편지도 있네. 경찰서로 가기 전에 읽어 봐. 지미가 부탁한 편지야."

"밥! 나는 약속 시간에 거기에 갔었네. 담뱃불 라이터 불빛에 비친 자네 얼굴을 보고는 시카고 지명 수배범인 걸 알았지. 하지만 내가 자네를 체포할 수는 없었어. 그래서 다른 형사에게 부탁했네. - 지미가"

- 오 헨리, 「20년 후」

9. 이 글의 내용과 일치하지 <u>않는</u> 것은 무엇인가요?
(   )

① 밥과 지미는 가장 친한 친구였다.

② 밥은 큰 돈을 벌기 위해 서부로 떠났었다.

③ 밥과 지미는 20년 동안 꾸준히 연락을 했었다.

④ 지미는 다른 형사에게 밥에게 줄 편지를 전했다.

⑤ 밥과 지미는 20년 전에 다시 만나자고 약속했었다.

10. ㉠의 의미로 알맞은 것은 무엇인가요?
(   )

① 갑자기 깜짝 놀라다.

② 양심에 근거를 두다.

③ 똑같은 일이 되풀이되다.

④ 중간에 끼어서 서로의 관계를 맺어 준다.

⑤ 먹은 것이 너무 적어 먹은 것 같지 않다.

11. ㉡에서 짐작할 수 있는 것은 무엇인가요?
(   )

① 지미는 범죄자가 되었다.

② 밥과 지미는 원수 사이이다.

③ 밥은 시카고 지명 수배범이다.

④ 지미는 경찰이 되어 밥을 체포하였다.

⑤ 지미는 밥을 잡기 위해 경찰이 되었다.

12. 이 글을 통해 알 수 있는 '지미'의 성격으로 알맞은 것은 무엇인가요? (   )

① 욕심이 많다.

② 친구를 무시한다.

③ 부모에 대한 효심이 깊다.

④ 생각이 깊고 배려심이 많다.

⑤ 노인을 공경하고 마음이 따뜻하다.

내를 건너서 ㉠숲으로
고개를 넘어서 마을로

어제도 가고 오늘도 갈
나의 길 새로운 ㉡길

민들레가 피고 까치가 날고
아가씨가 지나고 바람이 일고

나의 길은 언제나 새로운 길
오늘도…… 내일도……

내를 건너서 숲으로
고개를 넘어서 마을로

- 윤동주, 『새로운 길』

13. 각 연의 중심 내용으로 알맞지 <u>않은</u> 것은 무엇인가요? (   )

① 1연: 어려움을 이겨 내고 평화로운 곳으로 감.
② 2연: 언제나 걸어가는 길을 새롭게 바라봄.
③ 3연: 길에서 만나는 존재들을 봄.
④ 4연: 앞으로 새롭게 시작하고 싶지만 힘들다는 것을 깨달음.
⑤ 5연: 어려움을 이겨 내고 평화로운 곳으로 나아감.

14. ㉠과 함축적인 의미가 같은 시어는 무엇인가요? (   )

① 바람
② 마을
③ 까치
④ 민들레
⑤ 아가씨

15. ⓛ이 상징하는 의미로 알맞은 것은 무엇인가요? (   )

① 삶
② 사랑
③ 행복
④ 희망
⑤ 어려움

16. <보기>에서 설명하는 표현법을 사용한 연을 알맞게 연결한 것은 무엇인가요? (   )

┌──────────── <보 기> ────────────┐
│   수미상관은 머리와 꼬리, 처음과 끝이 서로 │
│ 이어 통한다는 뜻으로, 시에서 첫 번째 연이 │
│ 나 행을 마지막 연이나 행에서 반복하는 것 │
│ 을 말한다. 이는 시의 구조를 안정되게 만들 │
│ 며 운율을 형성하고 의미를 강조하는 효과가 │
│ 있다. │
└────────────────────────────────┘

① 1연과 2연
② 1연과 5연
③ 2연과 3연
④ 2연과 5연
⑤ 3연과 5연

[17~20] 다음 글을 읽고 물음에 답하시오.

[앞 이야기] 한 가난한 양반이 관청에서 빌려 먹은 환곡이 1천 석이나 되어 이를 조사한 관찰사가 잡아 가두라고 명령해 곤란한 상황에 처한다. 이 소문을 들은 마을의 부자는 환곡을 대신 갚고 양반 신분을 사기로 했다. 어느 날, 군수는 길을 가다 양반을 만났는데 양반이 자신은 이제 평민이고 부자가 양반이라고 말한다. 이에 군수는 마을 사람들을 불러 양반 증서를 써 주기로 한다.

군수는 온 고을의 양반들과 농사꾼, 장인, 장사꾼들을 모두 한자리에 불렀다. 군수는 양쪽에 부자와 양반을 세우고, 미리 만들어 둔 양반 증서를 읽어 내려갔다.

"여기 이 양반이 환곡 천 섬을 갚기 위해 부자에게 양반의 권리를 팔았다. 양반은 새벽 다섯 시쯤 일어나 등불을 켜고, 바르게 앉아 어려운 글을 매끄럽게 읽어야 한다. 배고픔을 참고 추위를 견디며, 가난하다는 말을 해서는 안 된다. 종을 부를 때는 '아무개야' 하고 길게 부르고, 신 뒤축을 끌면서 느리게 걸어야 한다. 날씨가 아무리 더워도 버선을 벗어서는 안 되며, 밥을 먹을 때도 상투를 매야 한다. 식사할 때 국물부터 먼저 마시거나 후루룩 소리를 내서는 안 된다. 밥상에서 젓가락으로 쿡쿡 소리를 내거나 탁주를 마시고 수염을 훔치면 안 된다. 아무리 화가 나도 여자나 종을 때려서는 안 된다. 춥다고 화롯가에서 손을 쬐지 말고, 말할 때 침을 튀겨서는 안 된다. 돈놀이를 해서도 안 된다. 이 백 가지 행동 중 하나라도 어길 때는 양반이 이 증서를 가지고 관청에 오면 예전 신분으로 돌아갈 수 있다."

군수가 증서 끝에 이름을 다 쓰고 도장까지 쾅쾅 찍었다. 가만히 양반 증서의 내용을 듣던 부자는 한참 동안 ㉠어안이 벙벙하여 서 있었다.

"양반이라는 게 겨우 이뿐이오? 양반은 신선

같다고 들었는데, 정말 이뿐이라면, 내가 너무 억울하게 곡식만 빼앗긴 셈이잖소. 아무쪼록 좀 더 이롭게 고쳐 주시오."

그래서 증서를 새로 만들었다.

"하늘이 낸 네 가지 백성 중 가장 귀한 것은 선비로, 이를 양반이라고 하는데, 이보다 더 좋은 것은 없다. 양반은 농사를 짓지도, 장사하지도 않는다. 옛글이나 역사를 대략만 알면 과거를 치르고, 여기서 크게 되면 문과요, 작게는 진사가 된다. 문과의 홍패는 두 자도 채 못 되지만, 이것으로 온갖 물건을 얻을 수 있으니 돈 자루나 다름없다. 서른 살에 진사가 되어도 얼마든지 이름이 날 수 있다. 권세 있는 남인에게 잘 보이면 수령 노릇도 할 수 있다. 일산 바람에 귓바퀴가 시원해지고, 종놈들의 '예이.' 소리에 배부를 것이다. 곤궁한 선비로 시골에 살면, 이웃집 소를 가져다가 내 밭을 먼저 갈고, 동네 농부에게 내 밭을 먼저 김매게 할 수 있다. 감히 누가 나를 욕하겠는가. 욕하는 놈의 코에 잿물을 따르고 상투를 잡고 수염을 뽑더라도 원망조차 못 할 것이다."

여기까지 듣던 부자가 혀를 내두르며 말하였다.

㉡"그만 두시오. 맹랑하구먼. 나를 도적놈으로 만들 셈이오?"

하고는 머리를 흔들면서 달아났다. 그 뒤부터는 죽을 때까지 '양반'이라는 말을 입 밖에 내지 않았다.

- 박지원, 「양반전」

17. '양반의 권리'로 알맞지 <u>않은</u> 것은 무엇인가요?
( )

① 말할 때 침을 튀겨도 상관없다.
② 날씨가 더워도 버선을 벗어서는 안 된다.
③ 식사할 때 후루룩 소리를 내서는 안 된다.
④ 새벽 다섯 시쯤 일어나 등불을 켜야 한다.
⑤ 춥다고 화롯가에서 손을 쬐지 말아야 한다.

18. ㉠의 뜻으로 알맞은 것은 무엇인가요?
( )

① 매우 짧은 동안
② 다 되어 가는 일을 못 쓰게 만들거나 망치다.
③ 어떤 사람이 다른 사람에게 약점 등이 잡히다.
④ 뜻밖에 놀랍거나 기막힌 일을 당하여 어리둥절하다.
⑤ 절망적인 생각이 들어 어찌할 바를 모르거나 아득하다.

19. ㉡의 이유로 알맞은 것은 무엇인가요?
( )

① 양반은 돈을 벌 수가 없어서
② 양반이 누릴 수 있는 것들이 별로 없어서
③ 양반이 되기 위해서 지켜야 할 예절이 많아서
④ 새로운 증서를 사기 위해서는 돈이 많이 들어서
⑤ 새로운 증서에서 양반에 대한 내용이 좋지 않아서

20. <보기>를 바탕으로 이 글에 대한 설명으로 알맞지 <u>않은</u> 것은 무엇인가요? ( )

──── <보 기> ────
　박지원의 「양반전」은 조선 후기 한문 소설로, 조선 후기의 사회상을 다룬 작품이다. 이 작품에는 시대에 걸맞지 않는 무능한 양반, 부패한 관료, 무지한 천민 등의 모습이 담겨 있다. 특히 시대적 흐름을 반영하여 몰락한 양반과 부자가 된 평민에 대한 사회적 모순을 정답고 긍정적인 우스개 표현을 통해 해학적으로 보여 준다.

① 부자는 돈으로 양반 증서를 사려고 했다.
② 환곡을 갚지 못한 양반의 모습은 무능하다.
③ 이 글을 통해 조선 후기의 사회적 모순을 엿볼 수 있다.
④ 조선 후기에는 돈이 많으면 무조건 양반이 될 수 있었다.
⑤ 새로운 증서를 보고 부자가 반응하는 모습이 해학적이다.

끝

제2회 모의고사
문학

이름	

※ 모의고사 유의 사항

○ 문제지의 해당란에 이름을 쓰십시오.

○ 모의고사의 문항 수는 총 20문제이며, 시간은 총 30분입니다.

○ 표지를 넘기면 우측 상단에 있는 QR 코드를 스마트폰으로 찍으십시오.

○ 타이머 영상이 재생되면 스마트폰을 옆에 두고 남은 시간을 확인하면서 문제를 풀면 됩니다.

[1~4] 다음 글을 읽고 물음에 답하시오.

어린 왕자는 사막 풀밭의 사과나무 밑에서 여우 한 마리를 보았어.

"너였구나! 이리 와서 나랑 놀자. 난 지금 너무 슬프거든……."

그런데 여우는 ⓐ새초롬하게 말했어.

"난 너랑 놀 수 없어. 난 길들여지지 않았거든."

"아, 미안해! 그런데 '길들인다'는 것이 뭐야?"

"그건 사람들이 잊고 사는 건데……. 바로 관계를 맺는다는 뜻이야. 이를테면 지금 너는 나에게 수없이 많은 소년에 불과해. 그래서 내겐 있어도 그만, 없어도 그만인 존재지. 하지만 네가 나를 길들인다면 우리는 서로 필요하게 될 거야. 너는 내게 이 세상에서 하나밖에 없는 아이가 되고, 난 네게 이 세상에서 하나밖에 없는 여우가 되는 거지."

"이제 알 것 같아. 다른 행성에 내가 ⓑ돌보는 장미가 있거든. 그 꽃이 나를 길들였나 봐……."

여우는 지구에서의 일인지 묻고는 다른 별에서의 일이라고 묻자 흥미로워했다.

"이 세상은 너무 단조로워. 나는 닭들을 사냥하고 사람들은 나를 사냥하지. 하지만 닭들도, 사람들도 너무 비슷해서 ⓒ따분해. 하지만 네가 나를 길들인다면 내 생활은 ⓓ환해질 거야. 그때부터 나는 네 발소리를 알아챌 거고, 그 소리에 굴 밖으로 나오겠지. 저 밀밭은 빵을 먹지 않는 내겐 전혀 쓸모가 없어. 하지만 네가 나를 길들인다면 금빛 밀밭을 볼 때 네 금빛 머리카락이 생각날 거야."

여우는 오랫동안 어린 왕자를 ⓔ물끄러미 바라보았어.

"제발 날 길들여 줘!"

"그리고 싶지만 나는 시간이 없어. 찾아야 할 친구도 있고 알아볼 것도 있거든."

어린 왕자가 말했어.

㉠"시간이 없다는 것은 아무것도 알아보지 못한다는 거야. 너무 바쁘면 그냥 상점에 진열된 물건을 사고 말잖아. 하지만 친구를 파는 상점은 없으니까 사람들은 친구가 없는 거야. 친구를 원한다면 나를 길들여 줘!"

"어떻게 하면 되는데?"

"참을성이 많아야 해. 우선 좀 떨어져서 곁눈질을 하다가 날마다 조금씩 더 가까이 와 줘."

다음 날 어린 왕자는 다시 그곳에 갔어. 그러자 여우가 말했지.

"네가 어제와 같은 시간에 왔으면 더 좋았을걸. 이를테면, 네가 오후 네 시에 온다면 난 세 시부터 벌써 행복해지기 시작할 거야. 그러다가 네 시가 되면 흥분해서 어쩔 줄 모를 거야. 네가 아무 때나 온다면 언제 마음의 준비를 해야 할지 알 수 없을 거야. 그래서 의식이 중요해."

"의식이 뭔데?"

"그건 어떤 날들이나 다른 시간과 다르다는 거야. 이를테면 사냥꾼들은 목요일에 마을 처녀들과 춤을 춰. 그래서 나도 포도밭까지 산책을 갈 수 있지. 만약 사냥꾼들이 아무 때나 춤을 춘다면 난 하루도 마음 놓고 쉴 날이 없을 거야."

- 생텍쥐페리, 「어린 왕자」

1. 이 글의 주제로 가장 알맞은 것은 무엇인가요?
(   )

① 친구를 사귈 필요는 없다.
② 혼자 열심히 살 수 있어야 한다.
③ 사람들은 관계를 맺기 싫어한다.
④ 친구에게는 무조건 잘해 주어야 한다.
⑤ 관계를 맺기 위해서는 인내가 필요하다.

2. ⓐ~ⓔ 중 바꿔 쓴 말로 적절하지 <u>않은</u> 것은 무엇인가요? (   )

① ⓐ: 조금 쌀쌀맞게
② ⓑ: 보살피는
③ ⓒ: 지루하고 답답해
④ ⓓ: 밝아질
⑤ ⓔ: 잠깐

3. ㉠이 의미하는 것은 무엇인가요? (   )

① 요즘 사람들은 일하느라 바빠서 시간이 없다.
② 시간이 없어도 친구를 사귀는 방법은 다양하다.
③ 사람들은 친구를 만들기 위해 노력하지 않는다.
④ 사람들은 상점에 진열된 물건처럼 친구를 생각한다.
⑤ 친구를 사귈 시간이 없는 사람들은 외톨이로 지내야 한다.

4. <보기>는 여우가 어린 왕자에게 쓴 편지입니다. 이 글과 <보기>를 읽은 후의 반응으로 알맞은 것은 무엇인가요? (   )

――― < 보 기 > ―――

어린 왕자야 안녕? 나는 여우야.
네가 나를 길들인다면 우리는 서로 세상에서 하나밖에 없는 존재가 될 거야.
또한, 네가 어제와 같은 시간에 온다면 나는 그 전부터 행복해질 것 같아.
우리가 서로에게 더 가까워지기 위해 노력해 보자! 그럼 안녕!

① 어린 왕자는 여우가 불편할 것 같아.
② 여우는 친구가 많아서 외로움을 느끼지 못해.
③ 어린 왕자는 여우와 친구가 되고 싶지 않은 것 같아.
④ 여우는 어린 왕자에게 삶의 지혜를 알려 주고 있어.
⑤ 어린 왕자와 여우는 소심한 성격이라 다가가기 어려워.

스노볼은 어떻게 하면 동물들이 모두 7계명의 내용을 기억하게 할 수 있을까 고민하다 딱 한 줄로 정리해 주었다. 바로 '네 발은 좋고, 두 발은 나쁘다.'였다.

"여러분, 이것만 기억하세요. 이 속에 동물 주의의 기본 원리가 모두 담겨 있습니다. 이것만 기억하면 우리는 인간으로부터 안전합니다."

그러자 날짐승들이 항의하였다.

"우리는 인간이 아니지만 발이 두 개예요."

"여러분, 새의 날개는 날기 위한 추진 기관이지 나쁜 짓을 하는 기관이 아닙니다. 날개는 다리나 마찬가지예요. 인간의 특징은 손입니다. 손은 인간들이 온갖 못된 짓을 하는 도구지요."

날짐승들은 스노볼이 사용한 어려운 말을 이해할 수 없었지만, 어쨌든 인간과 새는 다르다는 뜻으로 받아들였다. 스노볼 덕분에 머리 나쁜 동물들도 한 줄짜리 계명을 외우기 시작했다. 헛간 벽에는 7계명 위쪽에 더 큰 글씨로 ㉠'네 발은 좋고, 두 발은 나쁘다!'를 써넣었다.

한편 암소한테서 나온 우유가 어디로 사라지는지도 곧 밝혀졌다. 우유는 매일 돼지들이 먹는 사료에 들어가고 있었다. 과수원에는 떨어진 사과가 여기저기 뒹굴고 있었다. 동물들은 당연히 사과를 공평하게 나누어 줄 거라고 생각했다. 하지만 그 사과들을 모두 돼지들에게 가져다주라는 명령이 떨어졌다. 몇몇 동물들이 수군거렸지만 소용없었다. 모든 돼지들이 그렇게 하기로 결정했고, 사사건건 부딪쳤던 스노볼과 나폴레옹조차 그 문제에 한해서는 의견이 일치했다. 그래야 하는 이유는 말 잘하는 스퀼러가 나서서 설명했다.

"여러분은 설마 우리 돼지들끼리만 잘 먹고 잘 살기 위해서 그러는 거라고 오해하지는 않겠지요? 사실은 우유나 사과를 싫어하는 돼지도 많아요. 나도 싫어합니다. 그런데도 돼지들이 우유와 사과를 먹어야 하는 이유는 바로 건강 때문입니다. 이 농장의 미래는 우리 돼지들에게 달려 있습니다. 아시다시피 우리 돼지들은 밤낮으로 여러분을 보살피느라 심한 스트레스를 받고 있어요. 그런데 우유와 사과에는 돼지의 건강과 스트레스 해소에 없어서는 안 될 물질이 들어 있어요. 이건 과학적으로 밝혀진 사실입니다. 그래서 돼지들이 우유를 마시고 사과를 먹어야 해요. 결국 여러분을 위해 먹는다는 말씀입니다. 돼지들이 맡은 일을 해내지 못하면 어떻게 될까요? 존스가 다시 올 겁니다. 그래요. 존스가 다시 오게 됩니다. 여러분!"

㉡이 대목에서 스퀼러는 특기인 꼬리 털기를 시작하였다. 아울러 스퀼러는 한층 더 호소력 있게 외쳤다.

"여러분 중에 설마 존스가 다시 돌아오기를 바라는 자는 없겠지요?"

물론 존스가 되돌아오는 것을 원하는 동물은 아무도 없었다. 동물들은 군말 없이 스퀼러에게 고개를 끄덕여 보였다. 그렇게 해서 우유와 사과는 모두 돼지들의 차지가 되었다.

- 조지 오웰, 「동물 농장」

5. 이 글에 대한 설명으로 알맞지 <u>않은</u> 것은 무엇인가요? (   )

① 동물들을 통해 인간 세계를 비웃으면서 비판하고 있다.

② 동물들은 인간을 부러워하며 인간 세계를 동경하고 있다.

③ 주인공이 동물이라는 것 외에는 다른 소설과 다르지 않다.

④ '동물 농장'에 사는 동물들의 삶과 그들의 태도가 드러나 있다.

⑤ 동물을 주인공으로 하여 교훈적이고 풍자적인 내용을 전달하고 있다.

6. ㉠이 의미하는 것은 무엇인가요? (   )

① 새는 나쁜 동물이라서

② 인간은 나쁘다는 것을 말하려고

③ 인간과 새는 다르다는 것을 알리려고

④ 두 발로 걷는 동물을 설명하기 위해서

⑤ 인간과 동물이 잘 지낼 수 있게 하기 위해서

7. 스퀼러가 ㉡처럼 행동한 이유로 알맞은 것은 무엇인가요? (   )

① 인간이 무서워서

② 동물 주의를 반대하기 위해서

③ 동물들에게 말하는 것이 귀찮아서

④ 많은 동물 앞에서 말하는 게 떨려서

⑤ 동물들에게 내용을 잘 전달하기 위해서

8. <보기>는 이 글의 뒷부분 줄거리입니다. 이 글과 <보기>를 통해 볼 때 주제로 가장 알맞은 것은 무엇인가요? (   )

─────< 보 기 >─────

시간이 지나 동물 주의 혁명을 이끌었던 돼지 계층이 점점 권력을 휘두르기 시작한다. 인간의 행동을 따라 하면서 동물들을 노예로 부려 먹는다. 그 후 동물을 위하는 것이었던 7계명은 '모든 동물은 평등하다. 다만 몇몇은 더 평등하다'라는 하나의 계명으로 바뀌게 된다. 결론적으로 돼지들은 인간과 서로 똑같아져 누가 돼지이고 누가 인간인지 구별하기 어려워진다.

① 동물 복지를 위한 노력

② 현대 사회의 인권 침해

③ 멸종되어 가고 있는 동물 보호

④ 과도한 욕망으로 인한 인간성 파괴

⑤ 인간의 욕망으로 인한 동물들의 피해

[앞 이야기] 뤼브롱 산에서 양을 치는 나는 보름마다 주인 농장에서 식량을 싣고 오는 사람들에게 마을 소식을 듣고 있다. 그중에서도 아름다운 주인집 아가씨 스테파네트의 소식을 가장 궁금했다. 어느 날 뜻밖에도 집안 사람들이 모두 일이 있어 아가씨가 직접 식량을 싣고 산에 왔다. 나에게 작별을 고하고 돌아가던 아가씨는 물이 불어난 강물에 빠져 다시 산으로 돌아와 나와 함께 밤을 지새게 된다.

"너희 양치기들은 모두 마법사라고 하던데, 그게 정말이야?"

"천만에요, 아가씨, 하지만 우리 양치기들은 남들보다는 더 별들과 가까이 지내고 있으니까, 아래 평지에 사는 사람들보다는 별나라 일을 더 잘 알 수도 있어요."

아가씨는 여전히 하늘을 쳐다보고 있었습니다. 손으로 턱을 괸 채 염소 가죽을 두르고 있는 아가씨의 모습은 참말 천국의 귀여운 목자 같았어요.

"어머나, 저렇게 많다니! 정말 기막히게 아름답구나. 저렇게 많은 별을 보는 것은 태어나서 처음이야. 저 별들의 이름을 아니?"

"ㄱ그럼요, 아가씨. 우리들 머리 위를 똑바로 보세요. 저것은 '성 자크의 길(은하수)'이라고 해요. 이 길은 프랑스에서 스페인까지 이어진답니다. 샤를마뉴 대왕이 사라센 사람들과 전쟁을 할 때, 갈리시아의 성 자크가 용감한 왕께 길을 알려 드리기 위해서 그어 놓은 거예요. 저 멀리 떨어진 곳에는 '영혼들의 수레'가 있는데, 수레의 굴대 네 개가 반짝이고 있지요. 그 앞에 보이는 세 개의 별은 '세 마리 짐승'이고요, 그중 세 번째 별과 마주보고 있는 작은 꼬마 별이 '마부'랍니다. 그 별 주위로 빗방울이 떨어지는 것처럼 쏟아지는 별들이 보이죠? 그건 하나님께서 하늘나라에 받아들이고 싶지 않은 영혼들을

모아놓은 거예요. 조금 아래쪽에 있는 별은 갈퀴 혹은 삼왕성(오리온)이라는 별이에요. 우리 목동들에게는 시계 역할을 하는 별이지요. 저는 그 별을 쳐다보기만 해도 지금 시각이 자정이 지났다는 걸 안답니다. (중략)"

"뭐라고! 양치기야, 그럼 별들도 결혼을 하는 거야?"

"그럼요, 아가씨."

나는 이제 그 결혼이라는 게 어떤 것인지를 이야기해 주려고 했습니다. 그 때, 내 어깨에 무언가 상큼하면서도 가녀린 것이 살며시 눌리는 감촉이 느껴졌습니다. 아가씨가 졸음에 겨운 나머지 무거워진 머리를, 가만히 기대 온 것이었지요. 아가씨는 리본과 레이스, 곱슬곱슬한 머리카락을 앙증스럽게 비비대며 나에게 기대었습니다. 훤하게 먼동이 터 올라 별들이 ㄴ시나브로 빛을 잃을 때까지 나는 꼼짝 않고 아가씨의 잠든 얼굴을 지켜보며 꼬박 밤을 새웠습니다. 가슴이 두근두근 설레는 것은 어찌할 수 없었지만, 내 마음은 오직 아름다운 것만을 생각하며, 맑은 밤하늘의 비호를 받아 어디까지나 성스럽고 순결함을 잃지 않았습니다.

우리 주위에는 총총하게 빛나는 별들이 마치 헤아릴 수 없이 거대한 양떼처럼 온순하고 고요하게 운행하고 있었습니다. 나는 이따금 이런 생각을 했습니다. 저 하늘의 수많은 별들 중에 가장 가냘프고, 가장 빛나는 별 하나가 그만 길을 잃고 내 어깨에 내려앉아 고이 잠들어 있노라고 말이지요.

- 알퐁스 도데, 「별」

9. 이 글의 내용과 일치하지 <u>않는</u> 것은 무엇인가요?
 (   )

① 양치기들은 별들과 가까이 지낸다.
② 영혼들의 수레 앞에 마부라는 별이 있다.
③ 나는 뤼브롱 산에서 양을 치는 양치기이다.
④ 삼왕성은 목동들에게 시계 역할을 하는 별이
   다.
⑤ 성 자크의 길은 프랑스에서 스페인까지 이어
   진다.

10. 이 글을 연극 대본으로 바꿀 때 ㉠에 들어갈 지
   문으로 알맞지 <u>않은</u> 것은 무엇인가요?
   (   )

① 신이 난 목소리로
② 반짝거리는 눈빛으로
③ 자랑하는 듯한 표정으로
④ 손가락으로 하늘을 가리키며
⑤ 아가씨 쪽을 뚫어지게 바라보며

11. ㉡의 뜻으로 알맞은 것은 무엇인가요?
 (   )

① 모르는 사이에 조금씩 조금씩
② 움직이지 않거나 아무 말 없이
③ 촘촘하고 맑은 별빛이 또렷또렷하다.
④ 작은 빛이 잠깐 나타났다가 사라지다.
⑤ 어떤 일이 놀랍거나 언짢아서 어이없다.

12. 이 글을 읽고 등장인물에게 하고 싶은 말을 가
   장 알맞게 한 친구는 무엇인가요? (   )

① 준기: 아가씨, 동물을 무서워하는구나.
② 수민: 양치기야, 자연을 사랑하는구나.
③ 인성: 아가씨, 양치기를 좋아하는구나.
④ 지효: 양치기야, 너는 정말 순수한 것 같아.
⑤ 도준: 양치기야, 대화하는 걸 어려워하는 것
   같아.

6 / 11

돌담에 속삭이는 ㉠햇발같이
풀 아래 웃음 짓는 샘물같이
내 마음 고요히 고운 봄 길 위에
오늘 하루 ㉡하늘을 우러르고 싶다.

새악시 볼에 떠 오는 부끄럼같이
시의 가슴에 살포시 젖는 물결같이
㉢보드레한 에메랄드 얇게 흐르는
실비단 하늘을 바라보고 싶다.

- 김영랑, 「돌담에 속삭이는 햇발같이」

13. 이 시에 대한 설명으로 알맞지 않은 것은 무엇
인가요? (   )

① 2연 8행으로 이루어져 있다.
② 차갑고 우울한 분위기가 느껴진다.
③ 동일한 음을 반복하여 리듬감이 느껴진다.
④ 1연에는 하늘을 우러러보는 마음이 담겼다.
⑤ 1, 2연의 문장 구조가 반복되어 음악적 효과
를 준다.

14. <보기>를 참고하여 ㉠과 같은 표현법이 사용되지 <u>않은</u> 것은 무엇인가요? (   )

> ─────── <보   기> ───────
> 비슷한 성질이나 모양을 가진 두 사물을 '~같이', ~'처럼', '~듯이' 등을 사용하여 표현하는 방법을 '직유법'이라고 한다.

① 내 마음은 호수
② 호수 같은 내 마음
③ 쟁반같이 둥근 달
④ 사과 같은 내 얼굴
⑤ 바다처럼 넓은 마음

15. ㉡의 시적 의미로 알맞은 것은 무엇인가요?
(   )

① 사랑의 대상
② 동경의 대상
③ 구원의 대상
④ 원망의 대상
⑤ 즐거움의 대상

16. ㉢에 쓰인 감각적 이미지로 알맞은 것은 무엇인가요? (   )

① 시각
② 청각
③ 후각
④ 미각
⑤ 촉각

허생은 묵적골에 살았다. 집이라야 비바람도 제대로 가리지 못할 두어 칸짜리 초가였다. 하지만 허생은 오직 글 읽기를 좋아해, 그의 아내가 삯바느질을 해서 겨우 입에 풀칠하고 있었다.

하루는 허생의 아내가 너무 배가 고파 울음 섞인 목소리로 말하였다.

"당신은 평생 과거도 안 보면서 글은 읽어 무엇 하시나요?"

허생은 웃으며 대답하였다. / "나는 아직 독서를 익숙히 하지 못하였소."

"그렇다면 장인 일도 못 하신단 말씀입니까?"

"장인 일은 배우지도 않았는데 어찌 하겠소."

"그럼 장사도 할 수 없다는 말입니까?"

"장사는 밑천이 없는데 어찌 하겠소."

아내는 화가 나서 말하였다.

"밤낮으로 글만 읽더니 배운 것이라고는 '어찌 하겠소'라는 말뿐이군요. 장인 일도 못 한다, 장사도 못 한다, 그러면 도둑질은 할 수 있소?"

허생은 읽던 책을 덮고 일어섰다.

"애석하구나! 내 본디 십 년만 책을 읽으려 하였는데, 이제 겨우 칠 년에 이르렀을 뿐인데……."

하고 거리로 나섰으나 아는 사람이 없었다. 허생은 곧장 운종가로 나가서 길 가는 사람을 붙들고 물었다.

"한양에서 제일 부자가 누구요?"

어떤 사람이 변 씨라고 일러 주자, 허생은 그 집을 찾아갔다. 그는 변 씨에게 허리를 숙여 정중히 인사한 뒤 이야기를 꺼냈다.

㉠"내가 집이 가난해서 무얼 좀 해 보려고 하니, 만 냥만 빌려 주시오."

변 씨는 흔쾌히 "좋소이다." 대답하고, 선뜻 만 냥을 빌려 주었다. 허생은 고맙다는 말 한 마디 없이 가 버렸다.

허생은 집에 가지 않고 생각하였다.

'안성은 경기도와 충청도가 갈라지는 곳이요, 충청도와 전라도와 경상도를 통괄하는 입구렷다.'

그는 곧장 안성으로 가서 거처를 마련하였다. 그리고 대추, 밤, 감, 배, 석류, 귤, 유자 등의 과일을 시세의 두 배를 주고 몽땅 사들였다. 허생이 과일을 독점해 버리니, 양반들의 집에서 잔치나 제사를 지낼 수 없게 되었다. 얼마 안 가서, 허생에게 두 배의 값으로 과일을 팔았던 상인들이 도리어 열 배의 값을 주고 사 가게 되었다. 허생은 길게 탄식하며 말하였다.

㉡"만 냥으로 나라의 경제가 좌우되니, 조선의 경제 기반이 어떠한지를 알겠구나!"

- 박지원, 「허생전」

17. 이 글의 내용과 일치하지 <u>않는</u> 것은 무엇인가요? (   )

① 허생은 가난한 선비이다.
② 허생은 십 년 동안 책을 읽었다.
③ 허생은 과일을 독점하여 큰돈을 벌었다.
④ 허생은 부인의 말을 듣고 곧장 운종가로 나갔다.
⑤ 허생은 한양에서 제일 부자인 변 씨에게 돈을 빌렸다.

18. ㉠을 통해 알 수 있는 '허생'의 성격으로 알맞은 것은 무엇인가요? (   )

① 날카롭고 예민하다.
② 순종적이고 온순하다.
③ 욕심이 많고 성급하다.
④ 배포가 크고 대범하다.
⑤ 소심하고 마음이 약하다.

19. ㉡에서 짐작할 수 있는 것은 무엇인가요? (   )

① 상인들이 과일을 비싸게 팔았다.
② 조선 후기에는 과일값이 비쌌다.
③ 양반들은 과일을 평소에 즐겨 먹었다.
④ 허생은 음식 중에 과일을 제일 좋아했다.
⑤ 조선 후기의 경제 흐름이 원활하지 않았다.

20. <보기>를 바탕으로 이 글에 대한 설명으로 알맞지 <u>않은</u> 것은 무엇인가요? (   )

┌──────────────〈 보 기 〉──────────────┐
│ 「허생전」은 조선 후기에 쓰인 한문 단편 소   │
│ 설이다. 허생과 같이 글만 읽는 무능한 양반   │
│ 을 비판하고 있으며, 허생이 과일을 독점하   │
│ 는 내용들을 통해 백성들의 생활을 안정시키   │
│ 기 위해서는 상업과 공업을 발전시켜야 한다   │
│ 고 주장한다. 조선 시대 현실을 풍자하고 있   │
│ 다.   │
└────────────────────────────────────┘

① 허생은 가난하고 무능한 양반이었다.
② 변 씨는 한양 제일 부자로 양반보다 무능했다.
③ 조선 시대에는 허생처럼 공부만 하는 양반이 많았다.
④ 조선 경제의 기반을 위해 상업과 공업을 발전시켜야 한다.
⑤ 과일 독점 사건을 통해 상업이 발전되지 못했다는 걸 알 수 있다.

끝

모의고사 정답 및 해설

제1회 모의고사 문학 정답 및 해설

---

1. ④　2. ③　3. ⑤　4. ④　5. ④　6. ⑤　7. ②　8. ⑤　9. ③　10. ③　11. ③　12. ④　13. ④
14. ②　15. ①　16. ②　17. ①　18. ④　19. ⑤　20. ④

1. 일이 일어난 순서는 아래와 같습니다.
④ 점순이가 나에게 감자 세 개를 주었다. → ①
나는 점순이의 감자를 거절하였다. → ② 점순이
네 수탉이 내 수탉을 쪼았다. → ③ 나의 수탉이
면두를 쪼여 피를 흘렸다. → ⑤ 나는 점순이네
수탉에게 헛매질을 하였다.
그러므로 가장 먼저 일어난 일은 ④입니다.

2. ㉠에서 점순이가 나에게 굵은 감자 세 개를 먹으
라고 주는 행동을 바탕으로, 점순이가 나에게 관
심이 있다는 것(③)을 짐작할 수 있습니다.

3. 점순이가 몇 번이고 감자를 먹으라고 말하였지
만, 나는 점순이가 준 감자를 먹지 않겠다고 고
개를 돌리지 않고 일하던 손으로 쑥 밀어버렸습
니다. 이러한 행동을 통해 점순이는 창피하고 기
분이 상했다(⑤)는 것을 알 수 있습니다.

4. 이 글과 〈보기〉는 시골 소년인 나와 시골 소녀
인 점순이의 순박하고 아름다운 사랑이 느껴지
는 이야기를 담고 있습니다. 그러므로 두 이야기
를 읽고 난 후 반응으로 알맞은 것은 ④입니다.

5. 톰 아저씨는 한 가지 소원을 말했는데 자신이 죽
었다는 것을 아내에게 말하지 말라고 했습니다.
그러므로 일치하지 않는 것은 ④입니다.

6. 주인 레글리가 톰 아저씨에게 도망친 흑인 노예
에 대해 물어보지만, 톰 아저씨는 말씀드릴 수
없다고만 대답하고 있습니다. ㉠에서 톰 아저씨
가 한 말을 바탕으로, 톰 아저씨는 흑인 노예의
탈출 계획을 알고 있었지만(⑤) 말하지 않았다
는 것을 짐작할 수 있습니다.

7. 이 글과 〈보기〉를 통해 조지 셸비는 우여곡절
끝에 톰 아저씨를 만났지만 성한 곳이 하나도 없
는 모습을 보고 슬퍼하고 있습니다. 톰 아저씨는
자신을 찾아온 조지를 보며 고마운 마음을 가지
고 있지만, 몸이 좋지 않아 힘든 목소리로 말하
고 있다는 것을 알 수 있습니다. 그러므로 ②가
들어가는 게 맞습니다.

8. 도망간 노예를 보호해 준 톰 아저씨는 의리가 있는 성격이라고 볼 수 있습니다. 그러므로 이 글을 읽고 난 반응으로 ⑤는 적절하지 않습니다.

9. ③ 밥과 지미는 편지를 주고받으면서 한동안 연락을 했지만, 한두 해가 지나면서 자연스럽게 소식이 끊겼습니다.

10. ㉠은 '똑같은 일이 되풀이되다'라는 뜻으로 사용하는 관용 표현입니다. 그러므로 ③이 뜻으로 알맞습니다.
①, ②, ④, ⑤의 뜻을 가진 관용 표현은 아래와 같습니다.
① 간이 떨어지다, ② 가슴에 손을 얹다, ④ 다리를 놓다, ⑤ 간에 기별도 안 가다.

11. ㉡에서 20년 동안 악당이 될 수 있었을 것이라는 말을 바탕으로, 밥은 시카고 지명 수배범이라는 것(③)을 짐작할 수 있습니다.

12. 지미는 친구인 밥을 만났지만, 밥이 시카고 지명 수배범인 것을 알고 친구를 체포할 수 없어서 다른 형사에게 부탁하였습니다. 이러한 행동을 통해 생각이 깊고 배려심이 많은 성격(④)이라는 것을 알 수 있습니다.

13. ④ 4연의 중심 내용은 앞으로 새로운 마음으로 길을 걸어갈 것을 다짐한다는 것입니다.

14. ㉠은 글쓴이가 궁극적으로 추구하는 가치로 희망과 평화라는 함축적 의미를 가지고 있습니다. ② 역시 글쓴이가 추구하는 가치를 뜻하는 시어입니다.
①, ③, ④, ⑤는 살아가면서 만나는 다양한 존재를 의미합니다.

15. ㉡은 글쓴이가 살아가는 삶, 인생을 의미합니다. 그러므로 ①이 알맞습니다.

16. 이 시는 3연을 중심으로 1연과 5연, 2연과 4연이 의미상 대칭을 이루고 있습니다. 그러므로 <보기>에서 설명하는 표현법을 사용한 연은 ②입니다.

17. ① 미리 만들어 둔 양반 증서에 말할 때는 침을 튀겨서는 안 된다고 쓰여 있습니다.

18. ㉠은 '뜻밖에 놀랍거나 기막힌 일을 당하여 어리둥절하다'라는 뜻으로 사용하는 관용표현입니다. 그러므로 ④가 뜻으로 알맞습니다. ①, ②, ③, ⑤의 뜻을 가진 관용 표현은 아래와 같습니다.
① 눈 깜짝할 사이, ② 코를 빠뜨리다, ③ 코가 꿰이다, ⑤ 눈앞이 캄캄하다.

19. 부자는 새로운 증서에서 양반이 부려도 되는 횡포에 대한 내용을 듣고 혀를 내둘렀습니다. 그러므로 ㉡의 이유는 새로운 증서에서 양반에 대한 내용이 좋지 않아서(⑤)라는 것을 알 수 있습니다.

20. 〈보기〉를 통해 조선 후기에는 부자가 돈으로 양반의 신분을 살 수 있을 정도로 사회가 부조리했다는 점을 알 수 있습니다. 하지만 돈이 많다고 무조건 양반이 될 수 있다는 내용은 나와 있지 않습니다. 그러므로 ④는 알맞지 않습니다.

제2회 모의고사 문학 정답 및 해설

---

1. ⑤ 2. ⑤ 3. ③ 4. ④ 5. ② 6. ② 7. ⑤ 8. ④ 9. ② 10. ⑤ 11. ① 12. ④ 13. ②
14. ① 15. ② 16. ⑤ 17. ② 18. ④ 19. ⑤ 20. ②

1. 이 글에서는 여우가 어린 왕자에게 관계를 맺는다는 것에 대해서 설명해 주고 있습니다. 그러므로 관계를 맺기 위해서는 인내가 필요하다(⑤)가 주제로 가장 알맞다는 것을 알 수 있습니다.

2. ⓔ는 '우두커니 한 곳만 바라보는 모양'이라는 뜻으로 사용된 낱말입니다. 그러므로 ⑤라고 바꿔 쓰기에 적절하지 않습니다.

3. 여우는 어린 왕자에게 친구는 상점에 진열된 물건을 사는 것과 다르며, 친구를 원한다면 참을성을 가지고 관계를 맺어야 한다고 말하고 있습니다. 그러므로 ㉠의 이유로 알맞은 것은 ③입니다.

4. 여우는 어린 왕자에게 사람과 관계를 맺기 위해서는 서로의 노력이 필요하다고 말하고 있습니다. 그러므로 이 글과 <보기>를 읽은 후 반응으로 알맞은 것은 ④입니다.

5. ② 동물들은 인간을 싫어하며 인간 세계를 인정하지 않고 있습니다.

6. 동물들은 인간이 동물과 다르게 온갖 못된 짓을 한다고 합니다. 인간이 동물과 다르게 손을 사용하며 두 다리로 걸을 수 있는 특징을 활용하여 ㉠과 같이 말하였습니다. 그러므로 ㉠의 이유로 알맞은 것은 ②입니다.

7. 스퀼러가 ㉡처럼 행동한 이유는 7계명의 내용을 동물들에게 내용을 잘 전달하기 위해서(⑤)입니다.

8. 이 글과 <보기>의 전체적인 내용은 존슨 농장에 살던 동물들이 힘든 생활을 이기지 못하여 주인을 내쫓고 직접 농장을 운영하지만, 결국은 권력층의 독재로 농장이 부패해 버리는 이야기입니다. 이를 통해 과도한 욕망으로 인한 인간성 파괴(④)가 주제라는 것을 알 수 있습니다.

9. ② 영혼들의 수레 앞에 세 마리 짐승이라는 세 개의 별이 있습니다. 그중 세 번째 별과 마주 보는 작은 꼬마 별이 마부입니다.

10. ㉠에서는 목동인 '나'가 아름다운 주인집 아가씨에게 하늘에 있는 별들에 대해 설명하는 모습입니다. 또한 머리 위를 똑바로 보자는 내용이 있습니다. 그러므로 ⑤는 알맞지 않습니다.

11. ㉡ 시나브로는 '모르는 사이에 조금씩 조금씩'을 뜻하는 표현으로 알맞은 것은 ①입니다. ②는 가만, ③은 총총하다, ④는 반짝이다, ⑤는 기막히다의 뜻입니다.

12. 이 글의 주인공 양치기는 아가씨에게 별에 대해 설명을 해 주었고, 아가씨가 잠들자 꼼짝하지 않고 잠든 얼굴을 지켜보며 꼬박 밤을 세웠습니다. 이러한 양치기의 행동을 통해 ④가 가장 알맞습니다.

13. ② 이 시에서는 서정적이고 낭만적인 분위기를 느낄 수 있습니다.

14. ①은 은유법이 사용되었습니다. 은유법은 사물의 상태나 움직임을 암시적으로 나타내는 표현법으로, 'A는 B이다.'나 'B인 A'처럼 표현합니다. 따라서 ㉠에 쓰인 직유법과 다른 표현법이 사용되었다는 것을 알 수 있습니다.

15. ㉡은 글쓴이가 동경하는 대상을 말합니다. 그러므로 ㉡의 시적 의미로 알맞은 것은 ②입니다.

16. ㉢ 보드레한은 '꽤 보드라운 느낌이 있다'를 의미합니다. 그러므로 촉각적 이미지(⑤)가 쓰였다는 것을 알 수 있습니다.

17. ② '본디 십 년만 책을 읽으려 하였는데, 이제 겨우 칠 년에 이르렀을 뿐인데'를 통해 허생은 칠 년 동안 책을 읽었음을 알 수 있습니다.

18. 허생은 운종가로 나가서 길 가는 사람을 붙들고 한양에서 제일 부자가 누구인지 물어 변 씨를 찾아갑니다. 그리고 변 씨에게 만 냥을 빌린 후에 고맙다는 말 없이 가버립니다. 이러한 행동을 통해 배포가 크고 대범한 성격(④)이라는 것을 알 수 있습니다.

19. ㉡에서 허생이 만 냥으로 나라의 경제가 좌우된다고 한 말을 바탕으로, 조선 후기의 경제 흐름이 원활하지 않았다(⑤)는 것을 짐작할 수 있습니다.

20. 이 글에서 변 씨는 한양 최고의 부자라는 것을 알 수 있습니다. 하지만, 양반보다 무능하였다는 점은 알 수 없습니다. 오히려 한양에서 제일 부자이기에 유능한 사람임을 알 수 있습니다. 그러므로 ②는 알맞지 않습니다.

Ⅰ 초등부터 시작하는 수능 국어 전략서 Ⅰ

빠른 정답
빈틈없는 해설

6학년 ｜ 문학 독해

NE 능률

빠른 정답
빈틈없는 해설

6학년 | 문학 독해

NE 능률

"안 그래도 바퀴를 갈아 볼 작정이었어요. 소리가 좀 덜 나는 것으로요. 어쨌든 죄송해요. 도와주는 아줌마가 지금 안 계셔서 차 대접할 형편도 안 되네요."

여자의 텅 빈, 허전한* 하반신을 덮은 화사한 빛깔의 담요와 휠체어에서 황급히* 시선을 떼며 나는 할 말을 잃은 채 부끄러움으로 얼굴만 붉히며 슬리퍼 든 손을 등 뒤로 감추었다.

– 오정희, 「소음 공해」

• • •

1

세부
내용

이 글의 내용으로 알맞지 않은 것은 무엇인가요? (③)

① '나'는 처음에 경비원을 통해 문제 상황을 해결하려고 했다. → 글의 첫 부분에 나타남.
② '나'와 위층 집 사이에 갈등을 일으킨 원인은 위층의 소음이었다. → "위층이 또 ~ 달라고 말씀드릴까요?" 부분에 갈등의 원인이 나타남.
③'나'는 층간 소음 문제로 감정이 격렬하게 폭발해 위층을 직접 찾아갔다.
④ 위층 여자의 말에서 '나'의 잦은 항의에 예민해져 있다는 것을 알 수 있다. → 자신이 날아다니는 나비나 파리가 아니라고 말하는 부분에 나타남.
⑤ 마지막 부분에서 젊은 여자가 한 말을 통해 문제를 해결할 수 있는 가능성을 엿볼 수 있다. → 바퀴를 갈겠다는 말을 통해 문제가 해결될 가능성을 알 수 있음.

이 글에서 '나'는 폭발한 감정을 다스리고 나서 어른스럽게 위층 여자를 조곤조곤 타이르려는 의도를 가지고 차분한 상태로 슬리퍼를 가지고 위층으로 올라갔습니다. 이로 미루어 '나'는 차분한 상태임을 알 수 있습니다.

2

세부
내용

다음에서 설명하는 소재로 알맞은 것은 무엇인가요? (⑤)

> • 교양 있게 행동하려는 '나'의 노력이 담겨 있음.
> • 선물을 핑계로 소음을 줄이라고 경고하는 의도를 간접적으로 표현함.

① 담요   ② 경비원   ③ 인터폰   ④ 휠체어   ⑤슬리퍼

슬리퍼는 '나'가 이웃을 위해 교양 있게 행동하려고 준비한 선물로 소음을 줄이라는 경고의 의도를 간접적으로 표현하기 위한 것입니다. 또한, 슬리퍼는 위층 여자가 신을 수 없는 것으로, 정작 이웃이 어떤 상황에 놓여 있는지 무관심한 것을 드러내는 소재이기도 합니다.

3

감상
하기

이 글에 대한 감상을 알맞게 말한 친구는 누구인가요? (⑤)

① 정민: 우리 주변에서 실제로 일어날 수 없는 일을 주제로 한 이야기야. → 층간 소음 문제는 실제로 자주 일어나는 일임.
② 수아: 공동 주택에서 살 때에는 위아래층 이웃을 잘 만나야 한다는 것을 깨달았어. → 이 글의 주제는 층간 소음이 아님.
③ 채은: '나'는 다른 사람의 도움 없이 스스로 문제를 해결하는 태도를 길러야 할 것 같아. → 자주적인 태도보다 이웃에게 관심을 갖는 태도를 가져야 함.
④ 한율: 인터폰으로 경비원에게 항의한 '나'는 합리적인 의사 결정 과정이 중요하다고 생각해. → '나'는 화가 날수록 침착하고 부드럽게 처신해야 한다고 생각함.
⑤도윤: 글쓴이는 하반신과 담요를 대비시켜 인물의 안타까운 상황을 극적으로 보여 주고 있어.

위층 여자의 허전한 하반신의 모습과 대비되는 화사한 빛깔의 담요는 인물의 상황을 더욱 비극적으로 보여지게 하려는 것입니다. 이를 통해 위층 여자의 모습을 알게 된 '나'의 놀랍고 미안한 심정을 강조하는 효과를 주고 있습니다.

4

어휘
어법

┌ 위층 여자의 태도에 대한 '나'의 마음
㉠에 드러난 '나'의 마음에 가장 어울리는 한자 성어는 무엇인가요? (③)

① 침소봉대(針小棒大): 작은 일을 크게 부풀려서 말함.
② 파안대소(破顔大笑): 매우 즐거운 표정으로 활짝 웃음.
③적반하장(賊反荷杖): 잘못한 사람이 잘못이 없는 사람을 나무람.
④ 학수고대(鶴首苦待): 학의 목처럼 목을 길게 빼고 간절하게 기다림.
⑤ 동병상련(同病相憐): 같은 처지에 있는 사람들끼리 서로 가엾게 여김.

위층 여자의 상황을 전혀 모르는 '나'는 층간 소음에 대해 사과하지 않고 오히려 신경질적으로 반응하는 위층 여자의 태도를 보고 ㉠처럼 매우 불쾌하게 여겼습니다. 이와 같은 '나'의 마음을 표현할 수 있는 한자 성어로 알맞은 것은 '적반하장'입니다.

독해 정답	1. ③	2. ⑤	3. ⑤	어휘 정답	1. ⑤	
	4. ③	5. ②	6. ③		2. (1) ⑭ (2) ⑮ (3) ㉮ (4) ㉰ (5) ㉭	
	7. ④				3. (1) ⑭ (2) ㉮ (3) ⑭	

5
구조
알기

다음을 참고해 이 글에 대해 알맞게 설명한 것은 무엇인가요? (②)

— 1인칭 주인공 시점, 1인칭 관찰자 시점

> 선생님: 소설에서 '시점'은 말하는 이가 위치한 곳이 어디냐를 기준으로 삼고 있어요. 말하는
> 이가 작품 안에 있으면 주인공이나 등장인물이 일어난 일을 들려주고요. 말하는
> 이가 작품 밖에 있다면 제3자가 일어난 일이나 등장인물의 행동을 설명하지요. 또, 말하는 이가 작품
> 밖에 있으면서 신의 입장에서 인물의 행동이나 마음까지 관찰해서 전할 수도 있답니다.

— 3인칭 관찰자 시점

전지적 작가 시점

① 이 글에서 말하는 이는 작품 바깥에 있다. → '나'는 주인공이므로 작품 안에 있음.
②이야기 속 주인공인 '나'가 작품 안에서 이야기를 이끌어 가고 있다.
③ '내'가 위층 여자의 모습을 관찰하고 있으므로 말하는 이는 작품 바깥에 있다. → '내'가 위층 여자의 모습을 관찰한 것은 아님.
④ 말하는 이가 작품 바깥에서 '나'와 '젊은 여자'의 마음을 속속들이 알려 주고 있다. → 말하는 이인 '나'의 마음만 알 수 있음.
⑤ 등장인물인 젊은 여자가 작품 안에서 층간 소음으로 인한 사건을 구체적으로 보여 준다. → 말하는 이는 '나'임.

이 글에서 '나'는 이야기를 이끌어 가고 있는 주인공으로, 작품 안에 있습니다. '내'가 일어난 일과 자신의 마음을
모두 들려주는 역할을 하고 있으므로, 이 글의 말하는 이는 주인공인 '나'입니다.

— 부끄러움으로 얼굴을 붉혔던 경험

6
적용
창의

이 글 속 '나'와 비슷한 경험을 한 친구는 누구인가요? (③)

① 선호: 남의 집 유리창을 깨고 경비 아저씨께 혼나는 아이들을 봤어.
② 지아: 새로 이사한 집의 위아래층 이웃들에게 이사 떡을 돌린 적이 있어. → 이웃에게 관심을 표현한 경험임.
③윤서: 무심코 주머니 속의 휴지를 버렸다가 지나가는 아저씨와 눈이 마주쳤어.
④ 채은: 지하철역에서 열차를 타려고 하는 아줌마의 휠체어를 밀어 드린 일이 있어. → 도움이 필요한 사람을 도와준 경험임.
⑤ 도하: 교통사고로 오랫동안 입원해 있다가 퇴원했는데, 그때 휠체어를 타고 집에 왔어.

이 글에서 '나'는 위층의 소음이 휠체어 때문임을 알게 되면서 사려 깊은 이웃이라고 생각했던 자신이 정작 자신의
이웃에게는 무관심했던 것에 부끄러워하며 반성했을 것입니다. 이와 비슷한 경험은 공중도덕을 지키지 않고 무심
코 휴지를 버리다가 다른 사람에게 들키자 부끄러움을 느꼈을 윤서입니다.

— 주제

7
주제
찾기

이 글에서 글쓴이가 말하려고 하는 것은 무엇인가요? (④)

① 공동 생활 규칙의 준수 → '나'가 위층 여자에게 바랐던 것임.
② 이웃과 분쟁을 피하는 방법
③ 인생에서 중요한 것을 구분하는 지혜
④이웃에 무관심한 현대인들의 삶에 대한 비판
⑤ 공동 주택에서 층간 소음 문제의 해결책과 필요성 → 층간 소음은 이 글의 중심 소재임.

이 글에서 '나'는 이웃과 층간 소음 문제로 갈등을 겪으면서 위층을 직접 방문해 소음의 원인을 알게 됩니다. '나'는
위층 여자의 사정을 알게 되면서 이웃에 무관심한 자신을 반성하게 됩니다. 글쓴이는 이런 '나'의 모습을 통해 이웃
에 무관심한 현대인들을 비판하고 있습니다.

"뭐? 말괄량이? 어디 한 번 더 말해 봐." / 나는 우진이 등짝을 힘껏 때린다.

그런데 이상하다. 우진이가 비명*을 지르지 않는다. 대신 웃는 얼굴로 나를 바라본다.

"현정아, 너는 씩씩해서 보기 좋아. 늘 밝게 웃으면서 지내는 모습을 볼 때마다 예쁘다고 생각했어." / 우진이가 벌떡 일어나 운동장으로 걸어간다. 난 자리에서 일어나지도 못했지만, ㉤마음은 부풀어 올라 풍선이 되어 버린 것 같다.

– 이명랑, 「내 마음을 아는지 모르는지」

● ● ●

1 이 글에서 일어난 일이 (아닌) 것은 무엇인가요? (⑤)

세부
내용

① 현정이는 체육 시간에 우진이와 오해를 풀고 화해했다. → "고, 고마워. ~ 마음에 걸렸어."에 나타남.

② 우진이는 현정이에게 말괄량이라고 말해 등짝을 맞았다. → '당연히 말괄량이, ~ 힘껏 때린다.'에 나타남.

③ 현정이는 우진이에게 우진이 엄마의 건강을 비는 선물을 했다. → '이거…… 너의 ~ 놓은 손수건이야.'에 나타남.

④ 현정이는 점심시간부터 우진이에게 선물을 전해 줄 기회를 노렸다. → '점심시간이 되자 ~ 점점 조마조마해진다.'에 나타남.

⑤ 현정이는 반 아이들이 정신없는 틈을 타 우진이에게 장미꽃을 주었다.

현정이는 체육 시간에 반 아이들이 운동을 하느라 정신없는 틈을 타서 우진이에게 장미꽃이 아니라, 장미꽃이 수놓아진 손수건을 주었습니다.

2 이 글에 대한 설명으로 알맞은 것은 무엇인가요? (②)

구조
알기

① 글쓴이가 등장인물과 사건을 관찰해 이야기한다. → 사건을 관찰하는 인물은 작품 속 주인공임.

② 작품 속 주인공이 직접 자신의 이야기를 들려준다.

③ 작품 밖에 있는 말하는 이가 사건을 객관적으로 들려주고 있다.

④ 작품 밖에 있는 말하는 이가 등장인물의 마음을 알려 주고 있다.

⑤ 작품 밖에 있는 말하는 이가 작품에 개입해 옳고 그름을 따지고 있다.

→ 말하는 이는 작품 안에 있음.

이 글에서 이야기를 들려주는 사람은 주인공인 '나'입니다. 주인공은 '나'가 자신의 이야기를 전달하므로, 이야기 속에서 사건의 의미를 '나'의 입장에서 해석하여 전달하고 있습니다.

┌── 글의 내용을 이루는 재료

3 다음에서 설명하는 소재는 무엇인지 이 글에서 찾아 쓰세요.

세부
내용

> • 현정이에게는 우진이 엄마에 대한 걱정과 우진이에 대한 호감을 표현하는 물건임.
> • 우진이에게는 현정이의 마음을 알게 되어 현정이에게 자신의 마음을 표현하는 계기가 됨.
> 좋아하는 마음

(손수건   )

현정이는 우진이 엄마에게 손수건을 선물하며 우진이를 좋아하는 마음을 표현했습니다. 손수건을 받은 우진이 역시 현정이의 마음을 알게 되어 자신도 현정이를 좋아하는 마음을 표현했습니다. 이 둘의 마음을 확인하게 해 준 소재는 손수건입니다.

4 ㉠~㉤에 담긴 등장인물의 마음으로 알맞지 (않은) 것은 무엇인가요? (③)

추론
하기

① ㉠: 조마조마한 마음 → 반 아이들이 볼까 봐 조마조마한 마음.

② ㉡: 부끄러운 마음

③ ㉢: 고마운 마음

④ ㉣: 당황한 마음 → 우진이가 쩔쩔매는 상황에서 짐작할 수 있음.

⑤ ㉤: 기쁜 마음

㉢은 현정이에게 손수건을 건네받은 우진이의 마음이 드러난 부분입니다. 우진이의 멋쩍은 표정에서 우진이가 어색하고 쑥스러운 마음이라는 것을 짐작할 수 있습니다.

5
비판
하기

이 글에 나타난 '현정이'와 '우진이'의 대화를 알맞게 평가한 것은 무엇인가요? (①)

① 서로의 처지를 이해하고 배려하며 말하고 있다.

② 상대가 어떤 생각을 하는지 마음을 떠보고 있다. → 현정이와 우진이는 궁금한 것을 직접 질문하고 있음.

③ 상대의 말에 대해 거의 반응을 보이지 않고 있다. → 현정이와 우진이는 상대의 말에 적극적인 반응을 보였음.

④ 상대가 말하는 내용을 제대로 이해하지 못하고 있다.

⑤ 상대에게 자신의 속마음을 털어놓도록 유도하고 있다. → 현정이나 우진의 말에서 유도하는 내용은 없음.

현정이는 우진이에게 손수건을 선물하며 소리를 지른 일에 대해 사과하고 있습니다. 이에 대해 우진이도 오해한 일이 마음에 걸렸다고 말하며 현정이의 처지를 이해하며 공감하는 태도로 말하고 있습니다.

6
적용
창의

이 글을 영화로 제작하려고 합니다. ㈎ 부분에서 감독이 지시할 내용으로 알맞지 않은 것은 무엇인가요? (②)

① 현정이와 우진이는 마주 보고 부드럽게 웃으면서 대화하세요. → 두 인물은 서로에게 호감이 있음.

② 현정이는 조심스러운 몸짓을 하며, 우진이는 자신 있고 당당한 태도로 연기하세요.

③ 현정이가 수놓은 십자수 손수건을 손에 들고 연기할 수 있게 소품으로 준비하세요.

④ 현정이와 우진이가 대화할 때 따뜻하고 부드러운 느낌의 배경 음악을 넣어 주세요. → 현정이가 우진이와 화해하고 서로 호감을 표현하는 장면이므로, 따뜻하고 부드러운 느낌의 음악이 어울림.

⑤ 현정이가 우진에게 손수건을 주는 첫 장면에서는 손과 손수건이 잘 보이게 촬영해 주세요.

우진이가 현정이를 말괄량이라고 생각하는 것으로 보아, ㈎ 부분의 장면에서 현정이는 자신 있고 당당한 태도로, 우진이는 쑥스러운 듯한 태도로 연기하는 것이 어울립니다.

─ 작품의 주제와 표현상 특징

7
감상
하기

[보기]를 참고해 이 글을 알맞게 감상하지 못한 친구는 누구인가요? (③)

> [보기]   이 작품에서는 현정이와 우진이가 번갈아 자신의 이야기를 들려주며 이야기가 펼쳐진다. 글쓴이는 청소년들의 삶을 조명하며 사춘기 시절에 가장 큰 고민인 이성 친구와 친구 간의 우정, 장래 희망과 관련한 이야기들을 풀어낸다. 이야기 속에 아이들의 심리나 말투를 있는 그대로 보여 주어 책을 읽는 이들에게 생생한 현실감과 함께 자연스러운 공감을 이끌어 낸다.
> 청소년들의 심리나 말투를 그대로 보여 준 효과

① 예원: 우진이와 현정이가 서로의 마음을 확인한 것이 주된 내용이야. → 우진은 손수건으로 현정의 마음을 확인하고, 현정은 예쁘다는 우진의 말에서 마음을 확인함.

② 정안: 사춘기를 겪는 현정이와 우진이의 마음이 곳곳에 잘 표현돼 있어. → ㉠ ~ ㉣은 현정이와 우진이의 마음이 나타난 부분임.

③ 건우: 일어날 수 없는 비현실적인 일을 소재로 환상적인 느낌을 주고 있어.

④ 성훈: 사춘기 소년과 소녀의 이성에 대한 관심을 바탕으로 사건이 진행되고 있어. → 우진이에 대한 현정이의 호감이 손수건을 선물하게 만들었음.

⑤ 민서: '저번에', '현정님이' 같은 실제 청소년들의 말투를 써서 공감을 불러일으키고 있어.

[보기]는 이 글의 주제와 표현상 특징에 대해 설명한 글입니다. 이 글은 청소년들의 삶이 드러나는 글로 읽는 이에게 생생한 현실감과 자연스러운 공감을 이끌어 낸다고 했습니다. 이 글에서 벌어지는 일들은 일상에서 일어날 수 있는 일이므로, 비현실적인 일이라는 건우의 말은 이 글에 대한 감상으로 알맞지 않습니다.

1 이 시에 대한 설명으로 알맞지 (않은) 것은 무엇인가요? (①)

세부
내용

① 1연과 2연은 내용상 의미가 비슷해 한 쌍을 이루고 있다.

② 상징적인 소재로 말하는 이가 가진 삶의 자세를 드러냈다. → 인생을 상징하는 '길'을 통해 삶의 자세를 드러내고 있음.

③ 일정한 위치에 반복되는 소리를 넣어 노래하는 느낌을 준다. → '-로', 'ㄹ', '-고'를 반복함.

④ 말줄임표를 써서 쉬지 않고 나아가려는 의지를 표현하고 있다. → 4연에 나타남.

⑤ 1연과 5연에서 똑같은 내용이 반복되어 시가 안정적으로 느껴진다. → 시에 안정감과 순환하는 느낌을 줌.

이 시에서는 3연을 중심으로 1연과 5연, 2연과 4연이 내용상 의미가 비슷해 한 쌍을 이루고 있습니다. 1연과 비슷한 의미로 한 쌍을 이루는 것은 5연이므로, ①은 알맞지 않은 내용입니다.

2 이 시에서 '말하는 이'에 대한 설명으로 알맞은 것은 무엇인가요? (③)

세부
내용

① 지난 일에 대해 후회하며 반성하고 있다. → 후회나 반성은 나타나지 않음.

② 아무도 가지 않은 새 길을 찾기 위해 몰두하고 있다. → 새로운 길을 찾는 것이 아니라, 현재와 미래에도 계속 가야 할 길을 새로운 길을 가듯이 살고자 함.

③ 조용하지만 자신의 길을 가려는 굳센 의지를 드러내고 있다.

④ 상대방에게 말을 건네며 자신의 감정을 밖으로 표현하고 있다. → 말하는 이는 혼자서 말하고 있음.

⑤ 감정이 치밀어 오른 목소리로 시의 분위기를 이끌어 가고 있다. → 차분한 목소리임.

이 시에서 말하는 이는 조용하고 나직한 목소리로 말하고 있지만 자신의 길을 가겠다는 의지에 차 있습니다.

3 1연부터 4연까지 '말하는 이'의 생각이 어떻게 바뀌었는지 차례대로 기호를 쓰세요.

구조
알기

> ㉮ 길에서 만나는 존재들에게 희망을 느낌. 3
> ㉯ 어려움을 이겨 내고 평화로운 곳으로 나아감. 1
> ㉰ 언제나 새로운 마음으로 자신의 길을 걸어감. 2
> ㉱ 앞으로도 자신에게 주어진 새로운 길을 가겠다고 다짐함. 4

(㉯) → (㉰) → (㉮) → (㉱)

이 시는 과거에서 현재, 그리고 미래로 이어지는 길을 중심으로 시가 전개되고 있습니다. 말하는 이는 1연에서 내와 고개 같은 어려움을 이겨 내고 평화로운 곳으로 나아가고 있습니다.(㉯) 그리고 2연에서 이 길을 언제나 새로운 마음으로 가겠다고 합니다.(㉰) 3연에서 민들레와 까치, 아가씨 같은 길에서 만나는 존재들에게서 희망을 느끼는(㉮) 말하는 이는 4연에서 앞으로도 새로운 길을 가려는 의지를 드러내고 있습니다.(㉱)

4 ㉠과 함축적인 의미가 (같은) 시어는 무엇인가요? (③)

추론
하기

'내' ──── 글 속에 담고 있는 뜻

① 숲 → 희망과 평화　　② 길 → 인생의 길　　③ 고개

④ 바람　　　　　　　　⑤ 민들레

인생의 길에서 만나는 다양한 존재들

㉠은 길을 가면서 건너야 하는 것으로, '고난과 시련'을 상징하는 낱말입니다. 이와 비슷한 뜻으로 쓰인 낱말은 길을 갈 때 넘어야 하는 '고개'입니다.

5 이 시의 분위기로 가장 알맞은 것은 무엇인가요? (③)

추론
하기

① 여유롭고 행복한 느낌을 준다. → 길을 가는 도중이므로 도착한 후처럼 여유로운 상황은 아님.
② 아름답고 환상적인 느낌을 준다. → 시에서 파악할 수 없음.
③ 희망적이지만 굳센 의지가 드러난다.
④ 엄숙하고 장엄한 분위기가 느껴진다. → 말하는 이의 의지가 느껴지지만 엄숙한 분위기는 아님.
⑤ 암울하고 우울한 분위기가 드러난다. → 이 시는 경쾌하고 희망적임.

이 시에서 말하는 이는 인생의 길을 걸어가면서 새로운 마음으로 미래를 향해 가고자 하고 있습니다. 그래서 시 전체의 분위기는 밝고 희망적이지만 4연에서 말하는 이는 언제나 새로운 길을 가겠다고 말하며 굳센 의지를 드러내고 있습니다.

6 이 시의 주제로 알맞은 것은 무엇인가요? (⑤)

주제
찾기

① 조국의 독립을 바라는 마음
② 어머니 같은 자연의 너그러움
③ 자연을 파괴하는 현대 물질 문명의 비판
④ 반복되는 일상생활의 단조로움과 고마움
⑤ 언제나 새로운 마음으로 인생을 살아가려는 의지

이 시에서 말하는 이는 민들레, 까치, 아가씨, 바람과 같은 길에서 만나는 다양한 존재들에게서 삶의 희망을 느끼며, 인생의 길에서 언제나 새로운 인생을 살려는 의지를 드러내고 있습니다.

┌─ 작품이 쓰여진 시대적 배경을 고려한 감상 방법

7 [보기]를 참고해 이 시를 알맞게 감상하지 못한 친구는 누구인가요? (⑤)

감상
하기

[보기] 문학 작품을 감상할 때 작품이 쓰여진 시기를 고려하여 작품을 읽으면 작품에서 글쓴이가 말하고자 하는 바를 더욱 확실히 파악할 수 있다.
이 시는 우리나라가 일본에게 시달려 고통을 겪던 일제 강점기에 쓰여졌다. 당시 일본은 전쟁을 일으키고 전쟁에 필요한 물건과 사람을 우리나라에서 빼앗아 갔다. 이 시기는 우리 민족에 대한 일제의 수탈이 점점 혹독해지던 때였다.
이러한 시대적 배경을 이해하고 작품을 감상하면 말하는 이가 당시의 암울한 상황에도 불구하고 앞으로 다가올 미래를 위해 계속해서 나아가겠다는 의지를 드러냈다는 것을 알 수 있다.   시대적 배경과 관련한 해석

① 도윤: 말하는 이가 현실에 대한 희망을 놓지 않는 모습을 보니 뭉클해졌어. → [보기]의 암울한 상황과 관련지어 뭉클한 감정이 생김.
② 한율: '마을'은 말하는 이가 가고자 하는 곳이니, 글쓴이가 소망하는 세계를 뜻하겠구나. → 일제 강점기와 연결해 소망하는 세계가 '독립'임을 짐작할 수 있음.
③ 정민: '마을'로 가는 길이 순탄치만은 않다는 내용에서 당시의 어려움을 표현하고 있구나. → 내와 고개는 일제 강점기의 암울한 상황을 말함.
④ 수아: 말하는 이는 희망을 갖고 앞으로 계속 나가면 바라는 세상이 올 것이라고 믿고 있어.
⑤ 채은: 말하는 이가 내일도 가겠다고 말한 것에서 시련을 힘겨워하는 마음이 느껴져서 안타까워. ┐ 미래를 향한 의지를 일제 강점기와 관련지어 감상함.

[보기]는 작품이 쓰여진 배경을 고려한 감상 방법에 대해 설명하고 있습니다. 이 작품이 쓰여진 일제 강점기를 고려하면 암울한 상황이지만 말하는 이는 절망하지 않습니다. 오히려 길에서 만나는 존재들에게 희망을 느끼고 언제나 새로운 길을 가겠다고 말하고 있으므로, 채은이의 말은 이 시에 대한 감상으로 알맞지 않습니다.

타다당.

총소리가 쩽 사면*의 산을 흔들었다. 학은 훌쩍 달아났다. 그러면 그렇지 하는 마을 사람들은 얼른 바우의 얼굴부터 살폈다. 그런데 어찌 된 일일까. 분명히 두 마리 다 훌쩍 위로 떠오르는 것을 보았는데, 펑 하는 소리와 함께 날개를 축 늘어뜨린 한 마리가 땅바닥에 떨어졌다. 마을 사람들은 정신이 아찔하였다*. 아무도 말이 없었다.

– 이범선, 「학마을 사람들」

● ● ●

1
세부
내용

이 글에 대한 설명으로 알맞은 것은 무엇인가요? (①)

①이 글의 공간적 배경은 학마을이다.

② 이 글의 주인공은 바우로, 비극적 운명에 맞서는 인물이다. → 바우는 운명이 아닌 마을 사람들과 맞서고 있음.

③ 말하는 이는 작품 안에서 마을에 일어난 일을 관찰하고 있다. → 말하는 이는 작품 바깥에 있음.

④ 글쓴이는 인물의 마음을 그림을 그리듯 자세하게 표현해 내고 있다. → 글쓴이는 인물의 마음이 아닌 행동을 주로 표현하고 있음.

⑤ 시골의 느낌을 주는 소재를 사용해 고향에 대한 그리움을 불러일으킨다. → 학마을은 고향의 느낌을 불러일으키려는 소재가 아니라 우리나라를 상징하는 소재임.

이 글에서 바우가 마을에 돌아와 마을 사람들을 교육시키고 학을 죽인 일은 모두 학마을에서 벌어진 일입니다. 따라서 이 글의 공간적 배경은 학마을입니다.

2
구조
알기

이 글에서 가장 먼저 일어난 일은 무엇인가요? (④)

① 덕이는 학을 쏘려는 바우를 말렸다. 4

② 바우가 부락의 인민 위원장이 되었다. 2

③ 바우가 쏜 총에 한 마리의 학이 죽었다. 5

④누런 군복을 입고 총을 멘 사람들이 마을에 들어왔다. 1

⑤ 바우가 마을 사람들을 학나무 아래에 모아놓고 연설을 했다. 3

이 글에서 가장 먼저 일어난 사건은 누런 군복을 입은 사람들이 마을에 들어온 일입니다.(④) 바우가 마을의 인민 위원장이 되면서(②) 마을 사람들을 불러 모아 연설을 합니다.(⑤) 그러나 마을 사람들이 따르지 않자 학을 쏘려고 하고 덕이가 바우를 말렸습니다.(①) 그러나 바우는 끝내 학에게 총을 쏘아 한 마리의 학이 죽었습니다.(③)

3
세부
내용

마을 사람들이
잘 모이지 않는
행동

㉠의 까닭으로 알맞은 것은 무엇인가요? (⑤)

① 농사철이라 집집마다 농사짓는 데 바빠서 ⌐

② 바우가 인민 위원장이 된 것이 못마땅해서   ├ → 글에 판단할 근거 없음.

③ 총을 멘 바우의 거친 말과 행동이 두려워서 ⌐

④ 누런 군복을 입은 사람들과 한패라는 생각이 들어서 → 단순히 괴뢰군과 한패이기 때문에 비협조적인 것은 아님.

⑤학마을을 잘되게 해 줄 사람들이 아니라는 것이 분명해서

㉠의 까닭은 ㉠ 뒷부분에 나타나 있습니다. 마을 사람들은 학이 전에 없이 새끼를 물어 떨어뜨린 불길한 일이 일어난 뒤에 찾아온 그들이 학마을에 도움이 되지 않는 사람이라고 여기고 있습니다. 그래서 바우가 하는 행동에 협조하지 않았습니다.

4
추론
하기

이 글에 나타난 '바우'의 성격으로 알맞은 것은 무엇인가요? (②)

① 점잖고 의젓하다.　　　　　　　②모질고 잔인하다.

③ 치사하고 뻔뻔하다.　　　　　　④ 느긋하고 낙천적이다.

⑤ 야무지고 억척스럽다.

바우는 마을 사람들이 자신을 따르지 않자 같은 마을 사람인 덕이가 말리는 데도 학을 총으로 쏘아 죽였습니다. 아무 거리낌 없이 생명을 죽이는 행동으로 보아 바우는 모질고 잔인한 성격임을 알 수 있습니다.

독해 정답	1. ①	2. ④	3. ⑤
	4. ②	5. ⑤	6. ②
	7. ⑤		

어휘 정답	1. (1) ㉮ (2) ㉣ (3) ㉢ (4) ㉯
	2. (1) 감히 (2) 방해 (3) 아찔 (4) 소위 (5) 사정
	3. ②

5

추론
하기

┌─ 빈 주먹을 꽉 쥔 행동

ⓛ에 나타난 '덕이'의 마음을 알맞게 짐작한 것은 무엇인가요? (⑤)

① 총을 든 바우가 무서웠을 거야.

② 바우가 총을 든 것이 부러웠을 거야.

③ 바우가 하려는 행동이 옳다고 생각했을 거야.

④ 바우가 마을 사람들을 위한다고 생각했을 거야.

⑤ 바우의 위험한 행동을 말릴 수 없어서 분했을 거야.

ⓛ은 덕이의 마음을 행동으로 표현한 것입니다. 덕이는 학을 총으로 쏘려는 바우를 말리려고 했지만 바우는 말을
듣지 않았습니다. 덕이는 학을 처치하려는 바우의 행동에 화가 나지만 총을 든 바우를 더는 말릴 수 없어 분했을
것입니다.

6

적용
창의

이 글을 영화로 만들려고 합니다. ㉠ 부분에서 감독이 지시할 내용으로 알맞지 <u>않은</u> 것은 무엇인
가요? (②)

① 바우 역의 배우는 덕이의 손을 뿌리칠 때 못마땅한 듯이 행동해 주세요. → 바우의 말과 행동에서 짐작할 수 있음.

② 마을 사람 역의 배우들은 총을 든 바우 앞에서 단호한 표정을 지어 주세요.

③ 학이 총을 맞고 떨어질 때에는 마을 사람들의 공포에 휩싸인 표정을 확대해 주세요. → 마을 사람들의 학에 대한 믿음을 나타냄.

④ 덕이 역의 배우가 바우를 부를 때에는 낮고 힘이 있지만 간절한 말투로 말해 주세요. → 학을 지키려는 간절한 마음을 나타냄.

⑤ 바우가 학을 향해 총을 겨눌 때에는 긴장감이 느껴지도록 낮고 빠른 음악을 넣어 주세요. → 긴장감 있는 장면에는 낮고
빠른 음악이 어울림.

'마을 사람들은 ~ 나서는 사람은 없었다.' 부분을 살펴보면 마을 사람 역을 하는 배우들은 바우가 학을 향해 총을
겨눌 때 두려워하는 표정을 짓는 것이 알맞습니다.

┌─ 작품의 배경과 학과의 상관 관계

7

감상
하기

[보기]를 참고해 이 글을 알맞게 감상한 친구는 누구인가요? (⑤)

[보기] 이 작품은 일제 강점기에 접어들기 전부터 1950년에 일어났던 6·25 전쟁 직후까지 → 이 글의 시간적 배경
를 배경으로 하고 있다. 글쓴이는 학을 떠받들며 살아온 학마을 사람들의 모습을 통
해 우리 민족의 아픈 역사를 이야기하고 전쟁의 상처를 극복할 수 있다는 희망을 보
여 주고 있다.   이 글의 주제

특히 이 작품에서 <u>학마을 사람들의 운명은 학의 모습과 관련이 많다.</u> 학이 날아오면
마을에 평화가 오고, 학이 오지 않자 일본에 나라를 빼앗긴다. 학이 다시 찾아오자 광
복이 되었고, 학의 새끼가 죽자 6·25 전쟁이 터졌다.

① 채은: 이 글에서 학은 학마을과 바깥 세계를 이어 주는 존재야. → 학은 행복과 불행을 가져다주는 존재임.

② 정민: 학마을 사람들은 학에 대한 다툼으로 고통을 겪는 사람들을 나타내고 있어. → 학마을 사람들의 운명은 우리나라 사람들의
운명과 닮아 있음.

③ 수아: 글쓴이는 마지막 장면에서 생태계 보호를 위해 노력해야 한다고 강조하고 있어. → 학의 상징적인 의미와 관련 없음.

④ 영우: 글쓴이는 바우가 학에게 총을 쏜 일로 우리나라가 나라를 빼앗긴 일을 표현했어. → [보기]의 내용으로 보아 학이 총을 맞고
죽은 일은 6·25 전쟁 이후의 일임.

⑤ 희연: 두 마리의 학 중 한 마리만 살아 떠난 것은 우리나라의 분단을 상징하는 것이구나.

[보기]는 이 작품의 배경과 학과의 상관 관계를 설명한 글입니다. 이 작품에서 학은 학마을의 복(운)을 상징하는 신
성한 동물이며 우리나라의 운명과 관련이 있는 존재라고 할 수 있습니다. 마지막 장면에서 학이 짝을 잃고 한 마리
만 살아남아 떠난 것은 6·25 전쟁 이후 우리나라의 분단을 상징하고 있습니다.

은 어찌할 수 없었지만, 내 마음은 오직 아름다운 것만을 생각하며, 맑은 밤하늘의 비호*를 받아 어디까지나 성스럽고 순결함*을 잃지 않았습니다.

　우리 주위에는 총총하게* 빛나는 별들이 마치 헤아릴 수 없이 거대한 양 떼처럼 온순하고* 고요하게 운행하고* 있었습니다. 나는 이따금 이런 생각을 했습니다. ⓛ저 하늘의 수많은 별들 중에 가장 가냘프고 가장 빛나는 별 하나가 그만 길을 잃고 내 어깨에 내려앉아 고이* 잠들어 있노라고 말입니다.

– 알퐁스 도데, 「별」

● ● ●

1
세부
내용

이 글에 대한 설명으로 알맞지 않은 것은 무엇인가요? (　⑤　)

① '나'는 아가씨를 남몰래 사랑하고 있다. → '훤하게 먼동이 ~ 있노라고 말입니다.'에 나타남.
② 주인공인 '내'가 아가씨와 있었던 일을 들려준다. → 이야기 속에서 말하는 이는 주인공 '나'임.
③ 아가씨와 '나'는 하늘을 바라보며 이야기하고 있다.→ '나'와 아가씨는 별에 대해 이야기하고 있음.
④ 시간적 배경은 별이 떠 있는 한밤중부터 새벽까지이다. → '나'와 아가씨가 처음 이야기하는 한밤중부터 아가씨가
⑤ 아가씨에게 별을 설명하는 '나'의 직업은 천문학자이다.　잠이 드는 새벽부분이 시간적 배경임.

　이 글의 첫 부분에 나타난 아가씨의 말에서 '나'는 양치기이고, 산속에서 별과 가까이 지내고 있어 별에 대해 잘 알고 있다는 것을 알 수 있습니다.

2
구조
알기

이 글을 쓴 방법으로 알맞은 것은 무엇인가요? (　③　)

① 대화를 중심으로 사건이 빠르게 진행된다. → '나'와 아가씨의 대화가 나타나 있지만 사건이 빠르게 진행되지 않음.
② 시간의 흐름을 중심으로 사건을 요약하여 보여 준다. → 시간의 흐름에 따라 사건을 요약하지 않고 그대로 보여 줌.
③ 인물의 마음이나 행동을 그림을 그리듯이 자세하게 설명한다.
④ 구체적인 장소를 넣어 이야기가 실제 일어난 일처럼 느껴지게 한다. → [앞 이야기]로 미루어 구체적인 장소가 나타난
⑤ 말하는 이를 바꾸어 가면서 장면을 다양한 시각으로 상상하도록 한다. → 이 글에서 말하는 이는 '나' 혼자임.　것은 이 글 앞부분의 내용임.

　이 글에서 글쓴이는 '손으로 턱을 괸 채 염소 모피를 두르고 있는 아가씨의 모습, 곱슬곱슬한 머리카락을 앙증맞게 비비대는 행동' 등 인물의 모습과 행동을 글로 그림을 그리듯 자세하게 표현하며 아름답고 평화로운 분위기를 만들고 있습니다.

3
어휘
어법

㉠과 ㉡이 빗대어 표현한 대상은 무엇인가요? (　④　)

① 나
② 별 → 순수성을 상징하는 소재
③ 목동
④ 아가씨
⑤ 샤를마뉴 대왕

　이 글에서 ㉠과 ㉡은 아가씨를 비유해서 나타낸 표현으로 '은유법'이 쓰였습니다. ㉠은 아가씨의 선하고 순수한 모습, ㉡은 아가씨의 고귀함과 아름다움을 드러내고 있습니다.

4
추론
하기

이 글에 나타난 '나'의 성격으로 알맞지 않은 것은 무엇인가요? (　④　)

① 배려심이 많다. → 아가씨에게 별 이야기를　　② 수줍음이 많다. → 아가씨가 어깨에 기대어 잠든 것만으로 가슴이
　　　　　　　　해 주는 모습　　　　　　　　　　　　　　　　　　　　　　　두근거렸음.
③ 착하고 순박하다.　　　　　　　　　　　　　　④ 아는 척을 잘한다.
⑤ 순수한 사랑을 추구한다. → 어깨에 기대어 잠든 아가씨를 지켜보며 밤을 새움.

　'나'는 아가씨가 별 이름을 궁금해하자 자신이 아는 별들의 이야기를 들려준 것이므로, ④는 '나'의 성격으로 알맞지 않습니다. 또한 아가씨가 잠이 들어 나에게 기대자 꼼짝하지 않고 꼬박 밤을 새우는 행동에서 ①, ②, ③, ⑤의 의 성격을 짐작할 수 있습니다.

── 말하는 이를 글쓴이로 바꾸어 고쳐 쓴 글

5
추론
하기

㉮ 부분을 [보기]처럼 고쳐 쓸 때의 효과로 알맞지 <u>않은</u> 것은 무엇인가요? (②)

── 말하는 이가 글쓴이로 달라졌음.

[보기] 목동이 결혼에 대해 이야기하려고 할 때, 그는 자신의 어깨에 무언가 상큼하면서도 가녀린 것이 살며시 눌리는 감촉을 느꼈다. 아가씨는 졸음에 겨운 나머지 무거워진 머리를 가만히 목동에게 기대어 왔다. 아가씨는 리본과 레이스, 곱슬곱슬한 머리카락을 앙증스럽게 비비대며 그에게 기대었다. 그는 훤하게 먼동이 터 올라 별들이 시나브로 빛을 잃을 때까지 꼼짝 않고 아가씨의 잠든 얼굴을 지켜보며 꼬박 밤을 새웠다. 목동은 가슴이 두근두근 설레어서 어쩔 줄 몰랐다. <u>누구나 사랑을 느낄 때는 심장이 요동치기 마련이다.</u> 하지만 그는 마음속으로 오직 아름다운 것만을 생각했다. 맑은 밤하늘의 비호를 받아 어디까지나 성스럽고 순결함을 잃지 않았다.

→ 글쓴이의 생각이 나타난 부분

① 글쓴이가 주관적 생각을 작품에 넣을 수 있다. → 말하는 이가 글쓴이(작가)이므로, 자신이 생각하는 바를 작품에 넣을 수 있음.
②말하는 이의 위치가 작품 외부에서 내부로 바뀌었다.
③ ㉮와 마찬가지로 말하는 이와 읽는 이의 거리가 가깝다. → 글쓴이는 인물의 마음까지 모두 알려 주어 읽는 이와의 거리가 가까움.
④ 말하는 이가 인물의 생김새뿐 아니라 마음과 상황까지 모두 알고 있다. → 글쓴이는 신처럼 인물의 행동과 마음, 행동의 까닭도 모두 알고 있음.
⑤ 말하는 이가 모든 것을 밝혀 주어 읽는 이가 상상할 부분이 줄어들 수 있다.
  → 글쓴이가 모든 것을 알려 주고 밝히고 있어, 읽는 이가 상상할 여지가 별로 없음.

[보기]는 말하는 이를 글쓴이로 바꾸어 고쳐 쓴 글입니다. ㉮ 부분에서 말하는 이는 주인공 '나'로 작품 안에 있지만, [보기]의 말하는 이인 글쓴이는 작품 바깥에 있습니다. 따라서 ②는 [보기]처럼 고쳤을 때의 효과로 알맞지 않습니다. 말하는 이가 글쓴이로 바뀌면 글쓴이의 생각을 작품에 표현하기 쉬우며, 주인공뿐 아니라 다른 인물의 마음까지 너무 많은 것을 알려 주어 읽는 이가 상상할 부분이 줄어들 수 있습니다.

6
감상
하기

이 글에 대한 감상을 알맞게 말하지 <u>못한</u> 친구는 누구인가요? (②)
① 채은: 자신을 믿는 아가씨를 밤새 지켜 준 목동의 모습이 참 대견해 보였어. → 마지막 부분의 나의 행동에서 느낄 수 있음.
②수아: 목동을 마법사라고 말한 아가씨의 말에서 목동에 대한 신뢰감이 느껴졌어.
③ 한율: 별자리에 대한 이야기를 들으며 상상 속에서 인물들이 살아 움직이는 느낌을 받았어. → 성 자크와 샤를마뉴 대왕의 이야기에 대한 감상임.
④ 정민: 밤하늘에 떠 있는 별들을 아름답게 표현한 장면이 마치 한 폭의 그림을 보는 것 같아. → 영혼들의 수레와 마부, 세 마리의 짐승 별을 설명한 부분에 대한 감상임.
⑤ 도윤: 시간에 따라 보이는 위치가 달라지는 별자리가 목동에게는 안내자의 역할을 하고 있군.
  → "조금 아래쪽에 ~ 지나가는 걸 안답니다." 부분에 대한 감상임.

"너희 양치기들은 ~ 그게 정말이야?"는 아가씨가 양치기에 대한 호기심이 느껴져서 물어본 말입니다. 이 말에서 양치기에 대한 신뢰감은 느껴지지 않습니다.

7
주제
찾기

이 글의 주제로 알맞은 것은 무엇인가요? (③)
① 다른 이를 돕고 배려하는 자세
② 밤하늘의 아름다움과 경이로움 → 밤하늘에 떠 있는 별의 아름다움과 경이로움을 표현한 장면은 목동의 순수한 사랑을 드러내기 위한 장치임.
③목동의 순수하고 아름다운 사랑
④ 현실을 극복하기 위한 희망과 의지
⑤ 인간을 품는 자연의 넉넉함과 아름다움

이 글에서 산속의 양치기인 '나'는 좋아하던 주인집 아가씨에게 별자리 이야기를 친절하게 들려주었습니다. 이야기를 나누던 아가씨는 '나'의 어깨에 기대 잠이 들었고 나는 꼬박 밤을 새우며 아가씨를 지켜 주었습니다. 이런 '나'의 순수한 모습에서 이 글의 주제인 아가씨에 대한 양치기의 순수하고 아름다운 사랑을 파악할 수 있습니다.

동시에 엿장수는 / "앗!" / 하고 쥐었던 손을 펴 불며 털며 앙감질*을 하는 꼴이 남이는 어떻게나 우스웠던지 그만 손등으로 입을 가리고 킥킥 하고 웃어 버렸다. 엿장수는 반은 울상 반은 웃는 상 남이를 바라보는데, 남이의 송곳니가 무척 예뻐 보였다. 남이는 엿장수와 눈이 마주치자 무색해서* 눈을 땅바닥으로 떨어뜨렸다.

– 오영수, 「고무신」

• • •

1 이 글의 내용으로 알맞지 <u>않은</u> 것은 무엇인가요? (②)

세부
내용

① 남이가 엿장수에게 고무신을 돌려 달라고 말했다. → 남이는 엿장수를 보자마자 신을 내놓으라고 했음.
② 엿장수는 이미 고무신이 남이의 것인 줄 알고 있었다.
③ 남이는 벌에 쏘인 엿장수의 모습이 재미있어서 웃어 버렸다. → '동시에 엿장수는 ~ 킥킥 하고 웃어 버렸다.'에 나타남.
④ 남이는 엿장수가 아이들을 꾀어 고무신을 팔게 했다고 생각했다. → "어제 우리 집 ~ 고무신 말요!"에 나타남.
⑤ 엿장수는 남이의 저고리에 붙은 벌을 잡아 주려다 손바닥을 쏘였다. → '남이는 상을 ~ 쏘아 버렸다.'에 나타남.

엿장수는 "그 신이 당신 신이던교?"처럼 말하면서 고무신의 주인이 남이인지 전혀 모르고 있었습니다.

2 이 글에서 '말하는 이'에 대한 설명으로 알맞은 것은 무엇인가요? (④)

구조
알기

① 말하는 이가 자신이 관찰한 사건을 이야기해 준다. → 말하는 이가 인물의 마음까지 알고 있으므로, 관찰해서 전한다고 보기 어려움.
② 주인공인 등장인물이 직접 자신의 이야기를 들려준다. → 말하는 이는 글쓴이임.
③ 말하는 이가 작품 밖에서 사건을 객관적으로 들려준다. → 말하는 이는 작품 밖에 있지만, 등장인물의 마음속까지 알고 있어 객관적으로 전달하는 것은 아님.
④ 말하는 이가 등장인물의 마음을 독자에게 알려 주고 있다.
⑤ 말하는 이가 작품 속에서 벌어진 일에 대해 의견을 말하고 있다. → 말하는 이가 등장인물의 마음까지 알려 주지만, 자신의 의견을 함께 말하고 있지 않음.

이 글에서 말하는 이는 남이와 엿장수의 말과 행동뿐 아니라, '남이의 송곳니가 무척 예뻐 보였다.'는 엿장수의 마음까지 읽는 이에게 알려 주고 있습니다.

3 '엿장수'와 '남이' 사이에 묘한 감정이 생기게 된 계기는 무엇인가요? (④)

세부
내용

① 엿장수가 순순히 고무신을 돌려주겠다고 한 일
② 엿장수가 남이의 송곳니가 예쁘다고 생각한 일 → 남이에 대한 엿장수의 호감이 드러난 부분임.
③ 엿장수가 남이에게 새 고무신을 사 주겠다고 한 일
④ 엿장수가 남이의 저고리에 붙은 벌을 쫓으려다 쏘인 일
⑤ 엿장수가 남이의 고무신을 가져가지 않았다고 잡아뗀 일 → 고무신의 주인을 몰라서 한 일임.

우연히 남이의 저고리에 벌이 붙자 엿장수는 벌을 쫓아 주려고 했다가 오히려 손바닥을 쏘였습니다. 엿장수는 아파서 손을 불며 털며 앙감질을 했고, 이 모습을 본 남이가 웃어 버렸습니다. 그때 둘의 눈이 마주치면서 묘한 감정을 갖게 되었습니다.

4 ㉠과 ㉡의 표현이 주는 효과로 알맞은 것을 두 가지 고르세요. (① , ③)

추론
하기

① 상황이나 마음을 참신하게 나타낸다.
② 환상적이고 신비로운 느낌을 더해 준다.
③ 내용을 구체적이고 생동감 있게 전달한다.
④ 다음에 일어날 일을 미리 짐작하게 해 준다. → '복선'의 효과임.
⑤ 익숙한 내용에 빗대어 친근한 느낌을 전달한다.

대상을 다른 대상에 직접 빗대어 표현하는 '직유법'

㉠은 남이가 말한 찌르는 소리를 가시에, ㉡은 능청스러운 엿장수의 태도를 수양버들이 봄바람을 맞는 것에 직접 빗대어 표현했습니다. 이와 같이 대상을 다른 대상에 직접 비유하는 표현을 '직유법'이라고 합니다. 비유하는 표현은 상황이나 마음을 참신하게 나타내고 내용을 구체적이고 생동감 있게 전달하는 효과가 있습니다.

5
어휘
어법

┌─ 관용 표현 '그믐밤에 홍두깨'의 뜻

㉢의 뜻으로 알맞은 것은 무엇인가요? (①)

① 별안간 엉뚱한 말이나 행동을 함.
② 갈수록 더욱 어려운 지경에 처함. → 속담 '갈수록 태산'의 뜻
③ 실행하기 어려운 것을 공연히 의논함. → 속담 '고양이 목에 방울 달기'의 뜻
④ 무서운 사람 앞에서 설설 기면서 꼼짝 못 함. → 속담 '고양이 만난 쥐'의 뜻
⑤ 열심히 하고 있는데도 더 빨리하라고 독촉함.

㉢'그믐밤에 홍두깨'는 '별안간 엉뚱한 말이나 행동을 함.'을 뜻하는 관용 표현입니다.

6
추론
하기

[보기]는 이 글의 결말 부분입니다. [보기]를 참고할 때, 밑줄 친 '고무신'의 의미로 알맞지 않은 것은 무엇인가요? (⑤)

> [보기]　철수 아내는 보퉁이 한 개를 들고 따라 나오면서 남이에게 귓속말로 뭣을 일러 주고
> …… 이래서, 남이는 떠나간다. 다만 한 가지 철수 내외에게 수수께끼는 마을 중턱에
> 서 남이를 보내고 서서 그의 뒷모양을 바라보는데, 남이가 어이한 옥색 고무신을 신
> 고 가는 것이다. 더구나 한 번도 신지 않은 새 것을…….
> 　철수 내외는 서로 얼굴만 쳐다볼 뿐 도로 물어본달 수도 없고 해서 그만두었다.
> 　보리밭 사이 조그만 언덕길로 옥색 고무신을 신은 남이는 갔다. 자지내 골짜기로 꽃
> 놀음을 가는 줄만 알았던 남이가 난데없는 영감 하나를 따라가고 있는 광경을 엿장수
> 는 울음고개 위에서 멀거니 바라보고 있는 것을 남이 자신이야 알 리도 없었다.

① 좋아하는 사람이 사 준 물건 → 남이의 입장에서 좋아하는 사람인 엿장수가 사 준 물건임.
② 좋아하는 사람에게 선물한 물건 → 엿장수의 입장에서 좋아하는 사람인 남이에게 선물한 물건임.
③ 두 사람의 이별을 상징하는 물건 → [보기]에서 남이가 엿장수가 선물한 '고무신'을 신고 떠나고 있으므로, 이별을 상징
　　　　　　　　　　　　　　　　　하는 물건이라고 볼 수 있음.
④ 두 사람 사이의 사연이 담긴 물건 → '고무신'에는 엿장수가 남이에게 붙은 벌을 잡아 주며 호감을 느끼게 된 사연이 담겨 있음.
⑤ 마을을 떠나는 아쉬움을 나타내는 물건

[보기]는 이 글의 마지막 부분으로 남이가 엿장수와 이별하는 장면입니다. [보기]에서 남이가 신고 가는 옥색 고무
신은 이 글에서 엿장수가 찾지 못하면 사 주겠다고 한 고무신으로 이별을 상징하고 있습니다. 또, 이 고무신은 남
이와 엿장수 사이에 추억을 만들어 준 사연이 담긴 물건으로 마을을 떠나는 아쉬움과는 거리가 멉니다.

7
감상
하기

이 글에 대한 감상으로 알맞지 않은 것은 무엇인가요? (④)

① 엿장수와 남이가 처음으로 만나게 된 고무신과 관련한 사건이 드러나 있어.
② 마지막 부분에서 엿장수와 남이가 서로에게 호감을 가졌다는 것을 알 수 있어. → 둘의 눈이 마주침.
③ 글쓴이는 이야기 속에서 사투리를 사용해 향토적이고 정다운 느낌을 주고 있어. → 남이와 엿장수 모두 사투리를 사용함.
④ 글쓴이는 고무신을 소재로 당시 사람들의 가난하고 힘든 생활을 표현하고 있어.
⑤ 엿장수가 사라진 것이 얼마 되지 않았으므로, 시간적 배경은 가까운 옛날일 거야.
　　　　　　　　　　　　　　　　　　→ 작품에 등장하는 직업으로 시대적 배경을 추측할 수 있음.

글쓴이는 이 글에서 '고무신'을 통해 남이와 엿장수의 만남과 호감을 갖게 되는 과정을 표현하고 있습니다. 글쓴이
가 당시 사람들이 가장 많이 썼던 고무신을 통해 표현하려고 한 것은 가난하고 힘든 생활상이 아니라, 엿장수와 남
이의 순수하고 애틋한 사랑입니다.

저 갈고, 동네 농부에게 내 밭을 먼저 김매게 할 수 있다. 감히 누가 나를 욕하겠는가. 욕하는 놈의 코에 잿물*을 따르고 상투를 잡고 수염을 뽑더라도 원망*조차 못할 것이다."

여기까지 듣던 부자가 혀를 내두르며* 말하였다.

"그만 두시오. 맹랑하구먼*. 나를 도적놈으로 만들 셈이오?"

하고는 머리를 흔들면서 달아났다. 그 뒤부터는 죽을 때까지 '양반'이라는 말을 입 밖에 내지* 않았다.

– 박지원, 「양반전」

● ● ●

1 이 글에 대한 설명으로 알맞지 <u>않은</u> 것은 무엇인가요? (③)

세부내용

① 중심 사건은 양반의 신분을 사고판 일이다. → 군수가 양반 신분을 사고팔기 위해 증서를 만든 일이 나타나 있음.

② 첫 번째 증서에는 양반이 지켜야 할 의무가 들어 있다. → 새벽 5시에 일어나 글을 읽고 배고픔과 추위를 참아야 하는 것 등은 양반의 의무임.

③ 부자는 글쓴이가 비판하려는 계층을 대표하는 인물이다.

④ 당시 사회 상황에 대한 글쓴이의 비판 의식이 드러나 있다. → 양반의 겉치레와 권력을 함부로 사용하는 태도를 비판함.

⑤ 두 번째 증서에는 양반이 누릴 수 있는 권리가 나타나 있다. → 과거를 보고 관리가 되어 편안히 살 수 있는 양반의 권리가 드러남.

부자는 양반이 나라에서 빌린 곡식을 대신 갚아 주고 양반 신분을 사려고 하는 상인입니다. 이 글에서 글쓴이는 양반의 겉치레와 권력을 함부로 사용하는 태도를 비판하고 있으므로, 글쓴이가 비판하려는 계층을 대표하는 인물은 양반입니다.

2 이 글을 쓴 방법으로 알맞은 것은 무엇인가요? (④)

구조알기

① 양반과 부자의 주장에 대해 옳고 그름을 논리적으로 밝히고 있다. → 양반의 주장 없이 증서를 고쳐 쓰자는 부자의 주장만 나타남.

② 양반이 신분을 팔게 한 원인이 되는 사건을 요약해서 설명하고 있다. → 신분을 팔게 한 원인이 되는 사건은 자세히 나타나지 않음.

③ 양반과 네 가지 신분이 어떻게 다른지 차이점을 들어 설명하고 있다. → 양반의 권리만 드러남.

④ 군수가 양반 증서를 고쳐 쓰는 과정을 시간의 흐름에 따라 보여 준다.

⑤ 양반과 부자, 군수와 마을 사람들의 모습을 그림을 그리듯이 보여 준다. → 마을 사람들이 한자리에 모였다는 사실만 나타남.

이 글에는 군수가 온 마을 사람들을 불러 양반 증서를 만들고 이를 듣고 난 부자의 요청으로 고쳐 쓰는 과정이 시간의 흐름에 따라 나타나 있습니다.

3 '부자'가 증서를 다시 써 달라고 한 까닭은 무엇인가요? (①)

세부내용

① 양반으로서 지켜야 할 일이 많다고 생각해서

② 양반이 되면 신선처럼 될 것이라고 생각해서

③ 양반이 되면 많은 이익을 얻을 수 있을 것 같아서 → 양반 증서를 쓰기 전에 부자가 가졌던 생각임.

④ 군수가 양반의 편에 서서 문서를 썼다고 생각해서

⑤ 양반이 누리는 것들이 공정하지 못하다고 생각해서

부자가 양반 증서를 다시 써 달라고 한 까닭은 부자의 말 "양반이라는 게 ~ 고쳐 주시오." 부분에 나타나 있습니다. 부자는 양반이 되면 신선이 된 것처럼 좋은 일이 많을 것이라고 생각했는데 양반이 지켜야 할 점만 많다고 생각해 증서를 고쳐 써 달라고 말했습니다.

4 ㉠과 바꾸어 쓸 수 있는 낱말로 알맞은 것은 무엇인가요? (①)

어휘어법

① 어리둥절하여

② 고리타분하여 → 내용이나 생각이 재미가 없어 지루하거나 시대에 맞지 않아 답답하다.'는 뜻

③ 싱숭생숭하여 → '마음이 들떠서 어수선하고 불안정하다.'라는 뜻

④ 복작복작하여 → '많은 사람이 좁은 곳에 모여 어수선하고 시끄럽게 자꾸 움직이다.'라는 뜻

⑤ 글썽글썽하여 → '눈에 눈물이 곧 흘러내릴 것처럼 자꾸 가득 고이다.'라는 뜻

㉠은 '뜻밖에 놀랍거나 기막힌 일을 당하여 어리둥절하다.'라는 뜻입니다. 이와 바꾸어 쓸 수 있는 비슷한 낱말은 '일이 돌아가는 상황을 잘 알지 못해서 정신이 얼떨떨하다.'라는 뜻의 '어리둥절하다'입니다.

5
추론
하기

이 글에 나타난 당시의 사회 모습으로 알맞지 (않은) 것은 무엇인가요? (④)

① 부자가 되면 돈으로 양반 신분을 살 수 있었다. → 부자가 양반 대신 곡식을 갚고 양반 신분을 샀음.

② 양반은 가장 높은 신분으로 많은 특권을 누렸다. → 두 번째 증서에 나타남.

③ 군수는 관청의 행정뿐 아니라 법적인 문제도 해결했다. → 군수가 양반 증서를 써 주고 도장을 찍은 모습에 나타남.

④ 남인은 과거를 통해 관리를 임명하는 권한을 가지고 있었다.

⑤ 굶주린 백성들을 위해 관청에서 곡식을 빌려 주는 제도가 있었다. → 양반이 나라에서 환곡을 빌렸으나 갚지 못해서
                                                           양반을 팔았음.

두 번째 양반 증서에서 '권세 있는 남인에게 잘 보이면 수령 노릇도 할 수 있다.'라고 한 부분은 과거를 보지 않아도 권세 있는 남인에게 잘 보이면 관리가 될 수 있는 사회를 비판하는 부분입니다. 남인이 과거를 보고 관리를 임명하는 권한을 가지고 있었던 것은 아닙니다.

┌─ '풍자'의 표현 방법

6
추론
하기

글쓴이가 [보기]의 방법으로 비판한 양반의 모습이 (아닌) 것은 무엇인가요? (③)

> [보기]　풍자란, 대상을 우스꽝스럽게 비꼬면서 놀리거나 비판하는 웃음이다. 주로 대상의 도리에 어긋나거나 이치에 맞지 않는 모습, 부도덕한 모습을 비판할 때 쓰는 표현 방법이다.

① 백성에게 횡포를 부리는 모습

② 하는 일 없이 놀고 먹는 모습

③ 재물에 대한 욕심이 없는 모습

④ 체면과 겉치레만 신경 쓰는 모습

⑤ 돈을 주고 벼슬을 사고파는 모습

글쓴이는 첫 번째 증서에서 양반이 농사나 장사와 같은 일도 하지 않고 체면과 겉치레만 신경 쓰는 모습을 비판하고 있습니다. 또, 두 번째 증서에서는 이웃의 소와 농부를 데려다가 일을 시키는 등 백성들에게 횡포를 부리는 모습과 남인에게 잘 보여 돈을 주고 벼슬을 사는 모습 등을 비판하고 있습니다.

[수능 연계]

┌─ 박지원의 「양반전」 창작 의도

7
감상
하기

[보기]를 참고할 때, 이 글을 알맞게 감상하지 (못한) 것은 무엇인가요? (②)

> [보기]　지윤: 「양반전」을 쓴 박지원은 어떤 사람이었나요? ┐ 농사도, 장사도 하지 않는 무능한 양반 비판
>
> 선생님: 박지원은 조선 시대의 실학자로, 백성들을 잘살게 만들기 위해 우리보다 앞선 청나라의 문물과 서양의 과학 기술을 받아들이자고 주장했어요. 경제를 살려 백성들의 살림이 넉넉해야 도덕성도 갖게 된다는 주장을 폈지요.
>
> 지윤: 그럼 이 작품에도 그런 글쓴이의 생각이 들어 있겠네요?
>
> 선생님: 맞아요. 「박지원은 이 작품을 쓴 까닭에 대해 "선비는 가난하더라도 선비의 본분을 잊어서는 안 된다. 오늘날 선비들은 마땅히 지켜야 할 도리와 절개를 갖추는 데 힘쓰지 않고 있다. 도리어 부질없이 가문만을 재물로 여겨 조상이 쌓아 놓은 덕 → 양반 신분을 사고파는 일 비판
을 사고팔게 되니 이야말로 장사꾼과 무엇이 다르랴. 이에 「양반전」을 짓는다."라고 말했답니다.」 「 」 「양반전」을 쓴 까닭

① 부자가 말한 '도적놈'은 본분을 잊고 권력을 휘두르는 양반들을 비판한 표현이야. → [보기]에서 박지원은 양반들이
                                                        선비의 본분을 잊었다고 생각했음.

② 군수가 만든 첫 번째 증서에서는 양반에 대한 긍정적인 모습이 주로 드러나 있어.

③ 글쓴이는 돈으로 신분을 사고팔 수 있었던 당시의 사회 모습을 작품으로 표현했어. → [보기]의 「양반전」을 쓴 까닭과 관련 있음.

④ 글쓴이는 농사도, 장사도 하지 않는 양반은 경제적으로 쓸모가 없다고 생각하고 있어. → 박지원이 주장했던 내용에 나타남.

⑤ 글쓴이는 신분을 파는 양반은 조상이 쌓아 놓은 덕을 사고파는 것과 같다며 비판하고 있어.
                                     → [보기]의 「양반전」을 쓴 까닭과 관련 있음.

글쓴이의 주장과 작품을 쓴 까닭을 살펴보면 첫 번째 증서에서는 농사도 장사도 하지 않고 글만 읽고 겉치레만 신경 쓰는 양반의 모습을 부정적으로 그렸다는 것을 알 수 있습니다. 따라서 ②는 이 글에 대한 감상으로 알맞지 않습니다.

1
세부
내용

이 시에 대한 설명으로 알맞지 <u>않은</u> 것은 무엇인가요? (　②　)

① 비슷한 뜻을 가진 낱말을 여러 개 늘어놓고 있다. → 4연에서 다양한 보석들을 나열함.
②문장을 명사로 끝맺어 역동적인 분위기를 표현한다.
③ 1연, 2연, 3연은 비슷한 의미를 지녀 한 쌍을 이룬다. → 1 ~ 3연은 비슷한 성격을 지닌 연임.
④ 비슷한 구조를 가진 문장을 반복해 운율을 만들어 낸다. → '교실은 ~이다.'의 문장을 반복함.
⑤ 감각적인 표현을 사용해 대상을 생동감 있게 나타내고 있다. → '초롱초롱, 까르르'가 해당함.

이 시는 명사로 끝맺는 문장을 써서 시적 여운을 주고 있습니다. 글쓴이는 끝맺는 문장이 아니라 문장 속에 있는
여러 가지 비유적인 표현을 통해 학생들의 모습을 밝고 활기찬 분위기로 표현하고 있습니다.

2
세부
내용

'말하는 이'에 대한 설명으로 알맞지 <u>않은</u> 것은 무엇인가요? (　③　)

① 교실 안에 있는 학생들을 바라보는 '선생님'이다. → 교실 안에서 학생들을 '너희들'이라고 부르고 있음.
② 표현하려는 대상을 예찬하는 태도를 보이고 있다. → 너희들의 눈, 웃음, 볼, 이마 등을 구체적으로 예찬함.
③자신의 감정을 조절하면서 대상을 담담하게 바라보고 있다.
④ 감탄하는 낱말을 써서 학생들에 대한 감정을 표현하고 있다. → 5연의 '아'와 같은 감탄사로 학생들에 대한 감정을 표현함.
⑤ 대상에게 친근하게 말을 건네는 듯한 다정한 말투를 사용하고 있다. → 학생들에게 말을 건네듯 다정한 말투를 사용함.

이 시에서 말하는 이는 교실 안에서 학생들을 보는 선생님입니다. 말하는 이는 마지막 연의 '아'라는 감탄사를 써서
자신의 감정을 드러내며, 영원히 빛나는 속성을 지닌 너희들을 감탄하며 예찬하고 있습니다.

3
어휘
어법

이 시에서 <u>비유한 대상</u>을 알맞게 정리한 것은 무엇인가요? (　③　)

	표현 대상	빗대어 표현한 대상	비슷한 점
①	교실	별밭	웃음 → 반짝임
②	교실	장미밭	열정 → 흐드러짐
③	너희들의 볼	사과	향긋함
④	너희들의 눈	장미 → 별	찬란함 → 빛남
⑤	너희들의 이마	사파이어	흐드러짐 → 찬란함

이 시에서 글쓴이는 교실을 별밭, 장미밭, 사과밭, 보석밭에 빗대어 표현했습니다. 또, 학생들의 맑은 눈과 환한 웃
음, 싱그러운 볼과 빛나는 이마를 다양한 비유적 표현을 통해 표현했습니다. 학생들의 눈과 별은 반짝임이, 웃음과
장미는 흐드러졌다는 점이, 볼과 사과는 향긋함이, 이마와 보석은 찬란하다는 점이 비슷합니다.

┌── 2연 1행 '교실은 흐드러진 장미밭이다.'의 뜻

4
추론
하기

㉠의 함축적 의미로 가장 알맞은 것은 무엇인가요? (　④　)

① 교실에 장미가 많이 피었다.
② 학생들이 장미처럼 흐드러지게 많다.
③ 아름다운 장미 향기로 가득 차 있는 교실이다.
④장미가 핀 모습처럼 아이들의 웃음소리가 교실을 환하게 한다.
⑤ 교실 속에서 장미 한 송이를 피우기 위해 학생 모두가 노력하고 있다.

㉠은 교실을 흐드러진 장미밭에 빗대어 표현한 부분입니다. 말하는 이는 학생들의 웃음소리가 가득한 활기찬 교실
안의 모습을 사랑, 열정, 순결 등을 상징하는 장미가 흐드러진 밭에 빗대어 표현했습니다.

┌ '상징'의 개념과 효과

5
추론
하기

[보기]를 참고할 때 ㉮에 들어갈 낱말은 무엇인가요? (　⑤　)

[보기] '상징'은 표현하려고 하는 추상적인 관념이나 사상
을 구체적인 사물을 통해 암시하여 나타내는 방법이
'상징'의 개념
다. 낱말이 지닌 본래의 의미에 새로운 의미를 제시해
주므로, 표현하고자 하는 의미를 더욱 섬세하고 풍부
하게 표현할 수 있다.　'상징'의 효과
　이 시의 1연에서는 '별'에 꿈, 희망, 이상이라는 함축
적인 의미를 담아 전달하고 있다.

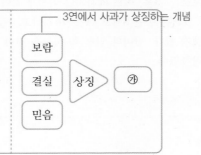

① 별　　　　　　　② 장미　　　　　　　③ 교실
④ 보석　　　　　　⑤ 사과

[보기]는 추상적인 개념을 구체적인 사물을 통해 나타내는 '상징'의 표현 방법을 설명하고 있습니다. 이 시의 3연에
서 보람, 결실, 믿음 같은 추상적인 개념을 표현한 구체적 낱말은 '사과'입니다.

6
주제
찾기

이 시의 주제로 가장 알맞은 것은 무엇인가요? (　①　)

①교실 안 학생들의 모습 예찬
② 꿈을 이루기 위한 학생들의 노력 → 말하는 이는 선생님이므로 주제로 알맞지 않음.
③ 긍정적으로 살아가려는 마음의 중요성
④ 보석처럼 빛나는 사과밭의 향긋한 내음 → 학생들을 빗대어 표현한 대상임.
⑤ 꿈을 향해 나아가는 학생들의 강인한 의지 → 말하는 이는 선생님이므로 주제로 알맞지 않음.

이 시는 교실을 별밭, 장미밭, 사과밭, 보석밭에 빗대어 반짝이는 눈과 환한 웃음, 싱그러운 볼과 빛나는 이마로 표
현되는 교실 안에 있는 학생들의 모습을 예찬하고 있습니다.

7
감상
하기

이 시에 대한 감상을 알맞게 말하지 못한 친구는 누구인가요? (　④　)

① 도윤: 학생들이 사용하는 교실을 여러 가지 밭에 비유해서 표현했어. → 별밭, 장미밭, 사과밭, 보석밭에 비유함.
② 채은: 빛나는 학생들의 이마를 상상하니 귀하고 아름답다는 생각이 들었어. → 4연에 대한 감상 내용임.
③ 한율: 학생들의 눈과 웃음, 볼 등으로 말하는 이의 시선이 옮겨지고 있구나. → 1~4연의 흐름에서 알 수 있음.
④ 정민: 나도 교실 안에 사과나무를 심어서 아름다운 향이 나게 하고 싶어졌어.
⑤ 수아: 시를 읽으면 교실 안에서 반짝이는 눈으로 선생님을 바라보는 학생들이 떠오르네. → 1연에 대한 감상 내용임.

이 시는 3연에서 교실을 사과밭에, 학생들의 싱그러운 볼을 사과에 빗대어 표현하고 있습니다. 실제 사과를 표현한
것이 아니라 학생들의 볼을 사과에 비유한 것이므로, 실제 사과나무를 심고 싶다는 정민이의 감상은 알맞지 않습
니다.

만약의 경우라도 당하면 어떻게 하나 하는 것이 가장 안타까웠다. 그리고, 전쟁도 또 언제 끝날는지 모르는 것을, 어느 때까지나 이렇게 호박 덩굴 속에만 누워 배길 수도 없는 노릇이라고 생각되었다.

그러는 동안 8월도 그믐*이 지나고 9월 중순께가 되었다. 유엔군이 인천에 상륙했다는* 소문이 전해져 왔다. 밤마다 인천 쪽 하늘은 진한 놀 같은 불빛으로 물들어졌다. 차차 대포 소리가 들리기 시작하였다.

― 김동리, 「아버지와 아들」

● ● ●

1 이 글의 내용으로 알맞은 것은 무엇인가요? (　③　)

세부 내용

① 승준이는 전쟁이 터지자 의용군에 자원했다. → 승준이는 의용군에 끌려갈까 봐 걱정하고 있음.

② 동회장이 승준이를 몰아세우며 괴뢰군에 동원했다. → 승준이를 몰아세운 것은 괴뢰군 사병임. 동회장은 승준이를 감싸주고 동원에 나가도록 했음.

③ 승준이는 헤어져 지내는 아버지와 동생 순녀를 걱정했다.

④ 승준이는 괴뢰군에게 아버지와 동생의 핑계를 대지 않았다. → 승준이는 "어떻게 합니까? ～ 굶을 지경인걸요."라고 말하며 아버지와 동생의 핑계를 댐.

⑤ 승준이는 뚝섬에서 숨어 지내는 동안 아무 일도 하지 않았다. → 승준이는 뚝섬에서 숨어 지내며 밭에서 일하고 있음.

이 글의 ㈐ 부분에서는 승준이가 따로 떨어져 지내는 아버지와 동생 순녀를 걱정하고 있다는 것을 알 수 있습니다. 특히 승준이는 아버지가 아파서 더욱 걱정을 하고 있습니다.

2 '승준이'가 집에 가지 않고 숨어 지내는 까닭은 무엇인가요? (　③　)

세부 내용

① 유엔군이 올 때까지 기다리려고 → 유엔군이 오는 것을 알지 못했음.

② 아픈 아버지를 치료시켜 일하게 하려고

③ 의용군으로 언제 끌려갈지 모르기 때문에

④ 아버지와 헤어져서 새로운 가정에서 지내려고 → 아버지와 동생을 걱정하고 있으므로 알맞지 않음.

⑤ 자신의 딱한 형편을 괴뢰군이 알아주지 않아서 → 승준이가 동원에 나간 까닭임.

승준이가 아버지, 순녀와 떨어져서 뚝섬에 숨어 지내는 까닭은 ㈎ 부분에 나타나 있습니다. 승준이는 의용군으로 언제 끌려갈지 몰라 뚝섬에 숨어서 지내고 있습니다.

3 이 글에 나타난 '승준이'의 성격으로 알맞은 것은 무엇인가요? (　④　)

추론 하기

① 일하기 싫어한다. → 뚝섬에 숨어 있으면서 밭일을 열심히 함.

② 정치에 관심이 많다. → 동회에 간 것은 자신의 사정을 호소해 보기 위해서임.

③ 공부하는 것을 좋아한다.

④ 가족에 대한 애정이 깊다.

⑤ 웃어른에 대한 예의가 없다. → 동회장의 말을 거절하지 못하고 듣는 것으로 보아 웃어른에 대한 예의가 있음.

승준이는 집안의 가장으로 아버지와 어린 동생 순녀를 위해 밥벌이를 하고 있습니다. 절반은 뚝섬에서 일하고 절반은 동원에 끌려 나가는 힘든 상황에서도 아버지와 순녀를 걱정하고 있습니다. 이러한 승준이의 모습에서 가족에 대한 애정이 깊고 다정한 성격임을 짐작할 수 있습니다.

4 밑줄 친 낱말이 ㉠과 다른 뜻으로 쓰인 것은 무엇인가요? (　④　)

어휘 어법

① 누나는 날마다 일에 지친 모습이 딱했다. 딱하다: 사정이나 처지가 애처롭고 가엾다.

② 사정이 딱한 것은 알지만 어쩔 수 없었다.

③ 우리 주변에는 딱한 사정을 가진 사람들이 있다.

④ 아무리 급해도 당신이 나서기 딱하면 그만두세요.

⑤ 어린아이가 추위에 떨며 구걸하는 모습이 딱해 보였다.

㉠의 '딱하다'는 '사정이나 처지가 애처롭고 가엾다.'는 뜻입니다. 그러나 ④의 '딱하다'는 '일을 처리하기가 난처하다.'라는 뜻입니다. '딱하다'의 앞에 '사정이나 처지가' 또는 '일을 처리하기'를 넣어 보면 쉽게 찾을 수 있습니다.

5

추론
하기

㉮ 부분에서 짐작할 수 있는 승준의 마음은 어떠한가요? (⑤)

① 수줍고 멋쩍다.　　　　　　　　　　② 기쁘고 행복하다.

③ 속상하고 억울하다.　　　　　　　　④ 여유롭고 편안하다. → ㉮ 부분에 나타난 승준의 마음과 반대되는 심정임.

⑤ 불안하고 걱정스럽다.

㉮ 부분은 승준이 의용군으로 끌려갈까 봐 걱정하는 부분입니다. 승준이는 이틀은 뚝섬에서, 또 다른 이틀은 한강 철교 복구장에 나갔지만, 언제 의용군에 끌려갈지 모른다고 생각하고 있습니다. 이러한 상황에서 승준이는 어떻게 해야 할지 몰라 불안하고 걱정스러웠을 것입니다.

6

구조
알기

글쓴이가 ㉯ 부분을 쓴 방법으로 알맞은 것은 무엇인가요? (①)

① 인물이 마음속으로 느끼는 갈등을 보여 주고 있다.

② 인물들의 대화를 중심으로 이야기가 펼쳐지고 있다. → 대화는 글의 앞부분에만 잠깐 나타남.

③ 공간적 배경에 대해 그림을 그리듯이 보여 주고 있다. → 승준이가 일하는 뚝섬에 대한 내용은 자세하지 않음.

④ 인물이 자신의 과거를 떠올리는 방식으로 이야기가 진행된다. → 승준이의 과거는 나타나지 않음.

⑤ 인물의 행동에 대한 까닭을 하나씩 밝혀내면서 이야기가 진행된다. → 인물의 행동보다 마음이 주로 나타남.

㉯ 부분은 뚝섬에서 밭일을 하며 숨어 지내는 승준이의 마음이 잘 드러난 부분입니다. 승준이는 아버지와 동생에 대해 걱정하는 한편 언제까지 숨어 있을 수 없다고 생각하며 갈등하고 있습니다. 글쓴이는 이러한 승준이의 마음 속 갈등을 섬세하게 보여 주고 있습니다.

7

감상
하기

─ 이 글의 역사적 배경 설명

[보기]를 참고해 이 글을 감상한 것으로 알맞지 <u>않은</u> 것은 무엇인가요? (⑤)

[보기]　　이 작품에는 6·25 전쟁 무렵 서울에 살던 사람들의 생활이 잘 드러나 있다. 1950 년 6월 25일, 북한군의 불법 남침으로 시작된 6·25 전쟁은 처음에는 소련의 지원을 받은 북한이 삽시간에 낙동강 이남을 제외한 남한의 영토를 점령했다. 그러자 유엔은 유엔군을 파견해 인천 상륙 작전으로 곧바로 서울을 되찾고 그 기세를 몰아 북진했 다. 남한과 북한이 엎치락뒤치락하던 중 중공군이 개입하면서 전쟁은 교착 상태에 머 물다가 1953년 7월 27일에 휴전 협정이 이루어졌다. 이 과정에서 <u>서울 사람들은 짧 은 시간 동안 이념이 다른 사람들끼리 충돌하고 희생당하는 일이 많았다.</u> 특히 <u>청년 들은 자신의 의지와 상관없이 의용군에 끌려가서 같은 민족끼리 총을 들이대야 하는 상황</u>에 처하기도 했다.　　승준이의 실제 모델인 서울 청년들의 상황

① 이 글은 북한군이 서울을 점령했을 때를 배경으로 하고 있구나. → 서울에 사는 승준이 괴뢰군에게 사정하는 상황에서 짐작할 수 있음.

② 글쓴이는 꾸며 낸 이야기 속에 실제 사건을 집어넣어 사실적인 느낌을 주고 있어. → 이 글의 시간적 배경은 실제 역사적 사건임.

③ 당시 서울 청년들처럼 승준이도 의용군에 끌려가지 않으려고 뚝섬에 숨어 있었군. → 승준이의 모습과 [보기]를 통해 짐작할 수 있음.

④ 이 글의 마지막 부분은 9월 중순에 있었던 유엔군의 인천 상륙 작전을 뜻하는 거네. ┐ '그러는 동안 ~ 들리기 시작하였다.'

⑤ 승준이는 변화가 심했던 시대에 적응하지 못한 인물로 인간의 한계를 보여 주고 있군. ┘ 에서 짐작할 수 있음.

[보기]는 이 글의 역사적 배경인 6·25 전쟁에 대해 설명하고 있습니다. 이 글 속 승준이는 전쟁 상황의 변화에 따라 북한군과 유엔군이 교대로 점령했던 서울에 사는 청년이었습니다. 승준이는 아픈 아버지와 어린 동생을 먹여 살리면서 의용군에 끌려가지 않으려고 숨어 지내고 있습니다. 승준이는 변화가 심했던 시대에 가족을 위해 희생했 던 청년의 대표적인 인물이지, 시대에 적응하지 못하거나 인간의 한계를 보여 주는 인물이 아닙니다.

"제가 죽었다는 것을 제 아내에게 말하지 마세요. 하나님을 미워하지 않도록 도와주세요. 제 아이들에게도 정직하게 하나님의 뜻을 따라서 살라고 해 주시고 마님*과 식구들에게 저의 사랑을 전해 주세요."

마지막 말을 마친 톰 아저씨는 평화로운 얼굴로 숨을 거두었다. 조지가 흐르는 눈물을 닦고 뒤돌아서자 레글리가 히죽거리며 서 있었다. 조지는 분노를 참지 못하고 레글리에게 일격*을 날렸다. 그리고 [㉠]

— 해리엇 비처 스토, 「톰 아저씨의 오두막」

● ● ●

1 **이 글에 대한 설명으로 알맞은 것은 무엇인가요? (③)**

세부
내용

① 주인공의 살고자 하는 의지를 엿볼 수 있다. → 조지가 집에 가자고 하지만 톰 아저씨는 죽음을 받아들이고 있음.
② 인물의 심리를 그림을 그리듯이 설명하고 있다. → 인물의 대화와 행동이 주로 나타남.
③ 노예 제도가 있었던 시대를 배경으로 하고 있다.
④ 전쟁의 비참한 현실을 사실적으로 드러내고 있다. → 노예들이 있는 농장을 배경으로 노예들의 비참한 현실이 드러남.
⑤ 모든 일은 정의로 극복할 수 있다는 주제를 담고 있다. → 이 글의 주제는 노예 제도의 잔인함을 고발하는 것임.

톰 아저씨를 비롯한 흑인 노예들은 농장 주인이자 백인인 레글리에게 학대를 당하고 톰 아저씨는 모진 학대 끝에 죽었습니다. 이를 통해 이 글이 노예 제도가 있었던 시대의 미국의 한 농장을 배경으로 하고 있다는 것을 알 수 있습니다.

2 **이 글의 내용으로 알맞지 않은 것은 무엇인가요? (③)**

세부
내용

① 톰 아저씨는 악독한 주인 레글리에게 학대를 받았다. ┐
② 레글리는 노예들을 괴롭히고 같은 노예들끼리도 서로 괴롭히게 했다. ┘ → ㈎ 부분에 나타남.
③ 조지 셸비는 달아난 노예인 톰 아저씨를 잡으려고 레글리 농장에 왔다.
④ 톰 아저씨는 죄를 짓지 말라고 레글리를 타이르고 자신을 괴롭히던 사람들을 용서했다. → ㈎ 부분에 나타남.
⑤ 톰 아저씨는 아내와 아이들이 하나님을 원망하지 않게 하려고 죽음을 알리지 못하게 했다.
→ 톰 아저씨가 죽기 전에 한 마지막 말에 나타남.

뒤늦게 소식을 듣고 톰 아저씨를 찾아온 조지 셸비는 집으로 가자고 말하며 학대당한 톰 아저씨를 보며 가슴 아파하고 있습니다. 톰 아저씨가 한 말에서 미루어 보면 톰 아저씨는 스스로 떠난 것이므로, ④의 내용은 알맞지 않습니다.

3 **㈎ 부분에 나타난 '톰 아저씨'가 가진 삶의 태도를 나타내는 한자 성어는 무엇인가요? (③)**

어휘
어법

① 침소봉대(針小棒大): 작은 일을 크게 부풀려서 말함.
② 교언영색(巧言令色): 아첨하는 말과 알랑거리는 태도.
③ 살신성인(殺身成仁): 자기 자신을 희생하여 어진 행동을 함.
④ 양두구육(羊頭狗肉): 겉보기만 그럴듯하게 보이고 속은 변변하지 않음.
⑤ 자격지심(自激之心): 자신에 대해 스스로 만족하지 못하고 부끄럽게 생각하는 마음.

톰 아저씨는 학대를 당하고 매를 맞아 죽어가면서도 자신을 괴롭힌 주인의 영혼을 걱정하고 자신을 괴롭힌 노예들을 용서했습니다. 톰 아저씨는 자신의 몸을 희생해서라도 올바른 삶을 살려고 하므로, 이와 같은 삶의 태도를 '살신성인'과 같은 한자 성어로 표현할 수 있습니다.

4 '톰 아저씨'의 성격으로 알맞은 것은 무엇인가요? (④)

추론
하기

① 화가 많고 난폭하다. → 농장 주인 레글리의   ② 머리가 좋고 재빠르다.
                   성격

③ 교활하고 이기적이다.   ④ 의리가 있고 신앙심이 깊다.

⑤ 우유부단하며 판단력이 흐리다.

톰 아저씨는 다른 흑인 노예들의 탈출을 돕고 자신이 고통을 당하면서도 주인에게 말하지 않습니다. 또, 자신을 못
살게 굴었던 주인의 영혼을 걱정하고 자신을 괴롭힌 노예들을 용서했습니다. 이를 통해 톰 아저씨가 의리가 있고
신앙심이 깊다는 것을 알 수 있습니다.

5 ㉠에 들어갈 내용으로 알맞은 것은 무엇인가요? (④)

추론
하기

① 레글리를 교도소에 보냈다. → 글의 내용만으로 짐작하기 어려움.

② 톰 아저씨를 집으로 데려갔다. → 자신의 죽음을 알리지 말라는 톰 아저씨의 말에 어긋남.

③ 레글리에게 톰 아저씨의 밀린 임금을 받았다. → ㉠ 앞의 내용과 어울리지 않는 내용임.

④ 톰 아저씨를 양지 바른 언덕에 고이 묻어 주었다.

⑤ 톰 아저씨가 죽었다는 것을 톰 아저씨의 아이들에게 알렸다. → 자신의 죽음을 알리지 말라는 톰 아저씨의 말에 어긋남.

㉠에 들어갈 내용은 ㉠ 앞부분의 내용으로 미루어 짐작할 수 있습니다. 조지 셸비는 톰 아저씨를 다시 가족이 살고
있는 집으로 데려가려고 했지만 톰 아저씨는 레글리의 학대로 죽음을 맞았습니다. 조지 셸비는 톰 아저씨를 집으
로 데려갈 수 없어서 좋은 곳에 묻어 줄 수밖에 없었을 것입니다.

수능 연계

— 작품의 창작 동기와 의의

6 [보기]를 참고할 때, 이 글의 주제로 알맞은 것은 무엇인가요? (③)

주제
찾기

[보기]   『톰 아저씨의 오두막』은 글쓴이가 1850년 미국 의회에서 통과된 '도망 노예법(노예
     의 도망을 도와준 사람을 처벌하는 법)'에 충격을 받아 노예 제도의 문제점과 흑인에 대 → 작품의 의의 ①
     한 백인들의 비인간적인 학대를 알리려고 쓴 저항 소설이다. 글쓴이가 한 흑인 목사
     를 모델로 창조해 낸 '톰 아저씨'라는 새로운 인물은 읽는 이들을 감동시켜 노예 제도 → 작품의 의의 ②
     를 두고 싸웠던 미국 남북 전쟁의 불씨가 되었다.

① 노예 제도를 찬성함. → 글쓴이는 노예 제도에   ② 도망 노예법에 반대함. → 글쓴이는 도망 노예법을 포함해 노예 제도 자체를 반대함.
               반대함.

③ 노예 제도의 잔인함을 고발함.   ④ 지식을 가진 흑인들을 존중함.

⑤ 종교를 가진 흑인들을 존중함.   └─ 글쓴이는 지식, 종교와 관련 없이 누구나 존중받아야 한다는 입장임.

[보기]는 글쓴이가 이 작품을 쓰게 된 창작 동기와 의의를 쓴 글입니다. 이 글에서 톰 아저씨가 겪은 일과 [보기]의
내용으로 미루어 글쓴이가 이 글을 통해 드러내려고 한 주제를 알 수 있습니다. 글쓴이는 노예 제도가 잘못된 일이
고 잔인한 일이라는 것을 고발하고 있습니다.

7 '톰 아저씨'의 행동에 대해 알맞게 평가한 것은 무엇인가요? (②)

비판
하기

① 도망친 노예들이 간 곳을 알려 주고 매를 맞지 말았어야 했어. → 톰 아저씨는 도망친 노예를 보호하기 위한 행동이었음.

② 자신을 괴롭힌 사람까지 용서한 톰 아저씨의 모습이 정말 숭고해 보여.

③ 자신을 팔아 버린 옛 주인을 원망하지 않는다고 말한 것은 위선적이야. → 자신을 괴롭힌 주인까지 용서했으므로, 위선적이라는
                                     평가는 잘못임.

④ 자신의 죽음을 아내와 아이들에게 알리지 말라고 한 것은 너무 이기적인 생각이야. → 죽음을 알리지 말라고 한 것은 가족들을
                                           위한 배려임.

⑤ 레글리처럼 나쁜 사람의 영혼까지 불쌍히 여기다니 톰 아저씨는 오지랖이 넓은 사람이야.
                └─ 자신을 죽음에 이르게 한 사람을 용서한 것은 숭고한 일임.

톰 아저씨는 도망간 노예가 간 곳을 말하지 않아 매를 맞지만, 자신을 괴롭힌 주인을 용서하고 그의 영혼을 걱정하
는 사람입니다. 이것은 보통 사람은 하기 힘든 행동이므로, 숭고하다고 할 수 있습니다.

"느 집엔 이거 없지?" / 하고 생색 있는 큰소리를 하고는 제가 준 것을 남이 알면 큰일날 테니 여기

(나) 서 얼른 먹어 버리란다. 그리고 또 하는 소리가,

"너 봄 감자가 맛있단다." / "난 감자 안 먹는다, 니나 먹어라."

나는 고개도 돌리려 하지 않고 일하던 손으로 그 감자를 도로 어깨 너머로 쑥 밀어 버렸다.

　그랬더니 그래도 가는 기색*이 없고, 뿐만 아니라 쌔근쌔근하고* 심상치* 않게 숨소리가 점점 거칠 어진다.

－ 김유정, 「동백꽃」

● ● ●

1 이 글에 대한 설명으로 알맞지 <u>않은</u> 것은 무엇인가요? (　④　)
세부
내용
① 주인공인 '내'가 사건을 들려주고 있다. → 말하는 이는 '나'임.
② 시골의 분위기가 느껴지는 장면이 드러난다. → 닭싸움, 감자 사건 등에서 시골의 분위기가 물씬 드러남.
③ 어수룩하고 순박한 중심 인물을 내세워 웃음을 준다. → '나'는 점순이의 호감을 눈치채지 못하고 이상하게 여기는 어수룩한
　　　　　　　　　　　　　　　　　　　　　　　　　　　　　　　　인물로 웃음을 줌.
④ 두 인물의 세대 차이 때문에 생긴 갈등으로 긴장감을 준다.
⑤ 사건의 원인을 알려 주기 위해 현재와 과거가 반대로 바뀌어 있다.
　→ 닭싸움은 오늘 있었던 일이고, 감자 사건은 나흘 전에 있던 일로, 현재와 과거가 바뀌어 있음.
이 글에는 닭싸움을 둘러싸고 '나'에게 호감을 보이다가 감자 때문에 마음이 상한 점순과 '나'와의 갈등이 드러나 있습니다. '나'와 '점순'이 갈등을 벌이는 까닭은 세대 차이가 아니라 '내'가 관심의 표시로 준 감자를 거절했기 때문입니다.

2 '내'가 한 일이나 생각한 일로 알맞은 것은 무엇인가요? (　⑤　)
세부
내용
① 감자를 가져다준 점순의 정성에 감동했다. → '나'는 점순이 준 감자를 거절함.
② 자신을 무시하는 점순의 행동에 상처받았다. → 자신의 호의를 무시한 '나'에게 상처를 받은 것은 점순임.
③ 점순이 자신에게 화가 난 까닭을 알게 되었다. ──┐
④ 일부러 닭싸움을 시키는 점순의 마음을 이해했다. ──┘ → '나'는 점순이 화가 난 까닭과 닭싸움을 붙인 까닭을 알지 못하고 있음.
⑤ 점순네 닭에게 당하는 자신의 닭을 보고 화가 났다.
'나'는 자신의 닭이 점순네 닭에 쪼여서 피를 흘리는 것을 보고 내 머리에서 피가 나는 것처럼 느껴서 화가 났습니다. 즉, 나의 닭은 나와 같은 힘없는 존재, 점순네 닭은 점순과 같은 힘 있는 존재로 느끼고 있는 것입니다.

3 '점순'의 성격으로 가장 알맞은 것은 무엇인가요? (　①　)
추론
하기
① 당돌하다.　　　　② 어리숙하다. → '나'의 성격임.　③ 욕심이 많다.
④ 거짓말을 잘한다.　　⑤ 장난기가 많다.
점순은 자신이 좋아하는 '나'에게 호감을 표현하려고 일을 나가는 나에게 말을 붙이고, 몰래 구운 감자를 주기도 합니다. 이러한 점순이의 행동으로 보아, 적극적이고 당돌한 성격임을 알 수 있습니다.

4 ㉠~㉤의 뜻으로 알맞지 <u>않은</u> 것은 무엇인가요? (　③　)
어휘
어법
① ㉠: 닭이 홰를 치는 소리.
② ㉡: '머리'를 낮추어 부르는 말.
③ ㉢: 야단스럽지 않고 꾸준하게.
④ ㉣: 어떤 사건.
⑤ ㉤: 바쁠 때에 쓸데없는 일로 남을 귀찮게 구는 짓.
㉢'실팍하게'는 '사람이나 물건이 보기에 매우 튼튼하고 속이 꽉 차 있게.'라는 뜻입니다.

5 이 글에서 일이 일어난 차례대로 기호를 쓰세요.

구조
알기

㉮ 우리 집 수탉이 점순네 수탉에게 쪼이고 있었다. 4

㉯ '나'는 점순이 준 감자를 거절하고 도로 밀어 버렸다. 3

㉰ 지게 막대기로 점순네 수탉을 헛매질로 떼어 놓았다. 5

㉱ 점순이 울타리를 엮는 '나'에게 쓸데없이 귀찮게 말을 붙였다. 1

㉲ 점순이 행주 치마에서 구운 감자 세 개를 꺼내 '나'에게 주었다. 2

(㉱) → (㉲) → (㉯) → (㉮) → (㉰)

이 글은 현재-과거의 순서로 이루어져 있습니다. 나흘 전에 점순이 울타리를 엮는 '나'에게 말을 붙이고(㉱) 행주 치마에서 구운 감자를 꺼내 주었습니다.(㉲) '나'가 감자를 거절하자(㉯) 오늘 우리 집 수탉이 점순네 수탉에게 쪼이고 있었습니다.(㉮) 이를 본 '나'는 헛매질로 우리 수탉에게서 점순네 수탉을 떼어 놓았습니다.(㉰)

─ 이 글이 쓰여진 시대적 배경

6 [보기]를 참고해 ㉮ 부분을 알맞게 이해한 것은 무엇인가요? (⑤)

감상
하기

[보기] 이 글은 1930년대 우리나라의 농촌을 배경으로 하고 있다. 당시 농촌에는 땅 주인인 지주와 지주의 땅에서 농사를 짓는 소작농이 있었다. 대다수의 가난한 농민들은 소작농이었는데, 땅을 빌리는 대신 수확한 곡물의 대부분을 지주에게 소작료로 주었다. 지주는 자신을 대신해 소작농들에게 받는 돈이나 소작권을 관리하는 사람인 마름을 두었다. 이 작품에서 '점순'은 마름의 딸이고, '나'는 소작농의 아들이다. → 점순과 '나'의 신분 차이

① '나'는 냉정한 승부의 세계를 인정하고 있어. → '나'는 자신의 수탉을 자신처럼 여겨 냉정하게 행동하지 못함.

② '나'는 점순이 닭싸움의 규칙을 알지 못해 화가 났어. → '나'는 자신의 닭이 점순네 닭에게 쪼이고 있어 화가 났음.

③ 점순은 '나'와의 신분 차이를 이용해 닭싸움을 붙였어. → 점순은 자신의 호의를 거절한 '나'에 대한 앙갚음으로 닭싸움을 붙였음.

④ '나'는 닭싸움이 우연히 일어난 일이라서 체념하고 있어. → '나'는 체념한 것이 아니라 적극적으로 닭싸움을 말렸음.

⑤ '나'는 화가 나지만 신분의 차이 때문에 물러설 수밖에 없었구나.

[보기]는 이 글이 쓰여진 시대적 배경을 설명하고 있습니다. '나'는 자신의 닭을 쪼아 대는 점순네 닭을 보고 화가 나지만 후려치지 못하고 겨우 헛매질로 떼어 놓았습니다. '내'가 마음을 고쳐먹은 것은 점순이 소작농의 소작권을 관리하는 마름의 딸이어서 점순네 닭을 함부로 할 수 없었기 때문입니다.

7 ㉯ 부분의 '나'와 비슷한 경험을 한 친구는 누구인가요? (④)

적용
창의

① 한비: 부모님과 함께 캠핑을 가서 모닥불에 감자를 구워 먹었어. → '감자'가 관심의 표시가 아님.

② 영후: 밸런타인데이에 좋아하는 친구 지아에게 초콜릿을 받았어. → 관심의 표시인 '초콜릿'을 돌려보내지 않고 받았음.

③ 경연: 내 생일날 나보다 동생이 케이크를 더 많이 먹어서 화가 났어. → ㉯ 부분의 경험과 관련 없는 내용임.

④ 지성: 혜나가 좋아한다는 쪽지와 함께 준 이어폰을 다시 돌려주었어.

⑤ 수아: 간식으로 동생과 치킨을 먹다가 남은 치킨을 동생에게 양보했어. → ㉯ 부분의 경험과 관련 없는 내용임.

㉯ 부분에서 '나'는 점순이 감자를 주는 것으로 관심을 표현했지만 거절하고 받지 않습니다. 이와 비슷한 경험을 말한 사람은 혜나가 좋아한다는 쪽지와 함께 준 이어폰을 거절하고 돌려보낸 경험을 말한 지성입니다.

그렇게 말한 아버지는 정말 짠하고* 속상한 눈빛으로 나를 바라보았다. 그러자 갑자기 나는 눈물이 찔찔 나기 시작했다. 나는 점점 콧물까지 삼키며 서럽게 울어 버렸다. 나도 모를 일이었다. 안댁이 어쩔 줄 몰라 했다.

"허허, 넘 부담시럽게…… 뚝 못 그치냐?"

아버지는 꺼칠한 손바닥으로 내 낯을 훔쳤다. 안댁이 집 안으로 뛰어 들어갔다가 돌아와 내 손에 뭔가를 덥석 쥐어 주었다. 천 원짜리 한 장이었다.

"공책 사서 써라 잉." / "아따, 뭘 이런 걸 주고 그란다요. 애 버릇 나빠지게."

아버지와 나는 마을을 걸어 나왔다. 장터에서 아버지는 자장면을 사 주었다.

– 전성태, 「소를 줍다」

- ● ● ● -

1 세부 내용

이 글에 대한 설명으로 알맞지 <u>않은</u> 것은 무엇인가요? (②)

① 주인공인 '내'가 사건을 이끌어 간다. → 말하는 이는 농촌 마을의 소년인 '나'임.

② 비속어를 많이 사용해서 경박한 느낌을 준다.

③ 소를 사랑하는 '나'의 순수한 마음을 느낄 수 있다. → 소가 다시 오기를 기다리고 소에게 정을 주고 있음.

④ 소를 둘러싼 인물들의 갈등과 심리가 잘 나타나 있다. → 소를 둘러싼 우리 집과 소 주인 사이의 갈등이 드러남.

⑤ 농사에 소를 이용하던 시대의 농촌을 배경으로 하고 있다. → 쇠꼴을 베거나 소를 소 주인에게 돌려주는 사건은 농촌 마을에서 벌어지는 일임.

이 글에서 사용한 비속어는 인물 간의 친밀감을 높여 주고 실제 벌어지는 일처럼 이야기의 사실성을 높여 주는 역할을 하고 있습니다. 또, 글 전반에 구수한 전라도 사투리를 사용해 독자들에게 농촌의 향토적 느낌과 정감을 느끼게 해 줍니다.

2 세부 내용

다음 설명에 알맞은 중심 글감을 글에서 찾아 쓰세요.

<u>소재: 글의 내용을 이루는 재료</u>

- '나'에게는 갖고 싶은 대상이자 <u>친구</u> 같은 대상
- '<u>아버지</u>'에게는 농사에 꼭 필요한 존재지만 가질 수 없었던 대상

(소)

'나'는 아버지가 소 주인에게 돌려준 소를 다시 찾아오기를 기다릴 정도로 소를 갖고 싶어 합니다. 이런 '나'의 마음을 아는 아버지는 여윳돈을 빌려서라도 소를 되사오려고 합니다. '소'는 '나'에게는 갖고 싶은 대상이면서 친구지만 아버지에게는 농사에 꼭 필요한 존재지만 비싸서 가질 수 없었던 대상입니다.

3 구조 알기

이 글에서 일이 일어난 차례대로 기호를 쓰세요.

㉮ 안댁을 만나 울음이 터진 '나'는 천 원을 받았다. 4

㉯ 어머니에게 소 주인이 나타났다는 소식을 들었다. 1

㉰ 아버지가 오쟁이 아버지와 함께 소를 돌려주고 왔다. 2

㉱ 집으로 돌아오는 길에 아버지는 장터에서 자장면을 사 주었다. 5

㉲ 아버지는 소를 다시 사 오려고 오쟁이 아버지한테 돈을 빌리려고 했다. 3

(㉯) → (㉰) → (㉲) → (㉮) → (㉱)

이 글에서 일어난 일은 다음과 같습니다. '나'는 어머니에게 소 주인이 나타났다는 소식을 듣고(㉯) 아버지가 소를 다시 찾아오기를 기다렸습니다. 아버지는 소를 돌려주고 오셔서(㉰) '나'를 위해 소를 다시 찾아오려고 여윳돈을 빌리려고 합니다.(㉲) 그 후 아버지와 안댁을 만난 '나'는 소와 헤어진 서러움에 울음이 터져 안댁에게 천 원을 받았습니다.(㉮) 다시 집으로 돌아오는 길에 아버지는 '나'에게 자장면을 사 주었습니다.(㉱)

4   이 글에서 '나'의 마음 변화를 알맞게 나타낸 것은 무엇인가요? (④)

추론
하기

① 화난 마음 → 서운한 마음   ② 기쁜 마음 → 미안한 마음

③ 불안한 마음 → 기대하는 마음   ④ 기대하는 마음 → 속상한 마음

⑤ 기대하는 마음 → 행복한 마음

'나'는 경찰서에 간 아버지를 기다리면서 소를 다시 찾아올지 모른다는 기대에 차서 희망을 품고 있었습니다. 그러나 소 주인의 안댁을 만났을 때는 소와 헤어져서 슬프고 속상한 마음에 울음을 터뜨렸습니다.

    ┌─ '베다'

5   ㉠과 같은 뜻으로 쓰인 것은 무엇인가요? (①)

어휘
어법

① 농부가 낫으로 벼를 베었다.

② 고개가 아파서 낮은 베개를 베었다. → '누울 때, 베개 등을 머리 아래에 받치다.'라는 뜻

③ 나는 아삭한 사과를 한 입 베어 물었다. → '이로 음식 등을 자르거나 끊다.'라는 뜻

④ 동생이 실수로 종이에 손가락을 베었다고 했다.   ┐ → '몸에 상처를 내거나 몸의 일부를 자르다.'라는 뜻

⑤ 칼날이 날카로워 살짝만 건드려도 베일 지경이다. ┘

㉠은 '날이 있는 연장으로 자르거나 끊다.'라는 뜻으로, 이와 같은 뜻으로 쓰인 것은 ①입니다.

6   이 글에 대한 감상으로 알맞지 않은 것은 무엇인가요? (③)

감상
하기

① '나'는 소를 다시 찾아올지 몰라서 아버지가 돌아올 때까지 기다렸군. → '나'는 쇠꼴을 베며 기대하고 있었음.

② 아버지는 '나'를 위해 이웃에게 돈을 빌려서라도 소를 되찾아 주려고 하셨어. → 오쟁이 아버지에게 여윳돈을 빌리려고 한 행동에 나타남.

③ 아버지가 자장면을 사 주신 것은 '나'를 혼내 준 일을 사과하기 위해서였구나.

④ 글쓴이는 전라도 지역의 사투리를 써서 시골 농촌의 느낌을 실감 나게 보여 주었어. →사투리는 생동감과 친근감을 줌.

⑤ 소 주인이 나타나자 소를 돌려준 것으로 보아 아버지는 고지식하고 정직한 사람이야.
→ 소를 주인에게 돌려준 행동은 아버지의 정직한 성격을 보여 줌.

소 주인의 안댁을 만나고 울음을 터뜨린 '나'를 바라보는 아버지의 짠하고 속상한 눈빛에서 아버지의 마음을 읽을 수 있습니다. 아버지는 '나'를 혼낸 일을 사과하기 위해서가 아니라, 소와 헤어지고 힘들어하는 '나'를 위로하기 위해 자장면을 사 주었습니다.

[수능 연계]

7   이 글과 [보기]의 ㉮, ㉯를 알맞게 비교하지 못한 것은 무엇인가요? (③)

추론
하기

[보기]   ㉮ ○○고등학교에 다니는 박 군이 여름 방학에 친척 집에 놀러 왔다가 2천만 원이 든 돈 가방을 주워 주인을 찾아 준 일이 뒤늦게 알려져 화제가 되고 있다. → 돈을 주워서 주인에게 돌려준 사례

     ㉯ △△경찰서는 돈 가방을 주워 돌려주지 않은 이 씨를 절도 혐의로 붙잡았다. 현금을 운반하는 회사 직원의 실수로 흘린 돈 가방에는 현금 3천만 원이 들어 있었다. 이 모 씨는 돈 가방을 주워 집에 보관하다가 덜미가 잡혔다. → 돈 가방을 주워서 집에 보관하다가 경찰에 잡힌 사례

① 이 글과 ㉮, ㉯의 사건은 모두 분실물에 대한 처리 문제를 다루고 있다. → 이 글은 소를, ㉮, ㉯는 돈을 주운 일임.

② 이 글의 '나'는 ㉯와 같은 나쁜 의도가 없었고, ㉮처럼 주인에게 돌려주었다. → 이 글에서 '나'와 아버지는 소 주인이 나타나자 소를 돌려주었음.

③ 이 글의 '나'는 ㉯처럼 분실물을 보관하고 있었으므로, 엄하게 처벌해야 한다.

④ 이 글에서 분실물은 생명체이고, ㉮, ㉯에서 분실물은 돈이므로 똑같이 보기는 힘들다.→ 이 글의 분실물인 소는 주인을 찾을 때까지 보살펴야 하지만, ㉮, ㉯는 보살필 필요가 없음.

⑤ 이 글의 '나'와 아버지는 ㉮처럼 경찰서에 신고하고 소를 잘 돌보아 주었으므로, ㉯의 경우와 달리 보상을 받아야 한다. → '나'와 아버지는 소를 돌려주고 잘 돌보아 주었으므로, 오쟁이 아버지 말처럼 보상을 받아야 한다고 평가할 수 있음.

이 글에서 '나'는 강에서 주운 소를 키우다가 소 주인에게 돌려주었습니다. [보기]에서 ㉮는 주운 돈을 신고해서 돌려주었고, ㉯는 주운 돈 가방을 돌려주지 않고 보관하다가 처벌받은 것입니다. 이 글에서 '나'와 아버지는 주운 소를 소 주인에게 돌려주었으므로, ③의 내용은 알맞지 않습니다.

1 이 시에 대한 설명으로 알맞지 <u>않은</u> 것은 무엇인가요? (⑤)

세부내용

① 4연 16행으로 구성되어 있다.

② 엄마를 생각하는 마음을 담고 있다. → 이 시의 주제임.

③ 표현 대상을 다른 대상에 빗대어 참신하게 표현했다. → 책장과 글자, 글줄을 보리밭, 이랑, 보리숲에 빗대어 표현함.

④ 일하는 엄마의 모습을 그림으로 그리듯 실감 나게 표현했다. → 엄마가 호미를 들고 김을 매는 모습이 그려짐.

⑤ 소리나 모양을 흉내 내는 말을 사용하여 재미있게 표현했다.

말하는 이는 들에 나가신 엄마의 모습을 생각하며 책을 읽고 있습니다. 글쓴이는 이런 상황을 여러 가지 비유를 통해 표현했지만, 소리나 모양을 흉내 내는 말은 사용하지 않았습니다.

2 '말하는 이'에 대한 설명으로 알맞은 것은 무엇인가요? (⑤)

세부내용

① 가족을 찾고 있다. → 엄마는 들에 나가셨음.　② 꽃밭을 일구고 있다. → 시에 나타나지 않은 내용임.

③ 호미로 김을 매고 있다. → 들에 나가신 엄마에 대한 내용임.　④ 보리밭을 바라보고 있다. → 보리밭을 실제로 보는 것이 아니라 보리밭에 계실 엄마를 상상하고 있음.

⑤ 들에 나가신 엄마를 생각하고 있다.

말하는 이는 책을 읽으며 들에 나가신 어머니가 고생하시는 모습을 생각하고 있습니다. 들에서 일하시는 엄마를 떠올리고 있으므로, 말하는 이는 집에 있다는 것을 짐작할 수 있습니다.

3 ┌─ 은유법: '~은 ~이다.'로 빗대어 표현하는 방법

어휘어법

㉠~㉢이 비유한 대상으로 알맞은 것은 무엇인가요? (④)

	㉠ → 푸른 보리밭	㉡ → 이랑	㉢ → 보리숲
①	엄마	호미	글자
②	책장	김	호미
③	엄마	책장	글줄
④	책장	글자	글줄
⑤	글자	눈길	책장

글쓴이는 책장과 글줄, 글자를 보리밭에 있는 것들에 빗대어 표현했습니다. 책의 구조에 따른 순서대로 책장은 보리밭으로, 글줄은 보리숲으로, 글자는 이랑으로 표현했습니다.

4 다음에서 설명하는 시구로 알맞은 것은 무엇인가요? (②)

주제찾기

┌─ 후각 + 청각
• 코로 냄새를 맡고 귀로 듣는 것과 관련 있는 감각적인 표현을 사용함.
• '어머니에 대한 사랑과 어머니의 수고와 헌신에 대한 고마움'이라는 주제가 잘 드러남.

① 책장은 그대로 푸른 보리밭　　② 땀 젖은 흙냄새 엄마 목소리

③ 글자의 이랑을 눈길을 타면서　　④ 엄마가 김을 매듯 책을 읽으면

⑤ 호미 들고 계실까 우리 엄마는

이 시에서 코로 냄새 맡는 후각적 감각과 귀로 듣는 청각적 감각이 함께 사용된 것은 4연의 마지막 부분입니다. 전체 시의 주제 행인 이 부분은 어머니에 대한 사랑과 고마움이라는 주제를 함축적으로 드러내고 있습니다.

5

추론
하기

다음 밑줄 친 부분과 같은 표현 방법을 사용한 것은 무엇인가요? (②   )

엄마가 김을 매듯 책을 읽으면 → 직유법: ~같이, ~처럼, ~듯이

① 엄마 마음은 바다 → 은유법   ② 사과 같은 내 얼굴

③ 꾀꼬리는 꾀꼴꾀꼴 → 감각적 표현   ④ 펜은 칼보다 강하다 → 대유법: 어떤 사물의 부분으로 전체를 나타냄.

⑤ 서당 개 삼 년에 풍월을 읊는다 → 속담

밑줄 친 부분은 '~ 듯이'를 써서 두 대상을 직접 견주어 표현하는 직유법을 사용한 부분입니다. 글쓴이는 직유법
을 써서 엄마가 김을 매는 것과 내가 책을 읽는 행동을 직접 견주어 표현했습니다. 이와 같은 방법을 사용한 표현
은 '~같은'을 써서 내 얼굴을 사과에 직접 빗대어 표현한 ②입니다.

6

추론
하기

이 시를 읽고 떠오르는 장면으로 알맞지 않은 것은 무엇인가요? (③   )

① 아이가 책상 앞에 앉아 있는 모습 → 1, 3연의 내용

② 엄마가 호미를 들고 김을 매는 모습 → 2연의 내용

③ 엄마가 들에 새참을 이고 나가는 모습

④ 아이가 책을 펴고 엄마 생각을 하는 모습 → 1, 3연의 내용

⑤ 엄마가 보리밭에서 흘린 땀을 잠깐 식히는 모습 → 4연의 내용

이 시의 말하는 이인 아이는 집 안에 앉아 책을 읽으면서 엄마가 들에서 일하는 모습을 생각하고 있습니다. 따라서
엄마가 들에서 일하거나 땀을 식히는 모습, 아이가 책상에 앉아 책을 읽거나 엄마를 생각하는 모습 등을 떠올릴 수
있습니다. 그러나 엄마가 들에 새참을 내가는 모습은 떠올리기 어렵습니다.

작품의 창작 의도 파악

7

감상
하기

[보기]를 참고해 이 시에 대한 감상을 알맞게 말한 친구는 누구인가요? (④   )

[보기]   이 시는 1960년대 농촌의 어머니상을 보여 주는 대표적인 작품이다. 이 시를 쓴 김
종상 시인은 "내가 가난을 이겨 내고 훌륭한 어른이 될 수 있었던 것은 모두 어머니의
힘이었다."라고 말했다. 이 작품은 시대가 아무리 변해도 자식을 위해 헌신하는 어머
니의 사랑은 변함없다는 것을 보여 준다.

① 성혜: 책을 읽을 때는 엄마 생각을 하면 안 된다고 생각했어. → 말하는 이는 자신의 공부를 위해 애쓰는 엄마를 떠올렸음.

② 가령: 말하는 이가 들에서 일하는 엄마를 부끄럽게 여기는 마음이 느껴져. → 말하는 이는 엄마에게 고마움을 느끼고 있음.

③ 경리: 엄마는 힘들게 고생하는데 자식이 공부하지 않고 놀기만 할까 봐 걱정하고 계셔. → 이 시와 [보기]의 내용으로 알 수 없음.

④ 윤후: 말하는 이는 자식을 위해 고생하는 엄마에게 미안하고 고마운 마음이 들었을 거야.

⑤ 석현: '땀 젖은 흙냄새'라는 표현에서 어머니가 땀을 많이 흘리는 채찍어라는 것을 알았어.
                  어머니의 수고와 헌신을 드러낸다는

[보기]는 이 시가 글쓴이의 경험에서 나온 시임을 설명하는 글입니다. 글쓴이는 어머니의 힘으로 훌륭한 어른으로
성장했다고 말한 데서 이 시의 주제가 어머니에 대한 사랑과 어머니의 헌신을 통한 고마움이라는 것을 알 수 있습
니다. 이와 같은 관점에서 이 시를 감상한 친구는 말하는 이가 고생하는 엄마에게 미안하고 고마운 감정을 느낄 것
이라고 말한 윤후입니다.

조금 수그러졌다*. 아니, 진짜인 걸로 생각하는 듯했다. 내 꿈이 우주 과학자라서 믿는지도 모르겠지만.

"그래. 미안하다. 못난 엄마 유전자를 물려줘서…… 어떻게 너 하나가 딸 다섯은 키우는 것 같니! 어서 네 방으로 가서 공부해!"

"우리 아들 똑똑하네. 단번에 엄마를 케이오시키다니."

아빠가 웃자, 엄마는 날카롭게 흘겨보았다. 순간, 아빠의 입가가 확 굳어졌다.

"여보, 미안, 미안! 철수야, 얼른 가서 공부해라. 우리 집안 평화가 몽땅 너 하나에 달려 있다, 알았지? 제발 눈치껏 좀 살아라. 네가 아빠 정도 되려면 도* 좀 더 닦아야겠어."

내 등을 토닥여* 주는 아빠의 손길이 다정했다.

- 노경실, 『철수는 철수다』

• • •

1 이 글에 대한 설명으로 알맞은 것은 무엇인가요? (②)

구조
알기

① 주변 인물이 주인공을 주로 관찰해서 전달하고 있다. → 1인칭 관찰자 시점
②주인공인 말하는 이가 자신의 이야기를 들려주고 있다.
③ 말하는 이가 작품 밖에서 등장인물들을 관찰하여 알려 주고 있다. → 3인칭 관찰자 시점
④ 작품 밖에 있는 말하는 이가 인물들의 생각이나 감정을 모두 알고 있다. → 전지적 작가 시점
⑤ 여러 명의 말하는 이가 차례를 바꾸며 인물들의 서로 다른 사연을 전달하고 있다. → 이 글의 말하는 이는 한 명임.

이 글에서 글쓴이는 말하는 이를 주인공인 '나'로 설정해 글 속에서 일어나는 사건과 상황을 나의 입장에서 전달하고 있습니다. 말하는 이가 주인공인 '나'이므로, 주인공의 마음을 자세히 표현할 수 있고 독자들에게 친근감과 신뢰감을 주는 효과가 있습니다.

2 이 글에서 일어난 일이 아닌 것은 무엇인가요? (④)

세부
내용

① 철수가 엄마에게 위선자라고 말했다. → "엄마도 어떤 면에서는 위선자예요."에 나타남.
② 엄마는 꼬박꼬박 말대꾸한 철수에게 화를 냈다. → "그래요. 잘 ~ 말대꾸를 하죠?"에 나타남.
③ 철수는 자신을 박준태와 비교한 엄마를 원망했다. → "그럼 엄마가 ~ 무서운 세상이에요."에 나타남.
④아빠가 엄마와 철수의 다툼을 보고 엄마 편을 들었다.
⑤ 철수가 근거를 알 수 없는 유전자 이야기로 위기에서 벗어났다. → "'엄마, 내가 ~ 믿는지도 모르겠지만.'에 나타남.

철수는 자신을 박준태와 비교하는 문제로 엄마와 다투고 있습니다. 그러나 아빠는 어느 편도 들지 않고 엄마와 철수를 화해시키기 위해 철수를 다독이고 엄마를 진정시키고 있습니다.

┌ 속담 '한 입으로 두말하기'의 뜻

3 ㉠의 뜻을 알맞게 이해한 것은 무엇인가요? (⑤)

어휘
어법

① 어른들은 성적보다 영어가 중요하다고 말한다. → 영어는 대학 졸업장에 더하면 좋은 요소라는 입장
② 어른들은 성적보다 시험을 치러야 한다고 생각한다. → 성적이 전부는 아니지만 '뭔가' 되어야 한다는 입장
③ 어른들은 성적보다 토익 점수가 중요하다고 말한다. → 토익도 영어처럼 대학 졸업장에 더하면 좋은 요소라는 입장.
④ 어른들은 성적보다 대학 졸업장이 더 필요하다고 말한다. → 성적이 전부는 아니지만 '뭔가' 되려면 시험을 치를 대학 졸업장이 필요하다는 입장
⑤어른들은 성적이 다가 아니라고 말하지만 사실은 다라고 생각한다.

속담 '한 입으로 두말하기'는 '한 가지 일에 대하여 말을 이렇게 하였다 저렇게 하였다 한다.'는 뜻입니다. 어른들은 1처럼 말하지만 또 2처럼 '뭔가' 되기 위해 시험을 치르려고 대학 졸업장과 영어, 토익이 필요하다고 말합니다. 따라서 철수가 말한 ㉠의 속담은 성적이 다가 아니라고 말하면서 실제로는 성적이 다라고 생각하는 것을 빗대어 표현한 말입니다.

4
세부 내용

┌── '위선자'

'철수'가 ⓒ처럼 말한 까닭은 무엇인가요? (④)

① 엄마가 직장과 집을 혼동하는 것 같아서

② 엄마가 출판사와 집에서 똑같은 모습을 보여서 → '나'는 엄마가 직장과 집에서 반대의 모습을 보인다고 생각함.

③ 엄마가 자신보다 박준태를 더 좋아하는 것 같아서 → 엄마는 박준태를 본받으라고 할 뿐 '나'보다 좋아하는 것은 아님.

④ 엄마가 출판사에서 낸 책과 달리 자신과 박준태를 비교해서

⑤ 자신이 엄마, 아빠의 유전자를 반반씩 닮았다고 강조하고 싶어서 → '위선자'라고 말한 까닭과 관련 없음.

철수가 ⓒ처럼 말한 까닭은 ⓒ 뒷부분에 나타나 있습니다. 철수는 엄마가 직장인 출판사에서 낸 책과는 달리 자신을 박준태와 비교하는 것에 화가 나서 '위선자'라는 표현을 썼습니다.

5
추론 하기

이 글에서 알 수 있는 '철수'의 성격으로 알맞은 것은 무엇인가요? (③)

① 끈기가 있다.   ② 자신감이 부족하다.

③ 도전적이고 당당하다.   ④ 남의 말을 잘 듣지 않는다.

⑤ 다툼을 싫어해 양보를 잘한다. → 아빠의 성격으로 알맞음.

철수는 엄마가 낸 책 내용과 달리 자신과 박준태를 비교하는 엄마에게 '위선자'라고 말하며 엄마를 당황시키고 있습니다. 또, 자신에 대한 책임의 반쪽은 엄마에게 있다는 주장을 내세우며 엄마의 말을 조목조목 반박하고 있습니다. 이를 통해 철수가 성적은 낮지만 도전적이면서 당당한 성격임을 알 수 있습니다.

6
비판 하기

'철수'에게 해 줄 말로 알맞지 않은 것은 무엇인가요? (③)

① 엄마가 준태와 비교해서서 속상했겠구나. → 박준태와 비교당하는 철수의 심정을 이해하는 말임.

② 엄마에게 말대꾸를 하는 버릇은 고쳤으면 좋겠어. → 엄마에게 말대꾸하는 철수의 행동을 평가하는 말임.

③ 근거가 없는 학설을 내세워서 엄마를 속여서는 안 돼.

④ 엄마에게 네 입장을 좀 더 부드럽게 말씀드리면 좋겠어. → 엄마가 화를 낼 정도로 도전적으로 말하는 철수의 태도에 대해 충고하는 말로 알맞음.

⑤ 엄마와 철수 사이를 화해시켜 주는 아빠가 고마웠을 것 같아.
    → 엄마와 철수 사이를 중재해 준 아빠에 대한 철수의 마음을 짐작한 말로 알맞음.

철수 자신이 '근거 없는 학설'이라고 말하기는 했지만 철수가 한 얘기는 엄마를 속이려는 의도가 아니라 엄마에게 자신을 변호하기 위한 것이었습니다. 따라서 ③은 철수에게 해 줄 말로 알맞지 않습니다.

7
감상 하기

┌── 글쓴이가 말하려는 중심 생각 = 주제

[보기]를 참고해 이 글을 알맞게 감상한 친구는 누구인가요? (③)

> [보기]   주인공 철수는 옆집에 사는 준태와 사사건건 비교하는 엄마가 밉다. 그래서 시험 성적이 나오는 날마다 엄마와 대거리를 하면서 엄마의 위선을 꼬집는다. 글쓴이는 철수를 통해 준태 같은 엄친아(엄마 친구 아들) 때문에 괴로워하는 이 땅의 청소년들에게 "너만 그런 것이 아니야."라고 하며 슬픈 위로를 건네고 있다. ── 글쓴이가 말하려는 중심 생각

① 한결: 철수는 전 세계의 청소년을 대표하는 인물이라고 볼 수 있어. → 철수의 고민은 우리나라의 특수한 상황과 관련 있음.

② 성훈: 철수는 엄마가 자신과 시간을 보내지 않아 갈등을 빚고 있구나. → 첫 부분에서 철수와 엄마의 갈등은 성적 때문임을 알 수 있음.

③ 다은: 철수의 고민은 대한민국에 사는 대부분의 청소년이 하는 고민일 거야.

④ 대헌: 어른들이 모두 철수 엄마처럼 청소년을 동등한 인격체로 봐 주었으면 좋겠어. → 철수의 엄마는 철수를 동등한 인격체가 아닌 박준태를 닮아야 하는 부족한 존재로 여기고 있음.

⑤ 채린: 어른 독자들은 철수가 엄마에게 대거리를 하는 장면에서 통쾌함을 느낄 거야.
    → 철수가 엄마에게 대거리하는 장면에서 대리 만족을 느낄 수 있는 것은 청소년 독자임.

[보기]는 글쓴이가 이 글을 통해 말하려는 생각을 설명한 글입니다. [보기]에서 엄친아인 박준태와 비교하는 것 때문에 괴로워하는 철수의 고민은 이 땅의 청소년들의 공통적인 문제라고 했습니다. 따라서 철수의 고민을 우리나라 청소년 대부분이 하는 고민으로 파악한 다은이의 말이 감상으로 알맞습니다.

"그건 어떤 날을 다른 날과 다르게 만드는 거야. 이를테면, 사냥꾼들은 목요일에 마을 처녀들과 춤을 춰. 그래서 나도 포도밭까지 산책을 갈 수 있지. 만약 사냥꾼들이 아무 때나 춤을 춘다면 난 하루도 마음 놓고 쉴 날이 없을 거야."

– 생텍쥐페리, 『어린 왕자』

• • •

1
세부
내용

이 글의 내용으로 알맞지 않은 것은 무엇인가요? (②)

① 어린 왕자는 친구를 찾아다니고 있다. → "그러고 싶지만 ~ 나를 길들여 줘!"에 나타남.
②여우는 어린 왕자와 놀아 줄 시간을 낼 수 없었다.
③ 어린 왕자는 다른 행성에 보살피는 꽃을 두고 왔다. → "알 것 ~ 길들였나 봐……."에 나타남.
④ 닭들을 쫓는 여우는 사냥꾼에게 쫓기는 생활을 하고 있다. → "'이 세상은 ~ 비슷해서 따분해.'에 나타남.
⑤ 어린 왕자는 여우를 만나 '길들인다'는 말의 뜻을 알게 되었다. → "아! 미안해 ~ 여우가 되는 거지."에 나타남.

여우를 발견한 어린 왕자가 놀자고 하자 여우는 자신은 길들여지지 않았기 때문에 놀 수 없다고 했습니다. 자신을 길들여 달라고 한 여우에게 바빠서 시간을 낼 수 없다고 말한 것은 어린 왕자입니다.

2
세부
내용

┌─ '길들인다'의 의미

㉠에 대한 설명으로 알맞지 않은 것은 무엇인가요? (④)

① 관계를 맺는다는 뜻이다.
② 사람들이 잊고 사는 것이다.
③ 이 세상에서 하나밖에 없는 존재가 되는 것이다.
④서로 비슷해져서 단조로운 생활을 하게 되는 것이다.
⑤ 비슷한 느낌의 사물을 볼 때 상대방이 떠오르는 것이다.

㉠의 뜻은 ㉠ 다음에 나오는 여우의 말에 잘 나타나 있습니다. ㉠은 사람들이 잊고 사는 것으로 관계를 맺는다는 뜻입니다. 서로에게 필요한, 이 세상에 단 하나밖에 없는 존재가 되는 것입니다. 그래서 여우가 밀밭에서 어린 왕자를 떠올리게 되는 것처럼 비슷한 느낌의 사물을 볼 때 상대방이 떠오르는 것입니다.

3
추론
하기

이 글에 나타난 '여우'의 성격으로 알맞은 것은 무엇인가요? (⑤)

① 욕심이 많다.   ② 화를 잘 낸다.
③ 모험을 좋아한다.   ④ 소심하고 의존적이다.
⑤지혜롭고 생각이 깊다.

여우는 친구를 만들고 싶어 하는 어린 왕자에게 사람들과 관계를 맺는 '길들인다'는 말의 의미를 알려 줍니다. 또, 사람들과 관계를 맺으려면 참을성과 노력이 필요하다는 진리를 알려 줍니다. 이러한 여우의 말과 행동에서 여우가 지혜롭고 생각이 깊다는 것을 알 수 있습니다.

4
어휘
어법

┌─ '단조롭다'와 비슷한 뜻의 낱말

㉡과 바꾸어 쓸 수 있는 낱말은 무엇인가요? (④)

① 슬퍼   ② 바빠   ③ 중요해   ④지루해   ⑤ 새초롬해 →'조금 쌀쌀맞게 시치미 떼는 태도가 있다.'는 뜻.

㉡'단조롭다'는 '변화가 없어서 지루하다.'는 뜻입니다. 단조롭다는 '같은 상태가 계속되어 싫증이 나고 따분하다.'라는 뜻의 '지루하다'와 바꾸어 쓸 수 있습니다.

┌─ 오후 네 시에 온다면 오후 세 시부터 설레는 까닭

5 ㉢의 까닭을 알맞게 짐작한 것은 무엇인가요? (①)

추론
하기

①어린 왕자를 만날 생각에 기대가 되어서

② 어린 왕자가 어디쯤 오고 있는지 궁금해서 → 어디쯤 왔는지 궁금해서 설레는 것은 아님.

③ 어린 왕자에게 무슨 일이 생긴 것은 아닌지 걱정되어서

④ 어린 왕자가 약속한 시각보다 일찍 올까 봐 조급해져서 → 조급함은 설레는 것과 관련 없음.

⑤ 어린 왕자가 약속한 시각을 지나칠까 봐 조바심이 생겨서 → 약속 시간 전에 생기는 마음이므로, 조바심과는 관련 없음.

㉢은 여우가 어린 왕자에게 한 말로, 여우가 약속 시간 전에 설레는 까닭은 어린 왕자를 곧 만날 수 있다는 기대감
과 행복감 때문입니다.

┌─ 주제

6 이 글에서 글쓴이가 말하려고 한 것은 무엇인지 기호를 쓰세요.

주제
찾기

> ㉮ 사람은 고독한 존재이다. → 글쓴이는 사람들 사이의 관계에 대해 말하고 있음.
>
> ㉯ 낯선 사람과 사귀려면 용기가 필요하다. → '용기'는 '길들인다'의 의미와 관련 없음.
>
> ㉰서로 관계를 맺으려면 조금씩 다가가는 인내심과 노력이 필요하다.
>
> ㉱ 먼 곳에 있는 친척보다 가까운 곳에서 함께 사는 이웃에게 잘해야 한다.
> → 글쓴이가 말한 사람들 사이의 관계는 친구나 연인처럼 친척이나 이웃보다 친밀한 관계임.

(㉰   )

이 글에서는 여우는 어린 왕자에게 '길들인다'의 의미를 설명하며 사람들과 관계 맺는 법을 알려 주고 있습니다. 글
쓴이는 여우와 어린 왕자를 통해 사람들 사이에 서로 관계를 맺을 때는 참을성 있게 조금씩 다가가는 인내심과 노
력이 필요하다는 진리를 알려 주고 있습니다.

[수능 연계]

┌─ 여우가 알고 있는 비밀을 알려 주는 부분

7 [보기]는 이 글 뒷부분의 이야기입니다. [보기]를 참고해 이 글을 알맞게 감상하지 못한 것은 무엇
인가요? (⑤)

감상
하기

> [보기]   이렇게 해서 어린 왕자는 여우를 길들였다. 그리고 이별의 시간이 다가왔을 때 여우
는 어린 왕자에게 장미를 보러 갔다 오라고 말하며 다녀오면 자신이 알고 있는 비밀
을 알려 주겠다고 했다. 어린 왕자가 여우에게 다시 돌아오자 여우가 말했다.
    "내 비밀은 아주 간단해. '마음으로 보아야만 잘 보인다, 중요한 것은 눈으로 보이 → 여우가 알고 있는 비밀 ①
지 않는다.'는 거야. 네가 네 장미를 그토록 소중하게 만든 건 네가 네 장미에게 소비
한 시간 때문이야. 그리고 넌 네가 길들인 것에 언제까지나 책임이 있어." → 여우가 알고 있는 비밀 ②

① 어린 왕자와 장미는 인생을 살아갈 때 맺는 관계를 상징하고 있어. → 장미는 어린 왕자가 길들였던 존재임.

② 여우는 글쓴이의 생각을 대신 전하는 인물로 삶의 지혜를 알려 주고 있어. ─┐ → 여우는 글쓴이가 전하고 싶은 주제인 '길들임의 의미'와 '중
요한 것은 눈에 보이지 않는다.'는 삶의 지혜를 알려 주었음.

③ 글쓴이는 관계를 맺는 일처럼 눈에 보이지 않는 일이 중요하다고 생각했어. ─┘

④ 길들이는 일에는 참을성뿐 아니라 많은 시간이 필요하다는 것을 알 수 있어. ── → 이 글과 [보기]를 연결 지어 파악한 내용임.

⑤길들인 것에 책임이 있다는 말은 사랑하는 대상을 소홀히 대해도 된다는 뜻이야.

[보기]에서 여우는 길들이기 위해 소비한 시간 때문에 길들인 존재를 소중하게 여기게 되고, 길들인 것에 언제까지
나 책임이 있다는 비밀을 말해 주었습니다. 길들인 것에 책임이 있다는 말은 길들인 것 즉, 사랑하는 대상을 아껴
주고 존중하며 잘 대해 주어야 한다는 뜻입니다. 따라서 사랑하는 대상을 소홀히 대해도 된다는 ⑤는 이 글에 대한
감상으로 알맞지 않습니다.

들이 심해서 한 분 해 보기는 해 봤지요. 그 문덩이* 떼를 신고 왔일 때 말임더……."
 윤춘삼 씨는 그 때의 ㉤화가 아직도 사라지지 않는 듯이 남은 술을 꿀꺽 들이켰다.

— 김정한, 「모래톱 이야기」

● ● ●

1 이 글에 대한 설명으로 알맞지 않은 것은 무엇인가요? (①)

구조
알기

① 주인공인 '갈밭새 영감'이 직접 이야기를 이끌어 나가고 있다.
② 말하는 이인 '내'가 조마이섬 사람들이 겪은 상황을 전달하고 있다. → '나'가 사건과 인물을 관찰해 전달함.
③ 말하는 이가 들려주는 조마이섬에 대한 이야기가 중심이 되고 있다. → '나'가 가정 방문한 이야기 속에 조마이섬 이야기가 액자처럼 들어가 있음.
④ 인물의 대화를 통해 권력자와 민중 간의 갈등과 대립을 드러내고 있다. → 갈밭새 영감의 말에 나타남.
⑤ 억센 사투리를 사용해 낙동강 가에 사는 사람들의 삶의 아픔을 담아내고 있다. → '~카더만, ~되는기요?' 등 억센 경상도 사투리가 사용됨.

이 글은 말하는 이인 '나'가 조마이섬 사람들이 겪은 이야기를 전달하고 있습니다. '나'는 갈밭새 영감의 손자인 건우의 학교 선생님으로, 건우의 가정 방문을 오면서 들은 이야기를 들려주고 있습니다.

2 ㉮와 ㉯가 가리키는 대상으로 알맞은 것은 무엇인가요? (④)

세부
내용

① ㉮: '나', ㉯: 건우
② ㉮: 건우, ㉯: 윤춘삼
③ ㉮: 건우, ㉯: 건우 할아버지
④ ㉮: 윤춘삼, ㉯: 건우 할아버지
⑤ ㉮: 건우 할아버지, ㉯: 윤춘삼

'나'에게 ㉮, ㉯가 사는 조마이섬 이야기를 하자고 한 갈밭새 영감의 말 다음 부분에서 가리키는 대상을 짐작할 수 있습니다. 건우 할아버지와 윤춘삼 씨가 조마이섬 이야기를 들려주었다고 했으므로, ㉮는 윤춘삼 씨, ㉯는 건우 할아버지임을 알 수 있습니다.

3 조마이섬의 소유권이 바뀐 과정을 알맞게 나타낸 것은 무엇인가요? (⑤)

구조
알기

㉮ 선조로부터 땅을 물려받았다. 2
㉯ 낙동강 물이 섬을 만들어 주었다. 1
㉰ 친일 국회 의원과 유력자에게 넘어갔다. 4
㉱ 일제가 동척(동양 척식 주식회사)에 팔아넘겼다. 3

① ㉮ → ㉯ → ㉰ → ㉱　　　　② ㉯ → ㉰ → ㉱ → ㉮
③ ㉰ → ㉱ → ㉮ → ㉯　　　　④ ㉱ → ㉮ → ㉯ → ㉰
⑤ ㉯ → ㉮ → ㉱ → ㉰

조마이섬의 소유권 변천 과정은 '"우리 조마이섬 ~ 죽 들먹거리더니.'에서 확인할 수 있습니다. 이를 정리하면, '㉯ 낙동강 물이 섬을 만들어 줌. → ㉮ 선조로부터 땅을 물려받음. → ㉱ 일제가 동척에 팔아넘김. → ㉰ 친일 국회 의원과 유력자에게 넘어감.'의 순입니다.

4 세부 내용
㉠~㉤ 중 낱말의 성격이 나머지 넷과 (다른) 하나는 무엇인가요? (②)

① ㉠   ② ㉡   ③ ㉢   ④ ㉣   ⑤ ㉤

㉠, ㉢, ㉣, ㉤은 모두 삶의 터전인 땅을 빼앗긴 데서 온, 부당한 권력에 대한 원망, 분노, 증오, 저주의 감정을 나타내는 낱말입니다. 이와 달리, ㉡'꾸중'은 '윗사람이 아랫사람을 꾸짖음.'을 뜻하는 말로, 교사인 '내'가 지각한 건우에게 한 행동을 나타내는 낱말입니다.

5 추론 하기
이 글에 나타난 '갈밭새 영감'의 성격으로 알맞은 것은 무엇인가요? (③)

① 점잖고 신중하다. → 비속어를 섞어 쓰는 말투로   ② 싹싹하고 활발하다.
                          보아 알맞지 않음.
③우직하고 정의롭다.   ④ 건방지고 교만하다.

⑤ 느긋하고 낙천적이다.

갈밭새 영감은 건우의 할아버지로 일제 강점기를 거쳐 현재에 이르기까지 여러 가지 고난을 겪으면서 조마이섬을 떠나지 않은 우직한 성격입니다. 또, 부당하게 조마이섬을 차지한 일본이나 권력자들에게는 화를 내고 분노하는 정의로운 성격입니다.

6 추론 하기
이 글의 바로 뒤에 이어질 내용으로 알맞은 것은 무엇인가요? (④)

① 건우의 가정 환경 → 이 글의 앞부분에서 소개된 내용임.
② 을사 보호 조약의 내용 → 건우 할아버지가 '을사 보호 조약'을 언급하는 부분에 삽입할 수 있음.
③ 조마이섬의 소유권 변천 과정 → '"우리 조마이섬 ~ 죽 들먹거리더니.'에 이미 제시된 내용임.
④문딩이(문둥이)들과 싸운 이야기
⑤ '나'가 가정 방문으로 보고 느낀 것 → 이 글의 앞부분에서 다룰 수 있는 내용임.

이 글의 끝부분에서 윤춘삼이 "그 문딩이 떼를 싣고 왔을 때 말임더……."로 보아, 이 글 바로 다음에는 '문딩이들과 싸운 이야기'가 전개될 것임을 미루어 짐작할 수 있습니다.

━ 공간적 배경 조마이섬의 의미
7 감상 하기
[보기]를 참고해 이 글을 알맞게 감상하지 (못한) 친구는 누구인가요? (①)

> [보기] 조마이섬은 낙동강 하류에 모래가 쌓여서 만들어진 섬으로, 그 생김새가 길쭉한 주머니 같다고 해서 조마이섬이라고 불린다. 글쓴이는 '을숙도'를 모델로 해서 이 공간을 창조해 냈다. 이 섬의 사람들은 일제 강점기에는 일본에 땅을 빼앗기고, 해방이 된 후에는 권력층이나 힘 있는 사람들에게 땅을 빼앗겼다. 오래전부터 둑을 만들고 홍수와 싸워 가며 섬을 지켜 온 이곳 주민들은 정작 한 번도 이 땅을 가져 보지 못했다. → 실제 주인은 땅을 갖지 못하는 현실을 지적함.

①민지: 조마이섬은 낙동강 하류에 실제로 존재하는 섬이었군.
② 아름: 글쓴이는 이 글을 통해 잘못된 현실을 고발하려고 한 거야. → 글쓴이는 조마이섬 사람들이 처한 부당한 현실을 비판함.
③ 한율: 조마이섬 사람들은 힘들게 지켜 온 땅을 권력층에 빼앗기고 무척 억울했겠어. → 등장인물의 심리에 대한 감상임.
④ 서준: 소유권이 계속 바뀐 조마이섬은 우리나라의 부당한 현실을 보여 주는 공간이야. → 조마이섬이 가지는 공간의 의미를 주제와 함께 파악한 감상임.
⑤ 영지: 이 작품은 삶의 터전을 빼앗기고 부당한 권력에 맞서는 섬사람들의 저항을 그렸군. → 글의 주제 파악에 대한 감상임.

[보기]는 이 글의 공간적 배경인 조마이섬의 의미에 대한 감상입니다. 글쓴이는 조마이섬 사람들이 처한 부당한 현실을 고발하기 위해 '조마이섬'이라는 공간을 만들어 냈습니다. 조마이섬은 을숙도를 모델로 만든 공간이므로, 실제로 존재하는 섬이라는 민지의 말은 감상으로 알맞지 않습니다.

1

구조
알기

이 글에 대한 설명으로 알맞지 않은 것은 무엇인가요? (　⑤　)

① 인물 간의 대화를 통해 사건이 펼쳐지고 있다. → 허생과 허생 아내의 대화로 허생이 책을 덮고 나서는 사건이 벌어짐.
② 등장인물의 성격을 대조적으로 드러내고 있다. → 허생과 허생 아내의 다른 성격이 드러남.
③ 일화를 통해 등장인물들의 성격을 보여 주고 있다. → 변 씨에게 돈을 빌린 일화에서 허생의 성격이 드러남.
④ 허생의 아내를 통해 글쓴이의 의도를 드러내고 있다. → 허생의 아내는 양반의 무능력함을 비판하려는 글쓴이의 의도를 드러냄.
⑤ 말하는 이가 인물의 성격과 사건을 직접 설명하고 있다.

이 글은 말하는 이가 인물의 성격이나 사건을 직접 설명하는 것이 아니라, 인물 간의 대화나 행동을 통해 사건을
전개시키고 있습니다. 이를 통해 인물들의 성격을 간접적으로 보여 주고 있으므로 ⑤는 알맞지 않습니다.

2

세부
내용

중심 인물에 대한 설명으로 알맞지 않은 것은 무엇인가요? (　①　)

① 허생은 아내가 시키는 대로만 하는 사람이다.
② 허생의 아내는 현실적이고 실용적인 것을 추구한다. → 허생의 아내는 허생이 과거 시험을 보아 출세하거나 장인 일이나
　장사를 해서라도 돈을 벌어 오기를 바람.
③ 허생의 아내가 삯바느질로 생계를 이어 나가고 있다. ──────
④ 허생은 집안일과 상관없이 글만 읽는 경제적으로 무능력한 인물이다. ──→ 글의 앞부분에서 확인할 수 있음.
⑤ 허생의 아내는 학문의 목적이 출세라고 생각하지만, 허생은 자신을 닦는 일로 여긴다. → "당신은 평생 ~ 하지
　못하였소."에 나타남.

이 글에서 허생이 아내의 말을 듣고 변 부자에게 만 냥을 빌려 돈을 번 일을 두고 아내의 말을 잘 듣는 사람이라고
보기는 어렵습니다. 오히려 허생은 그동안 집안 사정과 상관없이 자신의 뜻대로 글공부만 해 온 인물입니다.

3

추론
하기

　　　　　┌─ 주제
[보기]는 글쓴이가 ㉮ 부분을 통해 말하려고 하는 것입니다. ㉮~㉰에 들어갈 알맞은 낱말은 무엇
인가요? (　⑤　)

> [보기]　글쓴이는 [　㉮　]의 입을 빌려, [　㉯　] 없는 학문에만 매달리고 있는 당시
> 　　　　양반 계층의 무능력한 모습을 강하게 [　㉰　]하고 있다.

① ㉮: 허생, ㉯: 현실성, ㉰: 비판　　　　② ㉮: 허생, ㉯: 실용성, ㉰: 칭찬　┌ 다른 사람의 생각에 대해 자신
　　　　　　　　　　　　　　　　　　　　　　　　　　　　　　　　　　도 그렇다고 똑같이 느낌.
③ ㉮: 허생, ㉯: 현실성, ㉰: 풍자 ┐　　　④ ㉮: 허생 아내, ㉯: 현실성, ㉰: 공감
⑤ ㉮: 허생 아내, ㉯: 실용성, ㉰: 비판 └ 개인이나 사회의 문제를 우습게 나타내 비꼬는 방법.

이 글에서 글쓴이의 입장을 대신 전하는 인물은 허생의 아내입니다. 허생의 아내는 글공부만 하고 현실에는 조금
도 도움이 되지 않는 양반들의 무능력한 모습을 비판하고 있습니다.

4

구조
알기

이 글에서 '허생'이 한 일의 차례대로 기호를 쓰세요.

> ㉮ 묵적골의 집에서 책을 읽었다. 1
> ㉯ 변 씨의 집을 찾아가 만 냥을 빌렸다. 3
> ㉰ 가격이 오른 과일을 열 배의 값을 주고 팔았다. 5
> ㉱ 운종가로 나가 사람들에게 제일 부자가 누구인지 물어보았다. 2
> ㉲ 안성에 거처를 마련해 두 배의 값을 주고 과일을 모두 사들였다. 4

(　㉮　) → (　㉱　) → (　㉯　) → (　㉲　) → (　㉰　)

허생은 집안일에 신경 쓰지 않고 글만 읽다가(㉮) 아내와 갈등을 겪은 다음 책을 덮고 집을 나왔습니다. 집을 나온
허생은 운종가로 나가 사람들에게 한양에서 제일 부자가 누구인지 물어(㉱) 변 씨의 집을 찾았습니다. 허생은 변
씨에게 만 냥을 빌린 다음(㉯) 두 배의 값을 주고 과일을 모두 사들였습니다.(㉲) 과일을 독점해 과일 가격이 오르
자 열 배의 값을 주고 다시 과일을 팔았습니다.(㉰)

5 추론하기 ㉠과 ㉡에 나타난 인물됨으로 알맞은 것은 무엇인가요? (④)

㉠ → 선뜻 만 냥을 빌려준 변 씨의 행동　㉡ → 만 냥을 빌려 아무 말 없이 떠난 허생의 행동

	㉠	㉡
①	당당하고 솔직함.	무례하고 교만함.
②	욕심이 많고 성급함.	비범하고 뛰어난 능력이 있음.
③	도량이 크고 대범함.	욕심이 많고 성급함.
④	도량이 크고 대범함.	비범하고 뛰어난 능력이 있음.
⑤	비범하고 뛰어난 능력이 있음.	도량이 크고 대범함.

㉠에서는 변 씨가 큰 돈을 쉽게 빌려주는 데서 도량이 크고 대범함을, ㉡에서는 허생이 부자에게 기죽지 않고 큰 돈을 당당하게 빌려 달라고 말하는 모습에서 보통 사람이 아니며 비범하고 뛰어난 능력이 있는 인물임을 짐작할 수 있습니다.

6 감상하기 이 글에 대한 감상으로 알맞지 않은 것은 무엇인가요? (③)

① 허생의 아내는 허생을 변화시키는 역할을 하고 있어. → 허생 아내 때문에 허생은 책을 덮고 밖으로 나갔음.
② 허생은 글 읽기에 몰두하다가 현실에 눈을 뜨며 성격이 바뀌고 있군. → 집안 사정에 신경 쓰지 않고 글만 읽던 허생이 장사를 하면서 조선의 현실과 경제를 걱정하게 됨.
③ 허생의 말에서 글쓴이가 조선의 신분 제도를 비판한다는 것을 알 수 있어.
④ 글쓴이는 허생이 과일을 몽땅 사들이는 모습을 통해 독점의 문제점을 드러내고 있어. → 허생이 두 배를 주고 과일을 모두 사들이자 과일 값이 열 배까지 오르는 문제가 생겼음.
⑤ 조선 후기에 쓰여졌으므로, 한양 부자 변 씨는 당시 농사나 장사로 부를 쌓은 평민일 거야.
→ 이 글이 쓰여진 조선 후기에는 농사나 장사를 하면서 큰돈을 벌게 된 평민이 늘어났음.

마지막 문장은 허생이 만 냥으로 경제가 좌우될 수 있어 경제 기반이 연약한 조선을 걱정하며 한 말입니다. 이 말은 조선의 경제를 비판한 것이지 신분 제도를 비판한 것이 아닙니다.

수능 연계

— 코로나 19가 확산하던 때 마스크 사재기 사례

7 적용창의 이 글의 독자가 [보기]에 대해 보인 반응으로 알맞지 않은 것은 무엇인가요? (③)

[보기] 2019년 신종 코로나 바이러스 감염증(코로나 19)이 번지던 초기에는 마스크 품귀 현상으로 개인이 살 수 있는 수량이 제한되었다. 그러자 일부 마스크 도매업자들이 마스크를 대량으로 사재기한 후, 평소보다 2배 가까이 비싼 값으로 팔아 지나친 이익을 얻다가 당국에 적발되어 처벌을 받았다.

① 사재기는 나라의 경제를 망치는 잘못된 행동이므로 바로잡아야 해. → 사재기는 물건값을 올리는 문제점이 있으므로 바로잡아야 함.
② 허생과 마스크 도매업자들은 모두 사재기로 엄청난 이익을 얻었구나. → 과일과 마스크를 사재기하면 물건 가격이 올라 엄청난 이익을 얻게 됨.
③ 사재기는 조선 시대부터 있던 전통적인 문화니까 계속 지켜 나가야 해.
④ 조선 시대나 요즘이나 물건을 독점하는 일은 계속해서 벌어지고 있구나. → 이 글에서는 과일을, [보기]에서는 마스크를 독점하는 일이 일어났음.
⑤ 조선에서는 사재기가 처벌받지 않았지만, 요즘에는 처벌을 받을 수 있어.
→ 허생은 처벌받지 않았지만, [보기]의 마스크 도매 업자는 처벌을 받았음.

이 글과 [보기]에는 모두 '사재기'의 사례가 제시되어 있습니다. 이 글에서 허생이 과일을 사재기하는 모습을 그려 낸 것은 사재기를 비판하기 위해서입니다. 따라서 사재기를 전통문화로 받아들여 지켜가자는 말은 독자의 반응으로 알맞지 않습니다.

1

구조
알기

이 시에 대한 설명으로 알맞지 않은 것은 무엇인가요? (　②　)

① 시간의 흐름에 따라 시를 전개하였다. → 여름에서 늦가을로 계절이 변화함.

②표현 대상을 다른 대상에 빗대어 정감 있게 표현하였다.

③ 일상적 소재를 통해 생명의 가치에 대한 깨달음을 표현하였다. → 글쓴이는 일상적 소재인 배추를 통해 생명의 가치를 깨달았음.

④ '배추'를 사람처럼 표현하여 인간과의 정서적 교감을 표현하였다. → 글쓴이는 의인법을 써서 배추와의 교감을 표현함.

⑤ 대화와 독백 형식을 써서 말하는 이의 마음을 친근하게 표현하였다. → 1연 6~7행, 2연 3~4행에 나타남.

이 시에서 말하는 이는 밭에서 자라는 배추와 마음을 나누고 그로부터 삶의 의미를 깨닫고 있습니다. 그러나 이 시에서는 대상을 다른 대상에 빗대어 표현한 낱말은 없으므로, ②는 이 시에 대한 설명으로 알맞지 않습니다.

2

세부
내용

'말하는 이'에 대한 설명으로 알맞지 않은 것은 무엇인가요? (　⑤　)

① 배추를 사람처럼 친근하게 대하고 있다. → 1연 6~7행에서 친근한 어조로 말함.

② 자연과 교감하며 생명의 소중함을 깨닫고 있다. → 2연에서 배추벌레를 걱정하는 글쓴이의 마음이 나타남.

③ 배추 농사를 지으며 배추와 마음을 나누고 있다. → 2연 마지막 행에서 배추와 인간의 교감을 드러냄.

④ 농약 없이 키운 배추가 잘 자라기를 소망하고 있다. → 1연의 중심 내용임.

⑤배추벌레가 배추를 모두 먹어 치울까 봐 걱정하고 있다.

이 시에서 말하는 이는 '배추'를 사람처럼 마음이 있는 소중한 존재로 여기고 교감하며 생명의 소중함을 표현하였습니다. 말하는 이가 배추벌레를 걱정한 것은 배추를 다 먹어 치울까 봐서가 아니라, 배추 속에 갇혀서 나오지 못할까 봐 걱정하는 것입니다.

3

세부
내용

이 시에 나타난 계절의 변화를 알맞게 나타낸 것은 무엇인가요? (　②　)

	1연		2연
①	봄	→	가을
②	여름	→	늦가을
③	가을	→	겨울
④	겨울	→	여름
⑤	늦가을	→	봄

이 시에 나타난 1연의 '여름내', 2연의 '늦가을'이라는 표현에서 계절이 여름에서 가을로 바뀌고 있다는 것을 알 수 있습니다.

4

어휘
어법

┌ 의인법

㉠과 같은 표현 방법이 쓰인 것은 무엇인가요? (　③　)

① 아! 슬프도다. → 영탄법: 감탄하는 말을 써서 감정을 표현하는 방법.

② 반달 같은 눈썹. → 직유법

③돌담에 속삭이는 햇발.

④ 나는 나룻배 / 당신은 행인. → 은유법

⑤ 별 하나에 사랑과 / 별 하나에 추억과 / 별 하나에 쓸쓸함과. → 열거법: 비슷한 내용을 늘어놓는 표현 방법.

㉠은 '배추'에게도 사람처럼 '마음'이 있다고 하며 '배추'를 '사람'처럼 표현하였습니다. ③에서도 '햇발(햇살)'이 사람처럼 '속삭인다'고 표현하고 있습니다.

5 ㉠~㉢ 중 이 시의 주제가 담겨 있는 행은 무엇인가요? (⑤)

주제
찾기

① ㉠ ② ㉡ ③ ㉢ ④ ㉣ ⑤ ㉤

이 시의 주제는 자연(배추)과의 교감을 통해 깨달은 '생명을 소중히 여기는 마음(사랑)'입니다.
2연에서 글쓴이는 생명을 소중히 여기는 마음이 자신이나 배추나 다를 바 없다고 표현하면서, ㉤에서 자연(배추)과
하나가 된 상태를 표현하였습니다.

┌── 배추의 마음

6 다음 중 ㉮와 가장 관련이 적은 사람은 누구인가요? (③)

적용
창의

① 장애아를 입양해 자립할 수 있도록 키워 낸 부부
② 병원이 없는 아프리카에서 30년간 진료 활동을 한 의사
③ 회사를 홍보하려고 불우 이웃 돕기 방송에 출연한 회사 사장
④ 폐지를 모아 형편이 어려운 대학생의 장학금을 지급한 할머니
⑤ 혈액이 부족해서 수술하지 못하는 사람들을 위해 헌혈한 고등학생

㉮는 다른 존재에 대한 희생과 배려, 자신을 희생하더라도 생명을 소중히 여기는 마음을 뜻합니다. 이런 마음과 가
장 관련이 적은 사람은 불우 이웃을 도우려는 마음이 아니라 회사를 홍보하기 위해 방송에 출연한 회사 사장입니
다. 나머지는 ㉮와 같은 배추의 마음을 가진 사람들입니다.

┌── 생명을 소중히 여기는 태도가 드러난 예

7 이 시의 '말하는 이'와 [보기]의 '나'에게 발견할 수 있는 삶의 태도는 무엇인가요? (④)

추론
하기

> [보기] 소나기가 한바탕 퍼부었던 날이었다. 소나기가 어느 정도 잦아들 무렵, 나는 어머
> 니의 심부름으로 집에서 조금 떨어진 마트에 갔다. 공원 앞을 지나는데 발 밑에서 무
> 언가 꿈틀대는 것을 보았다. 지렁이였다. 지렁이는 느린 움직임으로 인도 한복판을
> 지나고 있었다. 『그대로 두면 사람들에게 밟힐 것 같아 주변을 두리번거렸다. 마침 소
> 나기에 떨어진 넙적한 가로수 잎을 발견해 지렁이를 공원 화단 쪽으로 옮겨 주었다.』

『 』: 생명을 존중하는
태도가 드러난 행동

① 말하는 이와 [보기]의 '나'는 모두 자연을 관찰하는 것이 취미이다. → 이 시의 말하는 이나 [보기]의 '나'는 우연히 본 것으로
취미는 아님.
② 말하는 이와 [보기]의 '나'는 모두 겁이 많고 소심한 성격을 가지고 있다. → 이 시와 [보기]에서 확인할 수 없는 내용임.
③ 말하는 이와 [보기]의 '나'는 모두 식물을 기르면서 벌레를 채집하고 있다. → 이 시에서 말하는 이만 배추를 기르고 있음.
④ 말하는 이와 [보기]의 '나'는 모두 생명의 가치를 알고 소중히 여기고 있다.
⑤ 말하는 이는 시골에서, [보기]의 '나'는 도시에 살면서 자연을 가까이 하고 있다. → [보기]는 자연을 가까이 하고 있는지
알 수 없음.

이 시에서 말하는 이는 배추를 키우며 배추와 마음을 나누고, 배추벌레의 생명조차 소중히 여기고 있습니다. [보
기]에도 자신과 상관없는 지렁이의 생명을 소중히 여기는 '나'의 태도가 드러나 있습니다. 따라서 둘의 공통점으로
는 ④가 알맞습니다.

1 이 글에 대한 설명으로 알맞은 것은 무엇인가요? (①)

구조
알기

① 일상적 경험에서 깨달은 삶의 교훈을 담아내고 있다.

② 자전거를 타러 간 여행에서의 견문과 감상을 표현하고 있다. → 글쓴이가 여행을 떠난 것은 아님.

③ 글쓴이의 상상력을 바탕으로 꾸며 낸 이야기를 전달하고 있다. → 글쓴이가 직접 겪은 일을 쓴 글임.

④ 자전거의 구조와 타는 방법에 대해 전문적인 내용을 설명하고 있다. → 자전거 타기를 배우는 과정만 드러남.

⑤ 운율이 있는 짧은 글로 자전거 타기에 성공한 기쁨을 표현하고 있다.
  → 글쓴이는 긴 문장으로 자전거 타기에 성공한 기쁨을 표현했음.

이 글은 글쓴이가 겪은 경험을 바탕으로 여기에서 얻은 삶의 진리나 교훈, 깨달음을 전달하고 있는 수필입니다.

┌── 자전거를 끌고 사람이 없는 운동장으로 간 까닭

2 ㉠의 까닭으로 알맞은 것은 무엇인가요? (⑤)

세부
내용

① 마땅히 자전거를 탈 장소가 없어서

② 자전거를 타기에 좋은 시간과 장소라서

③ 혼자 조용히 자전거 연습을 하고 싶어서 → 글에서 글쓴이가 혼자서 하는 것을 좋아한다는 단서를 찾을 수 없음.

④ 운동장이 자전거 타기 연습을 하기 좋아서

⑤ 자전거를 배우는 모습을 다른 사람에게 보이기 싫어서

㉠의 까닭은 첫 부분의 '그 대신 ~ 의문스럽긴 했지만.'에 나타나 있습니다. 글쓴이는 자전거를 배우자면 반드시 겪어야 하는 '논바닥에 꼬라박기'를 해야 하는 창피함을 견뎌 낼 수 있을지 의문스럽다고 했습니다. 그래서 자전거 배우는 모습을 사람들에게 보이는 것이 창피했기 때문에 사람이 없는 운동장에서 연습하려고 한 것입니다.

┌── 가슴이 터질 듯 부풀었다는 표현   ┌── 싸움이나 경쟁 등에서 이길 자신이 없어 힘이 빠지는 느낌

3 ㉡에서 알 수 있는 글쓴이의 마음으로 알맞은 것은 무엇인가요? (④)

추론
하기

① 현실감 → 현실처럼 느껴지는 감정 ② 패배감   ③ 기대감 → 어떤 일이 이루어지기를 바라고 기다리는 마음

④ 성취감   ⑤ 우월감 → 다른 사람보다 뛰어나다고 여기는 생각이나 느낌
  → 목적한 것을 이루었다는 뿌듯한 느낌

㉡은 글쓴이가 자전거 타기에 성공했을 때의 기분을 나타낸 표현입니다. 글쓴이는 성취감으로 마음이 벅차서 가슴이 터질 듯 부풀어 오르는 기분을 느꼈습니다.

---

4 다음은 글쓴이가 무사히 자전거를 배울 수 있었던 까닭입니다. ㉮와 ㉯에 들어갈 알맞은 낱말은 무엇인가요? (③)

세부
내용

> 스스로 자전거를 통제하지 않으면 큰 [㉮]을/를 볼지 모른다는 [㉯](으)로 쉬지 않고 내달렸기 때문이다.

① ㉮: 성공, ㉯: 절실함   ② ㉮: 성공, ㉯: 신중함

③ ㉮: 낭패, ㉯: 절실함   ④ ㉮: 낭패, ㉯: 신중함

⑤ ㉮: 이득, ㉯: 냉철함

글쓴이가 무사히 자전거를 배울 수 있었던 까닭은 '동네로 돌아오는 ~ 나쁘면 똥통'에 나타나 있습니다. 글쓴이는 자신이 내리막에서 자전거를 통제하지 않으면 자칫 똥통에 빠져 낭패를 볼지 모른다는 생각에서 절실한 마음으로 쉬지 않고 내달렸기 때문입니다.

독해 정답	1. ①	2. ⑤	3. ④
	4. ③	5. ①	6. ⑤
	7. ⑤		

어휘 정답	1. ④
	2. (1) 라 (2) 마 (3) 가 (4) 나 (5) 다
	3. ⑤

— 삽시간에 어른이 된 기분

5 ⓒ이 빗대어 표현한 것은 무엇인가요? (①)

어휘
어법

①자전거 타기에 성공한 기쁨

② 중학생이 되면서 크게 자란 키 → 자전거 타기와 상관없는 내용임.

③ 갑자기 빨라진 자전거의 속도감 → 내면의 상태와 관련 없음.

④ 오르막을 무사히 내려왔다는 안도감 → 어른이 된 기분은 자전거 타기의 성공과 관련 있음.

⑤ 선수처럼 자전거를 잘 타게 되었다는 자신감 → 한 번의 성공으로 선수 같은 자신감을 가진 것은 아님.

ⓒ은 글쓴이가 자전거 타기에 성공했을 때의 기분을 나타낸 표현입니다. 글쓴이는 운동장에서 계속되는 시행착오로 녹초가 되고 나서 마지막 방법으로 오르막을 내려오며 자전거를 타기에 성공했습니다. 글쓴이는 자전거를 배운 이때의 기쁜 마음을 '삽시간에 어른이 된 기분'에 빗대어 표현했습니다.

6 이 글에서 글쓴이가 얻은 삶의 교훈으로 알맞은 것은 무엇인가요? (⑤)

주제
찾기

① 누구나 노력하면 성공한다. → 누구나가 아닌 실패를 두려워하지 말고 노력한 사람이 성공할 수 있음.

② 열심히 하면 반드시 좋은 결과를 얻는다. → 글쓴이가 얻은 교훈은 결과와 상관없이 일단 시작한 이상 계속 노력해야 한다는 것임.

③ 하다가 안 되면 적당히 포기하는 것이 낫다. → 글쓴이는 쉬지 말고 끝까지 노력하라고 말하고 있음.

④ 안 되는 일에 공연히 시간을 낭비할 필요는 없다. → 글쓴이가 얻은 교훈과 관련 없는 내용임.

⑤한번 시작한 일은 끝까지 포기하지 말고 노력해야 한다.

글쓴이가 얻은 삶의 교훈은 '그날 나는 ~ 하나도 없지만.'에 나타나 있습니다. 글쓴이는 자신이 겪은 자전거 타기의 체험을 통해 한번 시작한 일은 끝까지 포기하지 말고 노력해야 한다는 삶의 교훈을 깨닫게 되었습니다.

— 성공한 사람들의 실패에 대한 생각

— 세상을 움직여 온 비밀

7 이 글과 [보기]에서 공통적으로 찾을 수 있는 ⓔ은 무엇인가요? (⑤)

추론
하기

> [보기] 흙수저 출신으로 재벌이 된 현대그룹 회장 정주영과 애플의 창업자 스티브 잡스는 승승장구했던 사람들이 아니다. 두 사람은 엄청난 실패를 겪었던 사람들이다. 하지만 이들은 실패를 두려워하거나 좌절하지 않고 꾸준히 도전해 기적적으로 일어선 성공 신화의 주인공들이다.
>
— 정주영이 가진 삶의 태도
> 정주영 회장은 "나는 생명이 있는 한 실패는 없다고 생각한다."라는 신념으로 살았고, "이봐, 해 봤어?"라는 철학으로 실패에 좌절하지 않고 계속 도전하였다. 스티브 잡스도 온갖 어려움 끝에 아이폰을 시장에 내놓으며 "용기를 가지고 자기가 좋아하는 일을 찾아서 두려움 없이 실행하라. 실패에 좌절하지 말고 열정과 끈기로 끝까지 도전하라."라는 생각을 몸소 보여 주었다.   스티브 잡스가 가진 삶의 태도

① 인생에 실패라는 말은 없다. → [보기]는 실패를 겪은 사람들임.

② 실패를 겪은 사람이 성공할 수 있다. → 이 글과 [보기]는 모두 실패가 성공의 조건이라고 하지는 않음.

③ 계속 도전하다 보면 반드시 성공한다. → 이 글과 [보기]는 모두 계속 도전하면 반드시 성공한다고 결과를 보장하지는 않음.

④ 성공한 사람들은 모두 실패를 겪게 마련이다. → 계속해서 승승장구하는 사람들도 있음.

⑤실패를 두려워하지 말고 끝까지 도전해야 한다.

[보기]는 각자 자기의 분야에서 성공한 정주영과 스티브 잡스의 이야기로, 실패를 두려워하거나 좌절하지 않고 끈기 있게 도전한 예입니다. 또, 이 글에서 글쓴이도 자전거 타기 체험을 통해 실패를 두려워하지 말고 계속해서 노력해야 이루어 낼 수 있다는 교훈을 얻었습니다. 따라서 이 글과 [보기]의 공통점은 실패를 두려워하지 말고 끝까지 도전해야 한다는 것입니다.

된* 노력일 뿐이다. 이곳에 사는 야후들도 마찬가지야. 몸도 빠르고 힘이 세서 일을 잘하지만, 먹이가 충분한데도 먹을 것을 가지고 싸워 대는 통*에 골치가 아파. 또, 그들은 들판에서 ⓒ여러 가지 색깔의 반짝이는 돌을 찾다가 자신만의 비밀 장소에 쌓아 두지. 그러고 나서도 다른 야후들이 빼앗아 갈까 봐 걱정하며 사방*을 경계해*."

— 조너선 스위프트, 「걸리버 여행기」

• • •

1
구조
알기

이 글에 대한 설명으로 알맞지 <u>않은</u> 것은 무엇인가요? (③)

① 주인공이 여러 나라를 여행하며 겪은 일을 쓴 글이다. → 주인공 걸리버가 여행한 일을 쓴 소설임.
② 글쓴이가 상상력을 바탕으로 그럴 듯하게 꾸며 낸 이야기다. → 실제 있었던 일이 아니라 지어낸 이야기임.
③ 글쓴이가 여행을 하며 실제로 겪은 이야기를 전달하고 있다.
④ 등장인물 간의 대화를 통해 글쓴이의 의도를 드러내고 있다. → 걸리버와 주인의 대화를 통해 인간 사회를 비판함.
⑤ 사람처럼 말하고 행동하는 동물을 등장시켜 인간 세상을 비판하고 있다. → 말인 휴이넘을 사람처럼 표현함.

이 글은 글쓴이가 실제로 겪은 일을 쓴 여행기가 아니라, 상상력을 바탕으로 지어낸 이야기입니다.

2
세부
내용

이 글의 내용과 일치하지 <u>않는</u> 것은 무엇인가요? (②)

① 인간 사회에서는 야심 많은 왕이 전쟁을 일으킨다. → "이유는 셀 ~ 잃기도 합니다."에 나타남.
② 영국의 발명품들은 전쟁을 하기 위한 무기들이었다.
③ 걸리버는 배를 타고 항해하다가 휴이넘의 나라에 왔다. → 글의 첫 부분에 나타남.
④ 걸리버는 자신이 살던 영국을 좋지 않게 생각하고 있다. → 야심 많은 왕이나 사소한 의견 차이로 전쟁이 일어난다고 말한 부분에 나타남.
⑤ 걸리버는 휴이넘의 나라를 이상적인 곳으로 생각하고 있다. → '나는 시간이 ~ 부리지도 않았다.'에 나타남.

영국의 발명품에 대한 내용은 "하지만 생활을 ~ 내기도 했습니다."에 나타나 있습니다. 걸리버가 말한 영국의 발명품들은 전쟁 무기가 아닌 생활을 편리하게 만들기 위한 것이었습니다.

3
세부
내용

┌ '주인'
ⓐ이 속하는 종족으로 알맞은 것은 무엇인가요? (④)

① 소인   ② 거인   ③ 야후
④ 휴이넘   ⑤ 영국인

걸리버가 여행 중인 '휴이넘의 나라'는 성숙하고 지적인 생명체인 '휴이넘'이 지배하는 나라로, 인간을 닮은 동물인 '야후'는 휴이넘의 지배를 받습니다. 걸리버와 대화한 내용으로 보아 '주인'은 '휴이넘'임을 알 수 있습니다.

4
추론
하기

┌ '야후'
ⓒ의 성격으로 알맞은 것은 무엇인가요? (③)

① 성실하고 부지런하다.
② 머리가 총명하고 지혜롭다.
③ 탐욕스럽고 소유욕이 강하다. ── '자기의 것으로 가지고 싶어 하는 욕망.'이라는 뜻
④ 다른 사람에 대한 배려심이 많다.
⑤ 서로 아끼고 도우며, 욕심 없이 산다. → 걸리버가 말한 휴이넘의 특징임.

이 글에서 인간인 '야후'는 탐욕으로 전쟁을 일으키고, 먹을 것이 충분해도 더 가지려고 싸우는 탐욕스러운 성격을 가지고 있습니다. 또, 반짝이는 돌을 숨겨 두고 다른 야후들이 빼앗아 갈까 봐 경계하는 소유욕이 강한 존재로 그려지고 있습니다.

—— 여러 가지 색깔의 반짝이는 돌

5 ⓒ이 빗대어 표현하는 것은 무엇인가요? (③)

어휘
어법

① 돈   ② 식량   ③보석

④ 무기   ⑤ 자연

ⓒ은 야후가 찾아다니는 반짝이는 돌로, 숨겨 두고 다른 야후들에게 뺏길까 봐 경계하는 물건입니다. 이를 인간 세상에 빗대어 생각해 보면 사람들이 좋아해서 찾아다니고 도둑에게 도난당할까 봐 걱정하는 보석임을 짐작할 수 있습니다.

—— 주제

6 이 글에서 글쓴이가 말하려고 하는 것은 무엇인가요? (⑤)

주제
찾기

① 세계 여행의 신기한 경험 기록 → 이 글은 여행기를 통해 인간 사회를 비판하고 있음.

② 살기 좋은 이상향에 대한 추구 ┐

③ 휴이넘의 나라에서 살고 싶은 소망 ┘→ 이상적인 곳인 '휴이넘의 나라'는 영국과의 차이점을 드러내기 위해 사용한 것임.

④ 인간보다 뛰어난 지성을 가진 존재의 발견 → 뛰어난 지성을 가진 휴이넘 역시 인간과의 차이점을 드러내기 위해 사용한 것임.

⑤인간 세상에서 일어나는 전쟁과 탐욕에 대한 비판

이 글에서 글쓴이는 걸리버와 휴이넘인 '주인'과의 대화를 통해 인간 세상에서 일어나는 전쟁과 탐욕에 대해 비판하고 있습니다. '주인'은 전쟁 이야기를 들으면서 야후라는 동물 전체가 싫어질 정도라고 말하며 먹이가 충분한데도 먹을 것을 가지고 싸우는 야후의 탐욕에 대해서도 비판하고 있습니다.

[수능 연계]

—— 이 글의 창작 배경과 글쓴이의 의도

7 [보기]를 참고해 이 글을 감상한 것으로 알맞지 않은 것은 무엇인가요? (④)

감상
하기

> [보기]   『걸리버 여행기』는 글쓴이가 살던 17~18세기 영국 사회의 문제점을 걸리버가 여행한 나라에 빗대어 비판한 풍자 소설이다. 당시 영국은 두 개의 당파로 나뉘어 다투었는데, 글쓴이는 자신이 속한 당의 잘못도 비판하여 양쪽 당 모두에게 미움을 받았다. 이에 글쓴이는 정치를 떠나 오랫동안 이 책을 썼다.
>   특히, '휴이넘의 나라' 편에서는 '야후'를 오로지 본능에 따라서만 사는 동물로, '휴이넘'을 인간을 뛰어넘는 이성을 가진 존재로 그렸다. 이를 두고 종교계에서는 신을 모독했다고 하여 책의 출판을 금지시켰다.

① 글쓴이는 인간에 대해 매우 부정적인 시각을 가지고 있군. → 인간을 야후로 표현해 부정적으로 그리고 있음.

② 글쓴이는 자신의 나라인 영국 사람들을 탐욕스러운 '야후'에 빗대어 표현했군. → 주인의 말 '영국에 사는 야후'에서 드러남.

③ 글쓴이는 읽는 이들을 즐겁게 하려고 이 책을 쓴 것이 아니라 현실 비판이 목적이었군.→ [보기]의 첫 부분에 나타남.

④글쓴이는 여행을 다니면서 겪은 신기한 일들을 전달하여 읽는 이들과 공감하려고 했군.

⑤ 글쓴이가 영국을 호되게 비판한 것은 조국인 영국을 진심으로 걱정하고 염려했기 때문이야. → 영국 사회를 비판한 것은 오히려 영국에 대한 애정 때문임.

[보기]는 이 글에 나타난 창작 배경과 글쓴이의 의도를 설명한 글입니다. 글쓴이는 이 작품에서 영국 사회의 문제점을 비판하고 있는데, 이 글이 들어 있는 부분인 '휴이넘의 나라' 편에서는 인간을 야후라는 부정적인 존재에 빗대어 비판하고 있습니다. 그러나 ④는 이 글을 '기행문'으로 잘못 파악하여 이해한 감상입니다.

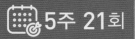
1
구조
알기

이 글에 대한 설명으로 알맞은 것은 무엇인가요? (　⑤　)

① 사건을 객관적으로 들려주어 사실성을 높이고 있다. → '나'에게 닥친 상황을 주관적으로 들려주고 있음.

② 시대적 상황을 설명하며 현실을 비판적으로 드러내고 있다. → 시대적 상황에 대한 설명은 나타나지 않음.

③ 과거와 현재를 교차시켜 사건을 입체적으로 보여 주고 있다. → 이 글에서 사건은 현재 시점으로 벌어졌음.

④ 하나의 사건을 여러 인물의 시각에서 다양하게 바라보고 있다. → 말하는 이는 '나' 한 명임.

⑤ 말하는 이가 등장인물과 상황에 대한 반응을 직접 드러내고 있다.

이 글은 '나'가 아버지의 회사에 갔던 일과 그에 대한 생각을 직접 말해 주고 있습니다. 말하는 이인 '나'의 시각에서 등장인물과 자신에게 닥친 상황에 대한 심리적 반응을 직접 드러내고 있습니다.

2
세부
내용

'나'에 대한 설명으로 알맞지 <u>않은</u> 것은 무엇인가요? (　③　)

① 아직 정신적으로 성숙하지 못한 소년이다. → 아버지의 직업을 알고 어린아이의 시각을 벗어나게 되므로, '나'는 성숙하지
　　　　　　　　　　　　　　　　　　　　　　　　　　못한 소년임.

② 몇 년 전에 물에 빠져서 고생했던 경험을 가지고 있다. → 글의 마지막 부분에 나타남.

③ 아버지가 수위인 것이 부끄러워서 복수하려고 마음먹고 있다.

④ 아버지의 직업을 알고 난 후 매우 실망하여 배반감을 느끼고 있다. ┐→ 아버지의 직업을 본 뒤 실망감을 느끼는 것에서

⑤ 아버지의 직장에 가기 전까지는 아버지를 자랑스럽게 여기고 있었다. ┘　이전에는 아버지를 자랑스럽게 여겼다는 것을
　　　　　　　　　　　　　　　　　　　　　　　　　　　　　　　　　　　　알 수 있음.

'나'는 아버지를 대단한 사람으로 여기고 있다가 아버지가 하는 일을 직접 본 후 크게 실망하여 아버지에게 배반감을 느끼고 있습니다. 이 글의 마지막 문장에서 '앙심을 먹었다.'고 한 것은 아버지에 대한 배반감이 그만큼 크다는 것일 뿐, 아버지를 부끄럽게 여기거나 실제로 복수를 하려는 것은 아닙니다.

3
추론
하기

이 글에 나타난 '나'의 심리 변화로 알맞은 것은 무엇인가요? (　⑤　)

① 아버지에 대한 오해 → 아버지에 대한 믿음

② 아버지에 대한 <u>불신</u> → 아버지에 대한 믿음 ── '믿지 않음.'의 뜻

③ 아버지에 대한 믿음 → 아버지에 대한 <u>동정심</u> ── '어려운 처지에 있는 사람을 딱하고 가엾게 여기는 마음.'의 뜻

④ 아버지에 대한 배신감 → 아버지에 대한 복수심

⑤ 아버지에 대한 기대감 → 아버지에 대한 배반감

이 글에서 '나'는 아버지가 대단한 사람, 훌륭한 사람이라고 기대하고 있다가 아버지의 직업이 건물 수위라는 사실을 확인하고 아버지에게 배반감을 느끼고 있습니다.

4
어휘
어법

┌ '나의 우상'

다음을 참고할 때, ㉠이 가리키는 사람은 누구인가요? (　①　)

> <u>우상</u>은 '신과 같이 여겨 우러러 받드는 물건이나 사람.'을 뜻하는 말이다. 어떤 사람은 연예인을 좋아해 우상화하고, 어떤 사람은 훌륭한 과학자나 정치가를 우상으로 삼아 닮고자 노력한다.

① 아버지　　　　　② 높은 분들　　　　　③ 우리 삼형제

④ 생쥐 같은 사내　　　⑤ 대머리 까진 남자

[보기]는 우상의 뜻과 예에 대해 설명한 글입니다. 이 글에서 '나'는 아버지가 대단하고 훌륭한 사람이라고 생각했다가 아버지의 직업이 건물 수위임을 알게 되고 나서 배반감을 느끼고 정신적으로 성장하게 됩니다. 따라서 ㉠'나의 우상'은 아버지를 가리키는 말입니다.

5 이 글을 성장 소설이라고 할 때, 밑줄 친 부분에 해당하는 것은 무엇인가요? (④)

추론
하기

> '성장 소설'은 『몸과 마음이 미숙한 인물이 시련과 고난을 겪고 성숙한 존재로 성장하는 과
정을 그린 소설이다.』　『 』: 성장 소설의 정의

① 자동문을 처음 보게 된 것
② 아버지의 회사에 가게 된 것
③ 아버지의 웃음소리를 들은 것 → 아버지의 웃음소리는 나의 정신적 성숙을 재촉하는 소리임.
④ 아버지가 수위임을 알게 된 것
⑤ 생쥐와 쪼다 같은 남자들을 보게 된 것

이 글에서 '나'는 아버지의 직업을 알게 되고 나서 우상이 깨지고 정신적으로 성장하게 됩니다. '내'가 정신적으로
성장하게 만들어 주는 시련과 고난은 아버지의 직업이 수위인 것을 알게 된 일입니다.

6 다음 ㉮에 들어갈 알맞은 내용은 무엇인가요? (②)

비판
하기

> ┌ 돈과 권력의 지배를 받는 대상
　이 작품에서 '아버지'의 화려한 수위복이나 과장된 경례는 돈 많고 힘 있는 사람들을 위
한 것이었다. 어린 '나'의 눈에 비친 그들은 '생쥐'로, 또 수위를 의식하며 우월감과 권
위 의식을 충족하려고 하는 '쪼다'로 우스꽝스럽게 표현되어 있다. 이를 통해 글쓴이는
[　　　　　㉮　　　　　]을/를 비웃고 있다. '생쥐'와 '쪼다'는 돈 많고 힘 있는 사람들을 대표함.

① 동심을 파괴하는 어른 → '쪼다', '생쥐'로 표현되는 어른들을 비판하는 내용과 관련 없음.
② 돈과 권력을 쫓는 사람들의 모습
③ 제복을 입고 우쭐해하는 사람들의 폐해 → 아버지는 제복을 입고 우쭐해하지 않음.
④ 힘 있는 자가 약한 자를 짓밟는 약육강식의 모습 → 이 글에서 약육강식의 모습은 나타나지 않았음.
⑤ 더운 날에도 제복을 입어야 하는 힘없는 자의 처지 → '나'가 아버지를 불쌍하게 여기는 대목이나 비판 대상은 아님.

주어진 글로 보아 ㉮에는 글쓴이가 비판하고 있는 대상이 들어가야 합니다. 현대 사회는 돈이나 권력을 가진 사람
들이 다른 사람을 지배하는 사회입니다. 글쓴이가 돈 많고 힘 있는 사람들을 '생쥐'나 '쪼다'로 우스꽝스럽게 표현
한 것은 이들이 지배하는 '돈과 권력을 쫓는 현대 사회'를 바람직하지 못한 것으로 여겨 비웃고자 한 것입니다.

┌ 작품의 내용 구조에 대한 해석

7 [보기]를 참고해 이 글을 알맞게 감상한 친구는 누구인가요? (③)

감상
하기

> [보기]　이 작품은 '기대 ─ 배반 ─ 성장'의 이야기 구조를 가지고 있다. 주인공 '나'는 아직
세상에 대해 분별하고 판단하는 생각이 성숙하지 못한 소년이다. '나'는 아버지에 대
해 기대와 믿음을 가지고 있다가 그것이 무너져 내리는 배반을 경험한다. 하지만 차
츰 아버지에 대한 오해와 앙심이 풀리면서 내면의 성장을 이루게 된다.

① 이솔: '나'는 아버지의 웃음소리를 듣고 신체적 성장을 하게 되는군. → 아버지의 웃음소리는 정신적 성장을 재촉하는 소리
　　　　　　　　　　　　　　　　　　　　　　　　　　　　　지만 신체적 성장을 돕는 것은 아님.
② 성빈: '나'는 아버지의 직업이 수위라는 것을 알고 부끄러워서 도망치고 있어. → 이 글의 내용을 잘못 이해한 반응임.
③ 지은: 아버지한테 받은 배신감이 결국 '나'의 정신적 성장의 계기로 작용하는군.
④ 민주: '나'는 아버지의 사회적 지위가 낮다는 것을 알고 아버지를 불쌍하게 여겼어. → 아버지의 직업을 알고 아버지에
　　　　　　　　　　　　　　　　　　　　　　　　　　　　　　　　　대한 환상이 깨진 것임.
⑤ 한얼: '내'가 아버지에게 배신감을 느끼고 앙심을 품었으니, 다음에는 복수를 하겠군.
　　　　→ '내'가 아버지에게 복수하는 것은 '내적 성장'이 아님.

[보기]는 성장 소설인 이 글의 이야기 구조에 대한 내용입니다. '나'는 기대했던 아버지에 대한 배반을 경험한 후,
아버지에 대한 오해와 앙심이 풀리면서 내적 성장을 하게 된다고 하였습니다. 이 글에서 '나'는 아버지가 훌륭한 사
람이라고 기대하고 있다가 아버지가 수위로 일하는 것을 보고 아버지에게 배반감을 느끼고 있습니다. 그리고 이
배반감으로 아버지에 대한 오해와 앙심이 풀리고 정신적으로 성장하게 됩니다.

한 이는 몇이나 되는지, 그것만이라도 한 번쯤 되새겨 보며 살아야 하는 것 아닐까.

— 양귀자, 「사막을 같이 가는 벗」

● ● ●

1 이 글에 대한 설명으로 알맞지 <u>않은</u> 것은 무엇인가요? (②)

구조
알기

① 돈독한 우정을 나누는 친구들을 예로 들고 있다. → '살아가면서 그런 ~ 얼마나 든든하냐고.'에 나타남.

②글쓴이가 추구하는 삶의 가치를 읽는 이에게 설득시키고 있다.

③ 세상살이의 어려움을 학창 시절의 외로움과 비교하여 설명했다. → '망망대해를 헤매는 ~ 가득한 일이다.'에 나타남.

④ 글쓴이가 떠올린 학창 시절의 기억을 바탕으로 생각을 펼치고 있다. → 글의 첫 부분에 나타남.

⑤ 글쓴이가 중요시하는 삶의 가치를 문학적인 표현을 사용해 드러냈다.
→ 망망대해, 항해, 사막 등 비유적 표현을 사용해 표현함.

이 글에서 글쓴이는 이 글의 마지막 부분에서 자신이 추구하고 중요시하는 삶의 가치 즉, 참된 우정에 대해 읽는 이들도 한 번쯤 생각해 보도록 유도하고 있습니다. 이를 읽는 이들에게 강요하거나 설득하려 한 것은 아닙니다.

2 이 글에 나타난 글쓴이의 생각으로 알맞지 <u>않은</u> 것은 무엇인가요? (②)

세부
내용

① 영혼을 함께 나눌 친구가 있다면 실패한 삶이 아니다. → '목소리만 듣고도 ~ 있는 것이다.'에 나타남.

②진정한 우정은 실패한 친구의 증인이 되어 주는 것이다.

③ 학창 시절 신학기 때마다 친구들과 헤어지게 돼서 속상했다. → 글의 첫 부분에 나타남.

④ 험난한 인생을 살아갈 때 돈독한 우정을 나눌 수 있는 친구가 필요하다. → '인생이란 험난한 ~ 용기가 솟는다.'에 나타남.

⑤ 진정한 친구를 얻으려면 내가 먼저 우정을 쌓아 나가기 위해 노력해야 한다. → '하지만 우정은 ~ 열매인 것이다.'에 나타남.

글쓴이는 이 글에서 친구 없이 사는 것은 증인 없이 사라지는 것이라고 말하며 진정한 친구와 우정에 대해 설명하고 있습니다. 글쓴이가 말한 증인 없이 사는 일은 친구 없이 사는 일을 비유한 것으로, 실제 증인이 되는 것과는 관련이 없습니다.

3 ㉠~㉤이 비유한 것으로 알맞지 <u>않은</u> 것은 무엇인가요? (④)

어휘
어법

① ㉠: 인생을 살아가는 일   ② ㉡: 삶을 힘들게 하는 고난

③ ㉢: 진정한 친구   ④㉣: 어둡고 캄캄한 사막

⑤ ㉤: 우정

㉣'무서운 사막'은 각박하고 고난으로 가득 찬 세상을 빗대어 표현한 것입니다.

┌─ 비유적 표현: 은유법

4 ㉯와 같은 표현 방법을 사용한 것은 무엇인가요? (③)

추론
하기

① 멸치처럼 마른 몸. → 직유법

② 풀이 누워 울고 있다. → 의인법

③엄마 품은 포근한 이불.

④ 가랑비에 옷 젖는 줄 모른다. → 풍유법: 속담이나 격언을 이용해서 나타내는 방법.

⑤ 바람에 이리저리 몸을 뒤척이는 파도. → 활유법: 무생물을 생물인 것처럼 표현하는 방법.

㉯는 삶의 의미를 설명해 줄 친구가 없는 것을 '~은 ~이다.'의 형식으로 비유한 표현입니다. 이 말은 친구 없이 사는 일이 이처럼 무섭고 힘든 일이라는 것을 뜻합니다. 이와 같은 표현 방법을 사용한 것은 엄마 품을 포근한 이불에 빗대어 표현한 ③입니다.

5

추론
하기

㉯의 표현이 주는 효과로 알맞은 것은 무엇인가요? (⑤)

① 실제보다 부풀려서 삶의 어려움을 강조하고 있다. → '과장법'의 효과

② 대상을 다른 대상에 빗대어 참신한 느낌을 주고 있다. → '비유하는 표현'의 효과

③ 대상을 사람처럼 표현해 좀 더 생생하게 전달하고 있다. → '의인법'의 효과

④ 문장의 앞뒤 순서를 바꾸어서 단조로운 느낌을 없애고 있다. → '도치법'의 효과

⑤ 묻는 형식을 써서 글쓴이가 말한 삶의 자세를 강조하고 있다.

㉯는 글쓴이가 말한 삶의 자세인 '진정한 벗이 얼마나 되는지 되새겨 보아야 한다.'는 사실을 의문의 형식으로 표현한 것입니다. 이렇게 쉽게 판단할 수 있는 사실을 묻는 문장을 써서 의문의 형식으로 표현하는 것을 '설의법'이라고 합니다. 설의법은 글쓴이가 말하고자 하는 사실을 강조하는 효과를 줄 수 있습니다.

6

주제
찾기

이 글의 주제로 알맞은 것은 무엇인가요? (④)

① 인생의 험난함

② 신학기 반 편성의 문제점

③ 진정한 친구를 사귀는 방법

④ 진정한 친구의 의미와 필요성

⑤ 인생의 성공을 위한 많은 벗의 필요성

이 글은 학창 시절의 경험을 바탕으로 진정한 친구의 의미와 중요성에 대한 글쓴이의 생각이 담긴 수필입니다. 글쓴이는 여러 가지 비유를 통해 각박한 세상을 살아가기 위해서는 진정한 친구가 필요하고 내가 먼저 진정한 벗이되려고 노력해야 한다고 말하고 있습니다.

— 수필의 특징

7

감상
하기

[보기]를 참고해 이 글을 알맞게 감상하지 (못한) 것은 무엇인가요? (④)

> [보기]   <u>수필은 글쓴이가 생활 속에서 보고, 듣고 느낀 것이나 체험한 것을 형식의 제한 없</u> → 수필의 정의
     <u>이 자유롭게 쓴 개성적인 글이다.</u> 글 속의 '나'는 곧 글쓴이 자신이다. 글쓴이는 다양
     <u>한 소재와 자신의 체험을 중심으로 생각과 느낌을 꾸밈없이 솔직하게 표현하고 체험</u> → 수필의 특징 ②
수필의 특징 ① ——— <u>한 일에서 얻은 지혜나 깨달음을 읽는 이에게 전달한다.</u> 이와 같은 글에는 <u>글쓴이의</u>
     <u>인생관, 가치관, 성격, 생활 태도 등 독특한 개성이 드러난다.</u> → 수필의 특징 ③

① 학창 시절에 글쓴이가 겪은 일이 이 글의 소재가 되었어. → 글의 처음 부분에 나타남.

② 글쓴이는 인생을 살아갈 때 진정한 친구가 필요하다는 가치관을 가지고 있어. → 인생의 항해에서 파도를 헤쳐 나갈 때 진정한
                                                       친구가 필요하다고 생각함.

③ 현재에 있는 글쓴이가 과거의 학창 시절을 회상하는 형식으로 글을 시작했어. → 글의 첫 부분이 과거의 학창 시절 경험임.

④ 글쓴이는 친구를 따라 시골로 간 친구가 가족을 희생시켰다고 생각하고 있어.

⑤ 글쓴이는 진정한 친구 없이 사는 것은 아닌지 되돌아보는 성찰의 태도를 보이고 있어. → 마지막 문장에 나타남.

글쓴이는 살아가면서 돈독한 우정을 나누는 친구의 예로 친구를 따라 시골로 간 친구를 들고 있습니다. 그리고 이 친구가 가족을 희생시켰다고 생각하지 않고 이런 우정을 가꾸는 이들이 아름답다고 생각하고 있습니다.

1 이 시에 대한 설명으로 알맞지 <u>않은</u> 것은 무엇인가요? (②)

세부
내용

① 시각, 청각, 촉각 등 다양한 감각적 표현을 사용하고 있다. → '웃음 짓는, 속삭이는, 보드레한'에 나타남.
② 사투리를 많이 사용하여 향토적인 분위기를 강조하고 있다.
③ 비유적인 표현을 다양하게 사용해 시적 효과를 높이고 있다. → '햇발같이, 샘물같이, 시의 가슴' 등에 나타남.
④ 비슷한 문장 구조를 반복해 음악적 효과를 느끼게 하고 있다. → 1연과 2연이 비슷한 문장 구조를 가지고 있음.
⑤ 일정한 위치에 같은 소리나 낱말을 반복해 음악적 효과를 주고 있다. → 각 연의 1, 2행 끝에 '～같이'가 반복됨.

이 시는 봄 하늘을 바라는 마음을 밝고 경쾌하게 표현한 시입니다. 시에서 사용한 사투리는 '새악시'뿐이며 이는 향
토적인 느낌을 주기 위해서가 아니라, 글자 수를 맞추기 위해 쓴 것입니다.

2 이 시의 계절적 배경으로 알맞은 것은 무엇인가요? (①)

세부
내용

① 봄 　　　　　　　② 여름 　　　　　　　③ 가을
④ 겨울 　　　　　　　⑤ 없다.

이 시의 계절적 배경은 1연 3행 '내 마음 고요히 고운 봄 길 위에'에서 확인할 수 있습니다.

3 이 시를 읽고 <u>떠오르는 장면</u>으로 알맞지 <u>않은</u> 것은 무엇인가요? (②)

추론
하기

① 돌담 위로 반짝이는 햇빛 → 1연 1행에서 상상할 수 있음.
② 하늘을 보며 종일 우는 사람
③ 풀밭 아래로 맑게 흐르는 샘물 → 1연 2행에서 상상할 수 있음.
④ 부끄러워서 두 볼이 붉어진 새색시 　　→ 2연 1행에서 상상할 수 있음.
⑤ 비단처럼 곱고 에메랄드처럼 맑고 푸른 하늘 → 2연 3, 4행에서 상상할 수 있음.

이 시에서 말하는 이는 봄 하늘을 우러러 바라보고 싶다고 하며 하늘을 바라는 마음을 경쾌하게 표현하고 있습니
다. 따라서 ②는 이 시의 내용이나 분위기에서 상상하기 힘든 장면입니다.

4 ㉠~㉤ 중 뜻하는 것이 <u>다른</u> 하나는 무엇인가요? (④)

어휘
어법

① ㉠ 　　　　② ㉡ 　　　　③ ㉢ 　　　　④ ㉣ 　　　　⑤ ㉤

이 시에서 ㉠, ㉡, ㉢, ㉤은 모두 '～같이'를 사용하여 내 마음을 햇발, 샘물, 부끄럼, 물결에 직접 빗대어 표현했습
니다. 그러나 ㉣'시의 가슴'은 곱고 순수한 마음을 '～은 ～이다.'의 형태로 빗대어 표현한 것입니다.

5 이 시에서 느껴지는 분위기로 알맞은 것은 무엇인가요? (　①　)

추론
하기

① 밝고 경쾌한 분위기　　　　　　② 어둡고 우울한 분위기

③ 슬프고 안타까운 분위기　　　　④ 조용하고 차분한 분위기

⑤ 엄숙하고 긴장된 분위기
　　→ '무겁고 조용하다.'는 뜻

이 시에서는 돌담, 샘물, 마음, 하루 등 'ㄹ, ㅁ, ㅇ'이 들어 있는 낱말을 반복적으로 사용해 밝고 경쾌한 분위기를
드러내고 있습니다. 나머지는 모두 이 시의 분위기와 거리가 먼 내용입니다.

6 이 시의 주제로 알맞은 것은 무엇인가요? (　②　)

주제
찾기

① 봄에 시집온 새색시의 부끄러운 마음 → '새악시 볼에 떠 오는 부끄럼'은 비유적 표현임.

② 아름답고 평화로운 세상에 대한 간절한 소망

③ 돌담 위에 봄 햇살이 따사롭게 내려앉은 풍경 → 말하는 이가 바라보고 있는 장면임.

④ 따뜻한 봄날에 자연으로 나들이를 가고 싶은 마음

⑤ 자연 속에서 하루 종일 하늘을 보며 울고 싶은 마음
　　　　　　　　　　　　　　　　　　　　　→ 시의 내용과 관련 없는 내용임.

이 시에서 말하는 이는 봄 하늘을 동경하고 있습니다. 글쓴이가 바라는 봄 하늘은 맑고 순수한 세계, 아름답고 평
화로운 세상을 뜻하므로, 이 시의 주제로는 ②가 알맞습니다.

　　　　　┌─ '하늘을 우러르고 싶다.'는 표현

　　　　　│　　'부끄러움 없는 순수한 삶을 살겠다'는 다짐과 의지가 드러난 시

7 ㉮와 [보기]의 밑줄 친 부분에 담긴 마음을 알맞게 나타낸 것은 무엇인가요? (　⑤　)

적용
창의

[보기]　죽는 날까지 하늘을 우러러

　　　　한 점 부끄럼이 없기를,

　　　　잎새에 이는 바람에도

　　　　나는 괴로워했다.

　　　　별을 노래하는 마음으로

　　　　모든 죽어 가는 것을 사랑해야지.

　　　　그리고 나한테 주어진 길을

　　　　걸어가야겠다.

　　　　오늘 밤에도 별이 바람에 스치운다.

　　　　　　　　　　　　　　　　　　　　　　　　　　　　　— 윤동주, 「서시」

	㉮	[보기]
①	하늘을 바라보고 싶은 마음	하늘을 원망하는 마음 → 하늘을 원망하는 마음은 나타나지 않음.
②	하늘에 물어보고 싶은 마음	하늘을 두려워하는 마음 → 두려움은 나타나지 않음.
③	하늘을 보며 울고 싶은 마음	도덕적으로 살고 싶은 마음
④	도덕적으로 살고 싶은 마음	평화로운 세상을 바라는 마음 → '하늘'은 말하는 이의 삶의 기준
⑤	평화로운 세상을 바라는 마음	부끄러움 없이 살고 싶은 마음

③④ → 나타나지
　　　않음.

④ → 이므로, 세상에 대한 것은 아님.

이 시에서 말하는 이는 '하루 종일 하늘을 우러르고 싶다.'고 말하며 아름답고 평화로운 세상을 바라는 마음을 표현
하고 있습니다. 또 [보기]의 말하는 이는 '하늘을 우러러 한 점 부끄럼이 없기를.' 바라고 있습니다. 이는 하늘에 부
끄러움 없이 도덕적으로 살고 싶어 하는 마음을 표현한 것입니다.

인 걸 알았지. 하지만 내가 자네를 체포할 수는 없었어. 그래서 다른 형사에게 부탁했네. — 지미가

— 오 헨리, 「20년 후」

● ● ●

1
구조
알기

이 글에 대한 설명으로 알맞지 않은 것은 무엇인가요? (②)

① 두 친구의 우정과 반전이 드러나 있다. → 끝부분에 있는 지미의 편지는 이야기의 흐름을 뒤바꾼 반전임.

② 인물의 심리 변화가 직접적으로 드러나 있다.

③ 인물들의 대화를 통해 사건이 진행되고 있다. → 밥과 경찰, 밥과 지미로 가장한 형사와의 대화를 통해 사건이 진행됨.

④ 고요하고 황량한 분위기는 이야기의 결말을 암시한다. → 바람이 세게 불고 인적이 드문 거리 등 어두운 분위기는 어두운 결말을 예고함.

⑤ 말하는 이가 등장인물과 일어난 일을 관찰해서 전달하고 있다. → 글쓴이는 작품 바깥에서 인물과 사건을 관찰해서 전달함

이 글에는 등장인물의 심리 변화가 직접 드러나 있지 않습니다. 하지만 인물이 하는 말이나 행동을 통해 인물의 마음을 짐작할 수 있습니다.

2
세부
내용

이 글의 내용으로 알맞지 않은 것은 무엇인가요? (⑤)

① 서부로 떠난 밥은 성공하기 위해 수단과 방법을 가리지 않았다. → 서부에서 살아남으려면 악착같이 살아야 한다는 밥의 이야기와, 밥이 지명 수배범이 된 데서 미루어 알 수 있음.

② 지미는 밥과 형제처럼 자랐으며 착한 성격에 매부리코를 가지고 있다. → 밥이 형사에게 한 말로 미루어 알 수 있음.

③ 20년 후, 경찰이 된 지미 앞에 나타난 옛 친구 밥은 유명한 범죄자였다. → "그래. 하지만 ~ 형사에게 부탁했네."에 나타남.

④ 지미는 경찰이지만, 범죄자인 친구를 직접 체포할 수 없어서 다른 경찰을 보냈다. → 마지막 부분에 나온 지미의 편지에 나타남.

⑤ 밥은 키 큰 남자와의 대화를 통해 자신이 찾던 지미가 아니라는 것을 알게 되었다.

밥은 키 큰 남자와 대화하는 중간에 상대방이 지미가 아니라는 것을 알지 못했습니다. 두 사람이 길을 걷다가 불이 환하게 켜진 약국을 지날 때 불빛에 비친 얼굴을 보고 지미가 아니라는 것을 알게 되었습니다.

3
어휘
어법

㉠의 상황을 나타내기에 알맞은 한자 성어는 무엇인가요? (①)

서부에서는 살아남기 위해 악착같이 싸우며 살았다는 내용

① 이전투구(泥田鬪狗): 자기의 이익을 위하여 비열하게 다툼.

② 살신성인(殺身成仁): 자기 자신을 희생하여 어진 행동을 함.

③ 사필귀정(事必歸正): 모든 일은 반드시 올바른 길로 돌아감.

④ 적반하장(賊反荷杖): 잘못한 사람이 잘못이 없는 사람을 나무람.

⑤ 약육강식(弱肉强食): 강한 것은 약한 것을 잡아먹고, 약한 것은 강한 것에게 먹히는 것.

㉠의 상황처럼 자기 돈이나 이익을 위해 비열할 정도로 악착같이 다투는 것을 '이전투구'라고 합니다.

4
추론
하기

어색한 말투로 밥에게 말한 까닭

㉡의 까닭을 알맞게 짐작한 것은 무엇인가요? (③)

① 말재주가 없어서

② 급하게 오느라 숨이 차서

③ 친구 행세를 거짓으로 하느라

④ 약속 시간에 늦은 것이 미안해서 → 지미의 편지를 보면 지미는 약속 시간에 거기에 있었음.

⑤ 너무 오랜만에 만난 친구라 서먹해서 → 키 큰 남자는 친구인 지미가 아니라 다른 형사였음.

약속 시간이 20분 정도 지나서 나타난 키 큰 남자는 '밥'이 기다리는 친구 '지미'가 아니라, 경찰이었던 '지미'가 자기 대신 보낸 형사였습니다. 그는 지명 수배범인 '밥'을 체포하기 위해 거짓으로 '지미' 행세를 하느라 말투가 어색했던 것입니다.

독해 정답	1. ②	2. ⑤	3. ①
	4. ③	5. ⑤	6. ⑤
	7. ④		

어휘 정답	1. (1) 어색하다 (2) 인적 (3) 악착같다
	(4) 순순하다 (5) 한밑천
	2. (1) 라 (2) 가 (3) 나 (4) 다 (5) 마 3. ⑤

— 지미의 편지로, 결말 부분에 해당함.

5
추론
하기

ⓒ이 하는 역할로 알맞은 것은 무엇인가요? (⑤   )

① 작품의 배경을 드러낸다.

② 작품의 긴장감을 높인다.

③ 인물의 심리를 직접적으로 설명한다. → '직접 제시'의 역할

④ 앞으로 일어날 사건을 미리 넌지시 알려 준다. → '복선'의 역할

⑤ 사건의 흐름이나 내용을 뒤바꾸는 역할을 한다.

ⓒ은 '밥'이 만나기로 한 친구 '지미'가 보낸 편지입니다. 편지의 내용에서 '지미'는 이미 '밥'을 만나고 간 경찰이었다는 것을 알 수 있습니다. 이 편지는 이야기의 흐름을 뒤바꾸는 '반전'에 해당합니다.

6
주제
찾기

이 글의 주제로 알맞은 것은 무엇인가요? (⑤   )

① 법 준수의 중요성

② 참된 우정의 의미 → 마지막 부분의 내용을 잘못 파악한 것임.

③ 정의로운 삶의 실현

④ 약속을 지켜야 하는 까닭

⑤ 두 친구의 우정과 융통성

이 글은 20년 후에 만나기로 약속한 두 친구가 한 사람은 범죄자, 다른 사람은 경찰이 되어 만나게 됩니다. 경찰인 지미는 경찰로서의 의무와 친구와의 우정 사이에서 갈등하다가 융통성 있게 다른 형사에게 범죄자인 친구 밥을 체포하게 했습니다. 따라서 이 글의 주제로는 ⑤가 알맞습니다.

— 우정과 의무가 서로 충돌하는 갈등 상황에서의 선택

7
비판
하기

[보기]를 참고해 '지미'의 행동에 대해 알맞게 평가하지 못한 친구는 누구인가요? (④   )

> [보기] '지미'는 20년 만에 만난 친구 '밥'이 지명 수배범임을 알고, 체포해야 하는 경찰로서의 의무와 20년 전의 약속을 지키기 위해 먼 길을 달려온 친구와의 우정을 지키고 싶은 마음 사이에서 갈등을 겪었다. 우정과 직업인으로서의 의무가 서로 충돌했던 지미의 입장에 대해 알맞은 근거를 들어 자신의 의견을 밝혀 보자.

① 석구: 지미는 밥에게 자신이 경찰이라는 사실을 먼저 밝혀야 했어. 친구가 범죄자라면 체포해야겠지만 속이지는 말았어야지. → 우정을 중시하는 입장에서 알맞은 의견과 근거를 제시함.

② 혜나: 지미는 생각이 깊지 못했어. 밥을 만난 직후 자수하도록 권했으면 우정과 경찰로서의 의무를 모두 지킬 수 있었을 텐데. → 우정과 의무를 모두 지킬 수 있는 새로운 입장과 자수라는 방법을 주장과 근거로 알맞게 제시함.

③ 준서: 지미가 다른 형사에게 밥을 체포하게 한 것은 잘한 일이야. 지미가 친구를 지키려다가 무고한 사람들이 다칠 수도 있었어. → 경찰로서의 의무(원칙)를 중시하는 입장에서 알맞은 의견과 근거를 제시함.

④ 정안: 지미가 밥을 체포한 것은 잘못한 일이야. 경찰이 되기 전부터 친구였으므로, 밥을 체포하지 말고 도망가도록 도왔어야 해.

⑤ 아인: 지미가 밥을 체포한 것은 잘못한 일이야. 밥은 지미와의 약속을 지키려고 자신이 잡힐지도 모르는 위험을 무릅쓰고 먼 곳에서 달려왔잖아. → 우정을 중시하는 입장에서 알맞은 의견과 근거를 제시함.

[보기]는 '우정과 경찰로서의 의무(원칙) 사이에서 무엇을 선택할 것인가?'라는 질문을 던지고 있습니다. 정안이는 우정을 선택해야 한다는 의견을 제시했지만, 주장을 뒷받침하는 근거가 범죄자를 도와야 한다는 비윤리적인 내용이므로, 주장을 뒷받침하기에 알맞지 않습니다.

"여러분 중에 설마 존스가 다시 돌아오기를 바라는 자는 없겠지요?"

물론 존스가 되돌아오는 것을 원하는 동물은 아무도 없었다. 동물들은 군말* 없이 스퀼러에게 고개를 끄덕여 보였다. 그렇게 해서 우유와 사과는 모두 돼지들의 차지*가 되었다.

— 조지 오웰, 「동물 농장」

• • •

1 이 글에 대한 설명으로 알맞지 ~~않은~~ 것은 무엇인가요? (②)

구조
알기

① 등장인물들 간의 갈등을 보여 주고 있다. → 돼지들과 다른 동물들과의 갈등이 나타남.

②현재와 과거의 사건을 번갈아 가면서 보여 주고 있다.

③ 설득하는 말하기를 통해 자신의 주장을 합리화하고 있다. → 스퀼러의 말 ㉮ 부분에 나타남.

④ 동물들을 사람에 빗대어 표현하여 인간 세상을 비웃고 있다. → 사람처럼 말하고 행동하는 동물들은 인간 사회를 비판함.

⑤ 동물 농장에서 벌어진 사건을 통해 인물의 성격을 드러내고 있다. → 사건을 통해 나타나는 스노볼과 스퀼러의 말과 행동에서 성격이 드러남.

이 글은 현재와 과거의 사건이 번갈아 보여지는 것이 아니라, 현재의 사건이 시간의 흐름에 따라 전개되고 있습니다.

2 이 글의 내용과 일치하지 ~~않는~~ 것은 무엇인가요? (④)

세부
내용

① 스퀼러는 돼지들의 대변인 역할을 하고 있다. → '모든 돼지들이 ~ 나서서 설명했다.'에 나타남.

② 스노볼은 동물 농장을 이끌어 가는 중심 인물이다. → 스노볼이 7계명을 한 줄로 정리해 준 데서 알 수 있음.

③ 스노볼은 7계명을 잘 기억하게 하려고 한 줄로 정리했다. → 글의 첫 부분에 나타남.

④동물 농장에 사는 동물들은 모두 똑같이 평등하게 살고 있다.

⑤ 인간인 존스가 쫓겨나자 돼지들이 동물 농장을 이끌어 가고 있다. → 돼지들이 나서서 계명을 정리하고 우유와 사과를 독차지하는 데서 드러남.

동물 농장의 동물들은 우유와 사과를 공평하게 나눌 것이라고 생각했습니다. 하지만 돼지들은 우유와 사과를 먹는 것은 다른 동물을 위해서라는 핑계로 자신들만 우유와 사과를 먹고 있습니다. 따라서 동물 농장의 동물들은 평등하게 살고 있지 않습니다.

3 ㉠에 들어갈 낱말로 알맞은 것은 무엇인가요? (①)

추론
하기

①한편

② 그러나 앞의 내용과 뒤의 내용이 서로 반대될 때 쓰는 말.

③ 그래서 앞의 내용이 뒤의 내용의 원인이나 근거, 조건 등이 될 때 쓰는 말.

④ 왜냐하면 뒤에서 앞의 내용에 대한 원인이나 이유를 밝힐 때 쓰는 말.

⑤ 예를 들어 뒤에서 앞의 내용에 대한 예를 제시할 때 쓰는 말.

㉠ 뒤의 내용은 ㉠ 앞의 내용과 다른 상황으로 화제가 바뀌고 있습니다. 따라서 두 가지 상황을 말하면서 하나의 상황을 말한 다음 다른 상황을 말할 때 쓰는 '한편'이 들어가는 것이 알맞습니다.

사과를 모두 돼지에게 주어야 하는 까닭

4 ㉡의 내용으로 가장 알맞은 것은 무엇인가요? (⑤)

세부
내용

① 돼지들이 일을 제일 많이 하기 때문에

② 돼지들이 동물 농장의 주인이기 때문에

③ 돼지들은 다른 동물들보다 스트레스를 많이 받기 때문에

④ 사과에는 돼지들에게 필요한 영양 성분이 많이 들어 있어서 → 돼지들만 사과를 먹는 ⑤와 같은 이유를 설명하기 위해 사용한 부분적인 내용임.

⑤돼지들이 건강해야 다른 동물들을 위해 맡은 일을 잘 해낼 수 있어서

스퀼러는 '돼지들에게만 사과를 가져다주는 이유'로, 사과에는 돼지들의 스트레스 해소에 필요한 성분이 들어 있어 돼지들이 이것을 먹고 건강해야 다른 동물들을 위해 맡은 일을 잘 해낼 수 있기 때문이라고 설명하고 있습니다.

5

어휘
어법

— 스퀼러가 돼지들이 사과를 먹어야 하는 이유를 합리화하는 부분

(가) 부분에 나타난 돼지들의 태도에 어울리는 한자 성어는 무엇인가요? (④)

① 일거양득(一擧兩得): 한 가지 일을 해서 두 가지 이익을 얻음.

② 인과응보(因果應報): 이전에 행한 선악에 따라 현재의 행복이나 불행이 결정됨.

③ 어부지리(漁夫之利): 두 사람이 서로 다투는 사이에 다른 사람이 이익을 대신 얻음.

④ 아전인수(我田引水): 어떤 일을 두고 자기에게만 이롭게 되도록 생각하거나 행동함.

⑤ 오비이락(烏飛梨落): 아무 관계도 없는 일 때문에 억울하게 의심을 받거나 난처하게 됨.

(가) 부분에서 '스퀼러'는 돼지들에게만 사과를 주는 이유를 돼지들에게 이롭게 되도록 그럴듯하게 이유를 꾸며서 마치 그것이 옳은 일인 것처럼 설명하고 있습니다. 이처럼 어떤 일을 자신에게만 이롭게 생각하거나 행동하는 것을 '아전인수'라고 합니다.

6

추론
하기

글쓴이가 '동물'을 주인공으로 삼은 까닭으로 알맞은 것은 무엇인가요? (⑤)

① 동물들을 대상으로 하여 쓴 이야기라서

② 문학적인 특성과 효과를 잘 살리기 위해 → 동물을 주인공으로 삼은 것 외에도 다양한 표현 방식을 통해 이룰 수 있음.

③ 어려운 내용을 쉽고 재미있게 표현하기 위해 → 이 글은 재미있게 표현하려는 의도보다 비판의 의도가 강함.

④ 인간들이 모르는 동물들의 생활 방식을 잘 이해시키기 위해 → 동물은 비유한 대상일 뿐임.

⑤ 인간처럼 행동하는 동물을 통해 인간 사회를 돌려서 비판하려고

글쓴이는 인간 사회의 잘못된 모습을 비판하고 풍자하기 위해 농장의 동물들을 주인공으로 내세우고 있습니다. 인간처럼 말하고 행동하는 동물들의 모습을 보면서 읽는 이들은 인간 사회의 문제점을 한 걸음 떨어져서 객관적으로 바라볼 수 있습니다.

— 이 글의 역사적 배경과 창작 의도

7

감상
하기

[보기]를 참고해 이 글을 감상한 것으로 알맞지 않은 것은 무엇인가요? (②)

[보기] 『동물 농장』은 작품이 쓰여질 당시 소련(러시아)의 정치적 상황을 빗대어 비판하고 있다. 당시 러시아는 소수의 지배 계층만 잘살고, 대다수의 국민들은 가난하고 억압받는 생활을 했다. 국민들은 굶주림에 지쳐 혁명을 일으켰고, 그 결과 황제가 물러나고 새로운 임시 정부가 세워졌다. 하지만 혁명의 중심이었던 레닌이 죽자, 스탈린이 권력을 잡고 국민의 자유와 권리를 빼앗았다. 글쓴이는 스탈린이 독재 정치를 벌이던 때인 1945년에 이 소설을 발표했다.

① 동물 농장의 동물들은 굶주림에 지친 국민들에 해당하는군. → 동물들은 대다수 국민들을 상징함.

② 동물들에게 쫓겨난 존스가 다시 혁명을 일으켜 권력을 되찾겠군.

③ 돼지들은 황제를 쫓아낸 혁명의 중심 세력을 빗대어 표현한 것이군. ┐

④ 앞으로 스노볼이나 스퀼러 같은 돼지들 중 하나가 독재 정치를 하겠군. → [보기]의 내용으로 보아 돼지들 중 하나가 스탈린처럼 독재 정치를 할 것임.

⑤ 존스를 쫓아내고 돼지들이 권력을 잡았으니 모든 것을 마음대로 하겠군. → [보기]에서 황제를 쫓아낸 세력들이 권력을 잡았음.

[보기]는 이 글이 쓰여졌던 역사적 배경인 당시 소련의 상황에 대해 설명하고 있습니다. 이 글에서 원래의 농장 주인이었던 인간 존스는 황제를 빗대어 표현한 인물입니다. 현재 돼지를 비롯한 동물들이 존스를 내쫓는 혁명을 일으켜 임시 정부를 세운 상황이므로, ②의 감상은 알맞지 않습니다.